古典文獻研究輯刊

六　編

曾永義 主編

第 15 冊

袁宏道與張岱的西湖書寫
——從外緣到文本的考察

黃靜瑜 著

國家圖書館出版品預行編目資料

袁宏道與張岱的西湖書寫——從外緣到文本的考察／黃靜瑜
著 — 初版 — 新北市：花木蘭文化出版社，2012〔民101〕
目 2+172 面；19×26 公分
（古典文學研究輯刊　六編：第 15 冊）
ISBN：978-986-254-944-5（精裝）
1.（明）袁宏道 2.（明）張岱 3.旅遊文學 4.文學評論
820.8　　　　　　　　　　　　　　　　　101014832

ISBN-978-986-254-944-5

9 789862 549445

古典文學研究輯刊
六　編　第十五冊　　　　　　ISBN：978-986-254-944-5

袁宏道與張岱的西湖書寫
——從外緣到文本的考察

作　　者　黃靜瑜
主　　編　曾永義
總 編 輯　杜潔祥
出　　版　花木蘭文化出版社
發 行 所　花木蘭文化出版社
發 行 人　高小娟
聯絡地址　新北市永和區中正路五九五號七樓
　　　　　電話：02-2923-1455／傳真：02-2923-1452
網　　址　http://www.huamulan.tw 信箱 sut81518@gmail.com
印　　刷　普羅文化出版廣告事業
初　　版　2012 年 9 月
定　　價　六編 18 冊（精裝）新台幣 30,000 元

袁宏道與張岱的西湖書寫
——從外緣到文本的考察

黃靜瑜　著

作者簡介

黃靜瑜，1970 年出生於彰化市，國立中興大學中文系、國立彰化師範大學國文研究所碩士班畢業。現為高中國文科教師。喜歡閱讀詩歌、散文、歷史、小說；喜歡感受電影、接近自然、旅行體驗人生；喜歡讓孩子們感受文學可以解生命中的每一道題 。平日積極投入國文教學工作，曾指導學生參加全國高中學生演說比賽獲第四名，曾參加台中縣國語文競賽獲中學教師朗讀組第二名。

提 要

晚明由於受到陽明心學、佛老思想影響，使得文人開始思求人生價值與自我圓滿，其作品因而呈現求真、求趣，獨抒性靈的寫作風格，這類作品即為晚明小品。由於晚明至南明君臣昏瞶、政事廢弛與文人地位日降，致小品作家於書寫時多以從其中尋求解脫、反省、自覺的思維著筆，因而此時期的作品雖較無唐宋經世濟民之筆，卻有深刻夢覺的思想觀。而此期小品名家輩出，其中袁宏道與張岱之作品，最為人所喜愛且具時代之代表性。

歷來論述其二人之著作不少，多如生平、文學主張、其人思想、小品寫作風格等研究；對於其二人之性靈比較或西湖書寫作品之研究則略少。筆者以袁張二人為小品名家，且或有遊賞或緬懷西湖之作品，其人於寫作西湖題材時之處世心境有其研究之價值。為此，本論文著意於袁宏道與張岱之西湖書寫之研究，藉此明袁張二人對文壇之影響淺深。以下針對各章節題目做摘要分述。

本論文探討袁宏道與張岱的西湖書寫，文分六章。第一章首論寫作動機與目的，次及前人研究成果，藉此定位袁張西湖書寫之研究價值；最後說明研究範圍與版本，並敘及研究方法與步驟。第二章分從晚明政治的紛杳亂局與知識份子的生命情調及風起雲湧的性靈風潮三方面，探討明季文人的痛苦和抉擇。第三章分述袁宏道與張岱寫作風格之淵源：由個人生平事略及其人文學態度而言。第四章論述西湖與杭州的發展背景，及探討歷代西湖的書寫意象，並析論袁張二人的創作背景及其西湖書寫意象或對前代之承繼，抑或另闢蹊徑。第五章分別就時代背景與精神依託、獨抒性靈與山水對話，及書寫筆調蘊反省況味三節為析「西湖雜記」與《西湖夢尋》之作品精神。第六章總論唐宋元明之西湖書寫之別及袁張西湖書寫之價值與影響。

謝　誌

　　當初抱著學然後知不足的心情來到彰師，再度爲學生的心情眞令人雀躍。於是每天很珍惜並享受著在台下聽課的滋味。從研一到研三，每個黃昏時分就是我驅車趕赴彰師的時刻。回想那三年，雖然辛苦，但卻非常充實。轉眼間，終於結束三年的課程，總覺得可以好好休息了。再加上導師工作與高三升學等事務的繁瑣，幾乎讓我只記得學生事務，而忘了自己似乎該著手論文寫作了。還記得我寫了封 mail 問候指導教授，並陳述自己因工作忙，所以再找時間寫論文等話語。而老師的回信告訴我如果要如期畢業的話，不論再怎麼忙，也要規劃自己該做的事。老師謝謝您！因爲您的一番話，而適時提勉了我，讓我正視問題，並得以如期畢業。

　　在此，我感謝曾經爲我們授課的老師，感謝您在百忙之中來爲在職班的學生上課。因爲有您的教育愛，足讓我成長。謝謝您！並且，我特別要感謝在論文寫作與口試期間，不厭其煩的提供我寫作論文方向，並在忙碌的行政工作之餘，不斷的指引我修正誤謬之處的指導教授——周益忠教授。還有，在論文初審以及口試期間，針對學生論文頗感盲點與疑惑之處，立即指出論文之架構與方向的口試委員——許麗芳教授與李正治教授。感謝您！因爲您，讓我得以針對盲點與缺處進行資料的蒐集與論題的思索，並且找到適切的論文方向。

　　最後，感謝三年來與我同歡笑、伴我成長的同學們；還有學校同事的鼓勵；以及我的好朋友陳文如給予我的支持；當然還有父母家人的成全，方能讓我完成這個繁瑣又艱鉅的任務。總之，謝謝大家。

靜瑜謹誌　2008 年 7 月 22 日

目次

第一章　緒　論

　　有明開國之初，在位者對於政治、經濟、教育多所關注，使得天下呈現一新的契機。由於明太祖對於政治制度與教育體制的改革，且對知識份子極爲禮遇，並鼓勵群臣直言極諫，因此獲得了知識份子極高的評價。君王一旦博得儒生的好感，則其領御全國的力量就獲得增強，其政治的穩定度與權力也就大爲提高。由於政治實體穩定，再加上商業活動十分熱絡，海內海外的商品交易日漸頻仍，遂促使經濟發達以及新興市鎭的興起。

　　特別是嘉靖、隆慶以後，社會經濟有了很大的變化，諸如：國內市場的擴大、國內各區域間的貿易已不再僅限於奢侈品的交易，而漸以一般民生消費品的流通爲主，因此各種經濟作物與手工業產品的貿易大爲擴充，此在南方各省尤爲顯著〔註1〕；商人資本有顯著的發展：安徽商人、陝西商人、山西商人、以及江、浙、福建等大商幫均於此時興起〔註2〕；手工業中的商品化益趨顯著，爲市場而生產的專業市鎭興盛；貨幣經濟發達，白銀取代而爲市場交易的主要媒介；對外貿易發達，由於菲島與美洲之間的私貨貿易，大量白銀輸入中國〔註3〕。這些現象在在呈現新興貿易與新興城市的誕生。

　　由於經濟迅速的發展，使得原來封閉的社會發生變動，特別是因應商品所出現的新興市鎭，都因此宣告都市化運動的展開。劉石吉說：「明清以來，

〔註1〕 見劉翠溶著：《明清時代南方地區的專業生產》（台北：大陸雜誌，1978年5月第56卷3、4期合刊），頁27。

〔註2〕 見傅衣凌著：《明清時代商人及商業資本》（北京：人民出版社，1956年），一至五各章。

〔註3〕 見全漢昇著：《中國經濟史論叢——明清間美洲白銀的輸入中國》第一冊（香港：新亞研究所，1972年），頁449。

江南許多的市鎮均經歷『都市化』的過程；而這種趨勢又明顯的與商品經濟的發展有交互作用影響的關係。」〔註4〕而新興市鎮的興起不僅帶來了商業經濟與交通發達的氣象，並且提供了明人從事旅遊活動的良好條件。

在這些富裕發達的市鎮中，人們的消費生活，已經進步到精神層面，並且漸具有濃厚的審美情趣，不僅有口腹之慾，還有聲色之好，人們所追逐利益似不稍閒，同時也喜歡抽暇從事休閒，聽說書，觀戲曲，或雅集群合於山水明勝之地，以茶酒酬答同歡，或者以吟詠詩文作娛，以尋求身體的放鬆及精神上的解脫〔註5〕。主體意識的覺醒讓人們經歷自覺的過程。周明初說：「人的主體意識覺醒了，人性得到回復，這也只有在那樣一個商品經濟得到高度發展，封建的倫理道德受到衝擊的社會裡才能出現。」〔註6〕

實自程朱以來，人性的私欲是被否定、被壓抑的，而從晚明〔註7〕的市民經濟所帶來的旅遊活動，可以看出人性得到解放的有形無形的過程。這個時期的社會不僅深受王陽明「致良知」思想，並且繼有李卓吾所主張的「童心說」，以及湯顯祖的「詩言情」的思想所影響。他們對於人性的啓蒙與對個性眞我的推展，在當時的社會經濟條件下，自然是應運而生的。不過，在務求「良知」、「眞我」的個性展現的同時，也隨之帶來了宣洩個人情感、訴求「人欲」需求的洪流。特別是由上層階級所帶來的奢侈揮霍的靡風。以周明初之言：「明代中後期，整個社會陷入了一種奢侈揮霍的習氣中。首先是皇帝和皇室揮霍無度，起了示範作用。」〔註8〕而後皇親貴戚豪富之家、士商階層也競相進入一種瘋狂的侈靡競賽中。因此李樂提到：「富貴家女，妝止重金寶，今仍制巧樣，金寶卻束之不用，別用珠翠珊瑚奇巧等物。」〔註9〕可見

〔註4〕見劉石吉著：《明清時代江南市鎮研究》（北京：中國社會科學出版社，1987年6月第1版），頁1。

〔註5〕見牛建強著：《明代中後期社會變遷研究》第一冊（台北：文津出版社，1997年8月），頁2。

〔註6〕見周明初著：《晚明士人心態與文學個案》（北京：東方出版社，1997年8月），頁27。

〔註7〕所謂「晚明」，是指「明萬曆元年（西元1573年）至崇禎的十七年間（西元1644年）」，正是明王朝結束前的七十二年間。而這一段時間的文學表現，呈現出力主性靈文學思潮與小品創作勃興的盛況，它盛起於萬曆之時，而伴隨著明代的亂亡。

〔註8〕同註6，頁20～21。

〔註9〕見李樂著：《見聞雜記》卷七（上海：上海古籍出版社，1986年6月），頁35。

晚明經濟活動熱絡所造成的社會風尚，竟成競相爭逐的豪奢之癖。其後所引發的社會效應：貧富不均、富戶奢華、貧困者殘喘流離等現象，問題看似不痛不癢，但以明代過重的稅制與累課稅賦的狀況而言，民心思變，乃為遲速之事。

　　而社會變動其所帶來的交互影響是很大的。尤其，在朝廷方面，首先最大的變動是萬曆十年張居正去世，國事自此日走下坡，朝廷上下瘋狂的進行一種批鬥張居正生前的種種，並鼓譟出一種惡意批判攻訐的歪風，有時甚至企圖以輿論的壓力來影響政局。而神宗在政治惡鬥與懷疑猜忌臣民之餘，率意而為行「礦監稅」徵。此舉一出，使太監易於仗皇帝之名，行國家財政徵收之惡，如：商稅、鹽稅、鋪稅，並且迫民開礦、徵稅富戶等弊端，嚴重者還迫民補開礦之虧損耗費，或巧立名目以逼稅，使得富戶旦夕間淪為貧戶。而由萬曆所派的開礦稅使，實為皇帝用以監視各地方官員的耳目。「礦監稅」其後所導致物價上漲、經濟失調等事況，若沒有經過審慎處理，其所導致的後果將不堪設想。就《東林列傳》中所言：

> 萬曆崇禎間用宦官司榷，天下元氣剝削盡失。蓋關稅一重，則百貨俱昂，凡民間日用布帛菽粟無不倍價，而細民重困，咸思為盜，此中原所以塗炭也。〔註10〕

如此一來，吏治不修、中央腐敗、汙吏貪官橫行、民心紛亂、社會潰堤、民變爆發。這些政局不清、社會紛亂、人心惶惶等現象，讓朝廷命官甚或市井小民希冀尋得一個桃花源境，以從現實如重稅、官逼民反、流民四起、淒苦愁城的困境中，求得一絲安慰與寄託。為此，有些文人士子或是朝廷命官開始思考另一種人生選擇——遊以寄志。晚明拜經濟之賜，使得旅遊風氣大興，不論任何好山好水，便都有了人們的足跡，譬如：金陵秦淮、揚州之美、蘇州太湖，及杭州西湖等都是人們尋求回歸自我、寄託心靈的美麗場域。〔註11〕

　　當然旅遊者多，其選擇景點與心緒情態也各不同。明代眾多旅遊景點中，絕少不了杭州西湖。因為杭州西湖有著五代建都以來，歷經唐宋之經

〔註10〕見陳鼎著：〈湯兆京傳〉，《東林列傳》（台北：新文豐出版公司，1975 年 6月），頁 14。

〔註11〕參考林利隆著：〈明人舟遊生活的場域〉，《明人舟遊生活：南方文人水上生活文化的開展》（宜蘭：明史研究小組印行，《明史研究叢刊》，2005 年 10 月），頁 69～110。

營、元明之洗禮的滄桑與風華之美，當也爲文人士大夫家旅遊之熱點。西湖，因位於杭州城西，因此被名之爲「西湖」。歷代多少文人士子紛紛爲她留下美麗的詩篇，如羅隱、白居易、蘇軾、岳飛、文天祥、馬致遠等人之作品。西湖在唐代，有大詩人的禮讚；在宋代，她是一個首都公園；在明代，她是富商大賈乃至市井小民的遊賞勝地；在晚明，她更是特定人士迴避政爭以療傷止痛的一塊「淨土」。何以士商小民都喜歡這裡？原來西湖畢竟是一個決不矯揉造作的美人，更是一個文質彬彬的謙和君子。來到這裡的人們，都能感受到前人的抉擇與自覺的軌跡。這裡更是遠離紛亂之後的一塊最舒適、不與俗爭的生活淨土。

歷來遊賞西湖的人很多，但都因不同的情志而來。筆者認爲這些遊歷者或有五種類型：一爲一般富商大賈之遊賞；二爲市井小民之遊賞；三爲對新朝不認同而不屑爲官之文人遊賞；四爲辭官退隱或暫隱官員之遊賞。五爲山人遊賞。由於本論文的時代背景正值基晚明，故擬從袁宏道與張岱的仕宦背景著眼，針對士人所面對市隱與退離的生活態度著眼，並進而以「對新朝不認同而不屑爲官之文人遊賞」及「辭官退隱或暫隱之遊賞」爲研究對象與範圍，以明文人及其作品之內心投射與其生命價值。

筆者以袁、張的西湖書寫爲論題，冀由其二人處西湖時期的作品爲研究範疇，並進一步探討其西湖作品的書寫意象與作品精神。

第一節　論文寫作動機與目的

年少時期閱讀〈始得西山宴遊記〉時，只覺得遊記很美；然隨著閱歷增長，才發覺柳宗元的〈永州八記〉是一篇篇省覺人生之記。原來文人喜藉山水之遊，而伸雅懷。像是謝靈運〈登池上樓〉：「衾枕昧節候，褰開暫窺臨。傾耳聆波瀾，舉目眺嶇嶔。初景革緒風，新陽感故陰。池塘生春草，園柳變鳴禽」〔註12〕就字面而言，正是登樓觀景之作；就深意而言，則有其因受政治紛爭而遭外放之愁苦自覺心境。還有蘇軾〈赤壁賦〉：「壬戌之秋，七月既望，蘇子與客泛舟遊於赤壁之下。清風徐來，水波不興；舉酒屬客，誦明月之詩，歌窈窕之章。少焉，月初於東山之上，徘徊斗牛之間；白露橫

〔註12〕謝靈運：〈登池上樓〉，收錄在黃文吉等編選《中國文學史參考作品選》上冊（台北：里仁書局，1985年4月），頁228。

江，水光接天；縱一葦之所如，凌萬頃之茫然。」〔註13〕文題爲賦；就形式言，如同一篇閒適遊記文；再就文義論，則實爲一自剖謫居黃州時期之省覺心境。又如陶淵明〈桃花源記〉：「緣溪行，忘路之遠近，忽逢桃花林。夾岸數百步，中無雜樹，芳草鮮美，落英繽紛。」〔註14〕文中揭示此一美妙且無爭之淨土，乃爲適合起居的人間仙境；實則有其處晉宋之不能言不敢言之構境背景。作者欲透過此一理想境地，而寓藏小國寡民之淑世理想。因之，視其所言，皆有意欲透過遊山話水以達省覺人生之課題。觀其山水詩文雖爲山水，然並非皆爲閒文閒情。山水本無知，從不爲人而呈宜笑之色，或顯散木之悲。而遊賞山水者卻爲有知者，同是遊山，有人生望峰息心之念，有人抒橫空出世之情，同是觀水，有人生逝者如斯之嘆，有人勵浪遏飛舟之志〔註15〕。其之所以表情不同，或皆與作者思想、政治背景及社會思潮有著莫大的關係。

　　由於作者思想、政治社會背景等因素之故，人們總能經由閱賞作品而進行一場知性的心靈饗宴，甚至在閱讀過程中感受作家的想像力，及其經受挫折之心路歷程。實則文學動人之處即在於：一經接觸晉宋山水詩或是柳文，便有如身歷其美境，甚可以旁觀者的姿態回到當時，或置身於其盛會一般而得見文學大家之風采，此類山水詩文足使後人充滿膜拜讚頌的氛圍。而當拜讀宋代以後的山水作品時，又覺與昔時表現迥異，特別是明代散文。在明代的散文中，又屬晚明的表現方式特殊——多以小品體式呈現。究其因於當代散文小品受到陽明心學、佛禪之說、李贄童心說，以及歸有光嘗試革新的抒情小品等之影響，使得公安三袁得以乘勢而大倡「性靈」主張，此在在影響時人與來者的寫作風格。而公安三袁等人之山水遊記裡沒有唐宋文人的經世之思、致用之盼；而著眼於對自身的生活經歷感受、心得體悟，甚至於專事美學鑑賞的過程書寫，所以其文章底層表現出來的便是一個個對於自身有滿腔抱負卻不屑爲官、或爲韜光養晦的隱者之深層底蘊。而此正爲時代背景醞釀使然，迫促著文人去自覺其有別於傳統士人的生命態度。

〔註13〕蘇軾：〈蘇子瞻前赤壁賦〉，收錄在姚鼐纂集《古文辭類纂》（上海：上海古籍出版社，1998年7月），頁771。
〔註14〕逯欽立校注，陶淵明：〈桃花源記〉，《陶淵明集》（台北：里仁書局，1985年4月），頁165。
〔註15〕姜亮夫著：〈前言〉，《西湖遊記選》（浙江：浙江人民出版社，1982年1月），頁1。

　　原來書寫山水，豈僅是唐宋名家而已，及至明清仍有動人山水之作。由於筆者悸動於晚明小品之表現方式〔註16〕與深層底韻迥異於唐宋諸家的內涵和風格；重以對袁張二人之崇拜；以及對其二人之書寫西湖之心境欲進一步查考之心態，遂以「袁宏道與張岱的西湖書寫」為題。事實上袁張二人雖皆處於晚明，然其生活背景並非相同；其次袁雖倡性靈書寫，張亦受性靈書寫風潮影響，二人皆以性靈書寫小品，然有其書寫風格之別；再者，其二人皆書寫西湖，其人當時之心境為何？這些都是寫作本文的動機所在。經筆者查考閱讀，目前國內並無西湖書寫之比較論述，也無關於袁張二人及其作品之比較論述。因此於拜讀其二人關於「西湖書寫」的文本之後，竊因好奇心驅使而為之。

　　本論文何以題為「西湖書寫」，又為何選「晚明文人」？筆者之所以擇取「袁宏道」、「張岱」，正因這兩人所處的時空環境是明代由盛轉衰的關鍵，也是西湖意象的轉變期，因此這兩位文人的西湖作品必有其時代意義。另，袁張二人各有其他西湖詩文作品，為何獨以袁宏道十六篇「西湖雜記」與張岱《西湖夢尋》為研究文本？其原因為：一、由於個人能力所及，只得擇選袁張二人的西湖小品；二、針對晚明中郎在歷經仕隱掙扎、去吳以後的十六篇西湖小品以及南明張岱徘徊在夢境與現實之間的緬懷西湖小品《西湖夢尋》為文本對象。三、將中郎抉擇仕隱之後親身遊歷的西湖雜記，以及張岱身處異族統治下，對於曾遊歷的西湖時空做漫遊故國（故都）之回憶小品，結合文本並綜析，來照看論題「袁宏道與張岱的西湖書寫」。

〔註16〕「晚明散文作品的表現風格與深層底韻迥異於唐宋諸家的內涵和風格」見〈重組與對話：晚明小品文之自我書寫〉：「作者認為：『晚明小品文之書寫方式與書寫者之相關認知，主要分成兩部分：（一）自我書寫之價值性——人事現實之詮釋與應對，及（二）書寫策略之突顯——個人經驗之關注與反省，藉以分析晚明小品文作者於小品文之書寫中所呈現有關個人與環境之認知定位與處置態度，並探討此類小品文所積極書寫之個人人生經歷與此一書寫策略所提供之相關意義。相較於傳統之書寫思維與傾向，晚明小品文顯然較專注於自我經驗之陳述與紀錄，且藉由此類個人遭際變遷之回憶與再次重組組織，個人之思索或反省亦於書寫過程中反覆獲得及更新，甚或獲致情感之抒發，於此，書寫活動就書寫者而言，本身即已深具詮釋意義，不待文本即得以確立，而晚明小品文專注個人事件之相關書寫表現與意義，自亦有異於傳統之書寫期許與態度。』」而本論文的對象即以袁宏道與張岱的「西湖書寫作品」為基點，進而探討其個人根據經驗閱歷而思索反省之後所書寫的作品價值。見許麗芳著：〈重組與對話：晚明小品文之自我書寫〉（彰化師大國文系：《國文學誌》，2000年12月第4期），頁55。

　　本論文將從概述明代晚期的政治亂局談起，並將昏亂的政治情勢與晚明文學發展做一聯繫。其次，由明初文學流派的發展，進而論及陽明心學、李贄、歸有光等人對晚明小品的啟發，且由袁宏道乃至張岱二人關於「性靈」書寫之發展背景中，以了解其人之重要生平背景、生活情調與性靈書寫的脈絡關係，進而見其性靈小品與政治社會及心學的發展關係。再者，論及兩位文學家關於西湖書寫時期的重要經歷與仕隱心態及其思想淵源與文學觀點的形成；並比較袁宏道與張岱二人的西湖書寫表現之異同與其所反映深刻思想及時代意義；最後，總論袁、張二人「西湖書寫」的表現異同，以及對於民國以來重要作家之影響。

　　就「袁宏道與張岱的西湖書寫」研究目的，在於分判出其二人同中有異的西湖書寫：其一、探究其人面對大環境的驟變時，其仕隱抉擇及其所引發的矛盾情結；其二、首先針對袁張之西湖書寫，以進論其二人之雅俗觀點；次以其人書寫山水與古人對話之餘，或從中尋求自己的人格代言者；其三、論述袁張以知識分子的風骨，企圖於書寫中進行道德風教；以及在仕隱的迷惘中，以佛道的夢與空來喚醒自己以堅持處世情調；最後，回顧一生，在反省的軌道上完成自我認同。以上即為本論文的研究方向與目的。

第二節　前人研究成果

　　綜觀海峽兩岸，關於袁宏道與張岱的作品論述研究頗多，而其方向則分別以不同的主題作為研究的橫斷面，故在研究基點的表現張力亦多所迥異。以下將以目前有關於本論題的主、次要相關與旁徵的論文作分類呈現，並且針對各論文所牽涉或涵攝本論題的文學或思想觀做論析。首先是專書論文，其次為期刊論文。

一、專書論文

　　由於袁宏道與張岱之西湖作品比較論述，實有其研究必要，故查閱目前國內相關論述，結果不論是學位論文或單篇論文皆無本主題之論述。大部分論述多以作家或作品、文學理論或主張、思想觀、美學等為研究範疇。為此，蒐羅台灣地區之相關論題與涵攝論題予以分類之。其分類為：

（一）以「作家及作品」為研究範疇

這一類的論文有：高八美《袁中郎及其小品文研究》（1978 年輔仁大學中

文所碩士論文）、郭榮修《張岱散文理論及作品研究》（1992 年台灣大學中文
所碩士論文）、陳麗明《張岱散文美學之研究》（1995 年台灣師範大學國研所
碩士論文）、郭秉融《張岱及其散文研究》（2003 年台北市立師範學院應用語
言所碩士論文）、洪正君《袁中郎山水遊記研究》（2006 年南華大學文學所碩
士論文）等篇目。此類以高八美《袁中郎及其小品文研究》、郭榮修《張岱散
文理論及作品研究》之論文爲析：

1. 高八美《袁中郎及其小品文研究》（1978 年輔仁大學中文所碩士論
   文）

以論題而言，論者在文本作者及其生平、思想論溯源之研究極佳；而在
小品文的研究方面，則僅以其一章特色題材分述之。如此，對照論題而言，
並沒有針對中郎小品文作品或思想來扣合論題，如此，殊爲可惜。

論者首論袁宏道的所處之時代背景。再由此背景觀照袁中郎的家庭、家
譜與性格等生平事蹟。進一步論述中郎乃集儒佛道於一身的人物，且其思想
頗受蘇軾與李卓吾影響。以「主演化，反復古」、「重性靈，反格套」、「求質
眞，貴趣韻」以及「關於俗文學的評價」等文學理論來論證中郎之主張影響
張岱等晚明作家及清麗小品的寫作風格。兼以論及中郎的小品文之抒情、記
事、寫景、賞鑑等題材以及情景的眞實、清新流麗、不避俗俚，間雜詼諧的
寫作特色。作者冀由論文一掃中郎在清代被認爲是「謬妄感憤之語，爲風俗
人心之害」而遭禁毀的不平待遇。

2. 郭榮修《張岱散文理論及作品研究》（1992 年台灣大學中文所碩士論
   文）

撰者對於張岱的生平、思想啓蒙及作品的類型、主題與寫作技巧皆布局
妥當，而於作家養成之極爲重要的因素——時代背景，則未見交代，實乃遺
憾。

論者首先論述張岱自幼及長的各個時期。繼論其：在思想上受到陶潛率
眞淡泊與蘇軾曠達豪放及王學的啓發；而在文學方面則因晚明散文的劇烈轉
變，以及徐渭、袁中郎、竟陵派等人的影響，及當時通俗文學的發達，使其
文能融公安、竟陵之長，而自成一格之散文理論形成背景。再論其「自我」
之文學觀與「空靈」之創作風格。而對於文本的題材類型：則先遊記，而後
雜記，再而是傳記與序跋等作品的歸納與呈現；而後揭示作品的主題：家國
之思與社會的腐敗及宗教信仰的趨向；後論及類疊、轉品等語言運用，並剖

析作品的描寫技巧與敘事結構。而後，兼論張岱因承公安「清新輕俊」與竟陵「幽深孤峭」，故能為文壇開創新局，因而使自己在「自我」與「眞」及「空靈」的運鏡中走出自己的創作風格。最後，總論其爲「晚明小品聖手」之美名，誠非空言。

（二）以「小品文」為相關論述著作

有李準根《晚明小品文研究》（1982 年輔仁大學中文所碩士論文），曹淑娟《晚明性靈小品研究》（1987 年台灣大學中文所博士論文），蔣靜文《論張岱小品從生命模塑到形式意義的完成》（1992 年台灣大學中文所碩士論文），江佩怡《張岱小品文由雅入俗研究》（2002 年台北市立師範學院應用語言所碩士論文），曾淑娟《張岱小品中的旅遊休閒》（2005 年彰化師範大學國研所碩士論文），陳千代《晚明袁宏道山水遊記小品語言藝術研究》（2007 年彰化師範大學國研所碩士論文）等論文。其中就曹淑娟《晚明性靈小品研究》、曾淑娟《張岱小品中的旅遊休閒》、陳千代《晚明袁宏道山水遊記小品語言藝術研究》等論文爲論：

1.曹淑娟《晚明性靈小品研究》（1987 年台灣大學中文所博士論文）

論者將晚明人小品觀念與小品所反映的時代意義及寫作精神與處世模式結合，其用意在於透過性靈小品而呈現當代文人之內蘊精神。以題目與內容而言，作者以歷史與文學轉變，思想潮流及時人作品，而論其性靈小品的內蘊精神，可謂是面面俱到此一時期的脈絡與核心價值，也爲晚明小品精神揮出一道美麗的曙光。就論題與論點而言，作者安排精當。對於晚明文人面對社會巨變與心學轉變所形成的「地域書寫」部分，或可別章而論之。

論文首章即先針對接續蒙元之後的政治結構——明朝，以盡復中國舊制的姿態，一掃胡元的政教措施，政治實體夾帶而來的思潮即是「變」，而這一個轉變實爲復古之路。然，獨有晚明走向不同以往的思潮與發展。對晚明人小品觀念：以佛經小品與性靈小品，以及雜俎小品與選本小品等分類論析。並從士人退離政治的趨向、與社群若即若離的關係、士人的人生理念等三方面論述性靈小品寫作的時代意義。另從德行與才性範疇以言性靈，辨別眞假與奇正而主眞奇，混同性其情與不性其情以至任情，兼重學古與選述而以述爲作等特點以言性靈小品寫作的基本精神。撰者更以處世觀念的抒發與原則化，山水攬勝與庭園遊觀，及藝文流連與器物賞玩及人世事象的觀察，來論

析晚明士人在性靈小品所反映的處世模式。

2. 曾淑娟《張岱小品中的旅遊休閒》（2005 年彰化師範大學國研所碩士
論文）

撰者重在證驗張宗子雖處於衰亂的晚明社會中，卻能以其豐厚的學養去
成就自身不凡的生命情調──原因於其實爲一精於品鑑的生活美學大師。論
題既爲旅遊休閒，對於張岱所處時代政局與社會經濟之發展關係若能交代，
則當更爲完整。

論文以時代背景與顯赫的家世及生平事蹟來呈現張岱的不凡。以《陶庵
夢憶》與《西湖夢尋》及《瑯嬛文集》三文本之記遊篇章爲基礎，分類論析
舟遊攬勝、刹寺尋幽、園林閒居、尋泉品茗、珍饈美饌、風俗節慶、戲曲活
動等七大旅遊休閒主題。並兼論張岱旅遊休閒小品美學、小品人生。

3. 陳千代《晚明袁宏道山水遊記小品語言藝術研究》（2007 年彰化師範
大學國研所碩士論文）

撰者以中郎之生平事蹟與文學觀，小品及其修辭技巧，以及語言藝術風
格等特點，以爲中郎遊記小品之語言藝術研究之論點。

論文以袁宏道的生平背景與其在文學方面的觀點、根源與成就爲基礎，
提出其遊記小品的寫作特色。論述小品一詞之源起，並述及佛典小品與晚明
小品，以及現代小品散文之異同。最後分別論析袁宏道山水遊記小品的常用
語言技巧，如：摹寫、轉化、排比、譬喻、類疊、轉品、映襯、層遞等修辭；
還有其對於自我形象的突顯、對山水與美人形象的結合，以及其對眞率、趣
味、韻致的語言藝術風格的追求。

（三）以「文學‧思想」爲涵攝論述

這一類以文學思想爲探討範圍，計有陳萬益《晚明性靈文學思想研究》
（1977 年台灣大學歷史所博士論文），朴鍾學《公安派文學思想及其背景研
究》（1988 年台灣大學中文所碩士論文），邱敏捷《袁宏道的佛教思想》（1989
年高雄師範大學中研所碩士論文），林怡宏《獨抒性靈的生命對話──論袁宏
道的文學思想》（2000 年台灣師範大學國研所碩士論文），蘇恆雅《《陶庵夢
憶》與《西湖夢尋》研究──以文學表現與遺民意識爲主》（2001 年逢甲大學
中文所碩士論文），鄧怡菁《袁宏道仕隱心態研究》（2006 年東華大學中文所
碩士論文），張志帆《論張岱遊記中人文精神之體現》（2006 年中國文化大學

中文所碩士論文）等論述。筆者將從早期陳萬益《晚明性靈文學思想研究》與蘇恆雅《〈陶庵夢憶〉與〈西湖夢尋〉研究——以文學表現與遺民意識為主》之論文為探討篇目：

1. 陳萬益《晚明性靈文學思想研究》（1977 年台灣大學歷史所所博士論文）

本論文就國家圖書館博碩士論文網之「性靈題材」的論文而言，算是一篇較早的論文。撰者在引證立論之間，十分審慎詳實。全文論述李贄、徐渭及湯顯祖等性靈先驅之努力，啓發公安派與竟陵派等晚明散文流派的出現，並且為晚明性靈文學卸下空疏不學的外衣。

全文計有四章。撰者於首章析論晚明性靈文學思想的政治社會實況、晚明的心學發展與當代的文人，及復古文學思想的後期發展等時代背景。並論晚明性靈文學思想的先驅實為：李贄「童心說」、徐渭「興觀群怨說」及湯顯祖「純情說」，以證其創作理念對於性靈文學思想的開啓之功。兼以論述公安派的文學思想，主要針對袁中郎的文學運動與其主張的「獨抒性靈」（性靈——我——作者的心）、「不拘格套」（以心攝境——取材、以腕運心——選詞）的思想及其的轉變而論。並據此發展論及為矯公安之弊而起的流派及其理論要點——竟陵派的「靈」、「趣」主張，「變」與「孤」的轉變，以及「學古」的創作理論等論述。論者認為公安之性靈求真之風一經竟陵學古之風，反而走回傳統創作風格。公安性靈創作風潮，待清末民初胡適等人之文學運動方得再現。

2. 蘇恆雅《〈陶庵夢憶〉與〈西湖夢尋〉研究——以文學表現與遺民意識為主》（2001 年逢甲大學中研所碩士論文）

論文重點在於其文學表現與遺民意識。就晚明至南明遺民的時代背景，或有別章交代為好。

首先以張岱的家世、生平及其作品為述。其次以《陶庵夢憶》與《西湖夢尋》為研究脈絡，並以張岱的遺民意識為基點，析論悲王室、哀身世為其遺民意識之主調。再以此續論《陶庵夢憶》與《西湖夢尋》的生活與人物記實等題材；並爬梳其文學表現之妙、結構層次之巧、風貌格調之美等特點。撰者認為《瑯嬛文集》與《石匱書後集》既作於明末清初，那麼完成於同一時期的《陶庵夢憶》與《西湖夢尋》兩部書，亦當具有遺民意識。作者認為《陶庵夢憶》與《西湖夢尋》二書中遺民意識之未顯原因：皆由於夢產生的

疏離感所致。

（四）以「地域性研究」為探討範疇

由地域性的研究論述有：張薰《宋代西湖詞壇研究》（1986 年台灣大學中文所碩士論文），陳宜伶《南宋詞人心中之理想都城》（2003 年東華大學中文所碩士論文），宋仁正《宋代的西湖與杭州》（2003 年政治大學歷史所碩士論文），戴華芬《西湖的美麗與哀愁南宋時期西湖旅遊的各式風貌》（2000 年清華大學歷史所碩士論文），陳秋雅《林逋與西湖的氣蘊融攝──兼談人文對景觀美的影響》（2005 年台灣師大國文學系在職進修碩士論文）等論文。其中張薰《宋代西湖詞壇研究》可說是一篇較早且完整論述關於詞壇的地域書寫論文，而陳秋雅《林逋與西湖的氣蘊融攝──兼談人文對景觀美的影響》亦以地域書寫來探討文人與地域之相互融攝的關係。以下擇要而論之：

1. 張薰《宋代西湖詞壇研究》（1986 年台灣大學中文所碩士論文）

以西湖詞壇為論題，當屬地域性研究方法。

此論文之地域研究法與同時之論文相較而言，撰者的創新與布局，可謂是令人耳目一新。撰者拈出為「宋代西湖詞壇」研究之必要，並針對地域性的研究與必要做分類說明。西湖作品於北宋僅蘇軾等人之作，其為數少；對照南渡之後，由於局勢偏安，故西湖作品呈現多樣且量豐的現象，故以南宋西湖詞作為主要研究範疇。續剖析南宋國都臨安之人文環境及其自然環境──西湖之美，使得寓居詞人以作品呈現其深刻的自然人文精神。而西湖詞人則以結社與雅集為主要活動風氣。論者於眾多西湖詞人中選錄重要作家、作品量多的姜夔、吳文英、周密、張炎等貫穿南宋中後期的四位詞家為論，有其時代意義。最後以憂時之音、遊觀之樂、湖景之詠、故國之思等主題特點為論西湖詞作。撰者意藉地域觀點之研究法，以證明宋代西湖詞壇對明末清初之詞作底蘊之深遠影響。

2. 陳秋雅《林逋與西湖的氣蘊融攝──兼談人文對景觀美的影響》
（2005 年台灣師大國文學系在職進修碩士論文）

海峽兩岸對於北宋林逋的研究論著並不多見。撰者以林逋為論，雖為少見之論題，但亦因此頗具新意。

撰者試圖在文人與景觀的聯繫中做深入的探討。從林逋遊隱的生命型態，再論其恬淡孤傲的情懷與儒釋道三教融合的思想，以探討其隱居生活之

意趣。以社會學的角度，進而談其隱者與文人的角色所塑成的隱逸人格典範。由此隱逸人格典範析論林逋與西湖的聯繫，進而形成西湖旅遊的人文景觀，並點出林逋影響：此後才子英雄人物和西湖人文景觀形成有著密不可分的關係。文末論證林逋的人文典範與西湖的自然名勝連結之後，遂而交會出一張西湖人文旅遊網。

二、期刊論文

經查詢國家圖書館電子期刊與中國期刊網關於「袁宏道與張岱的西湖書寫」之研究論述，則未見之。就所尋得的期刊資料中，將與本論題有關之單篇論文予以分類之，如下有：

（一）就作者文本而言

甘玲〈性靈化的山水——讀袁宏道的《西湖》（一）〉〔註17〕、王世民、劉建剛〈濃妝淡抹總相宜——《西湖》（二）淺析〉〔註18〕、王新霞〈《西湖遊記二則》賞析〉〔註19〕、張博學〈《西湖七月半》淺析〉〔註20〕、夏咸淳〈論張岱及其《陶庵夢憶》《西湖夢尋》〉〔註21〕、黃暉〈幅短神遙墨稀旨永——論張岱及其《陶庵夢憶》、《西湖夢尋》的韻外之意〉〔註22〕、徐豔〈掙脫古典枷鎖的語言革新——晚明小品的語言研究〉〔註23〕。

（二）就思想主張而論

張烈〈公安派與晚明之新文學運動〉〔註24〕、鄭幸雅〈論袁宏道的自適〉

〔註17〕甘玲著：〈性靈化的山水——讀袁宏道的《西湖》（一）〉（湖北：《高等函授學報》哲學社會科學版，2003 年 2 月第 16 卷第 1 期），頁 61。

〔註18〕王世民、劉建剛著：〈濃妝淡抹總相宜——《西湖》（二）淺析〉（山西：《山西教育》，2003 年第 10 期），頁 19。

〔註19〕王新霞著：〈《西湖遊記二則》賞析〉（北京首都師範大學：《語文講堂》，2001 年第 2 期），頁 74～75。

〔註20〕張博學著：〈《西湖七月半》淺析〉（山西：《山西財經大學學報》，2000 年 12 月第 22 卷），頁 231。

〔註21〕夏咸淳著：〈論張岱及其《陶庵夢憶》《西湖夢尋》〉（上海：《天府新論》，2000 年 5 月第 2 期），頁 68～73。

〔註22〕黃暉著：〈幅短神遙墨稀旨永——論張岱及其《陶庵夢憶》、《西湖夢尋》的韻外之意〉（貴州淮陽師專：《學報》，1997 年 5 月第 19 卷第 4 期），頁 32～34。

〔註23〕徐豔著：〈掙脫古典枷鎖的語言革新——晚明小品的語言研究〉（台北：《古今藝文》，2004 年 5 月第 32 卷第 3 期），頁 44～49。

〔註24〕張烈著：〈公安派與晚明之新文學運動〉（湖北：《湖北文獻》，2003 年 8 月第

〔註25〕、張惠喬〈袁宏道文學理論中的「眞」〉〔註26〕、戴文和〈良知、童心與性靈初論〉〔註27〕、高月娟〈由袁宏道「序小修詩」一文探析「性靈」之說法〉〔註28〕、張則桐〈從人生取向來看張岱的價值觀念〉〔註29〕、林宜蓉〈流離與返歸——中晚明狂士生命型態的展現〉〔註30〕、許麗芳〈重組與對話：晚明小品文之自我書寫〉〔註31〕、毛文芳〈閱讀與夢憶——晚明旅遊小品試論〉〔註32〕、陳江〈退隱與抗憤——晚明江南士人的生存困境及其應對〉〔註33〕、李聖華〈論張岱的遺民心態和他的「冰雪」之詩〉〔註34〕。

（三）就審美意識而言

張忠良〈論袁宏道遊記中的雅俗觀〉〔註35〕、王詠晴〈論袁宏道散文中的美學思想〉〔註36〕、鄭幸雅〈識趣，空靈與情膩——論晚明文人的審美意識〉〔註37〕、陳忠和〈晚明山水小品中「以我觀物」的審美感應模式〉〔註38〕、

15 卷第 1 期），頁 1～4。

〔註25〕鄭幸雅著：〈論袁宏道的自適〉（嘉義南華大學文學系：《文學新鑰》，2004 年 7 月第 2 期），頁 107～126。

〔註26〕張惠喬著：〈袁宏道文學理論中的「眞」〉（台北：《鵝湖月刊》，2003 年 8 月第 29 卷第 2 期），頁 41～48。

〔註27〕戴文和著：〈良知、童心與性靈初論〉（台中：《僑光學報》，2002 年 12 月第 20 卷），頁 29～51。

〔註28〕高月娟著：〈由袁宏道「序小修詩」一文探析「性靈」之說法〉（台北：《育達學報》，2001 年 12 月第 15 卷），頁 7～18。

〔註29〕張則桐著：〈從人生取向來看張岱的價值觀念〉（台北：《古今藝文》，2004 年 11 月第 31 卷第 1 期），頁 44～49。

〔註30〕林宜蓉著：〈流離與返歸——中晚明狂士生命型態的展現〉（台北：《中國古典文學研究》，2003 年 6 月第 9 卷），頁 65～96。

〔註31〕許師麗芳著：〈重組與對話：晚明小品文之自我書寫〉（彰化：《彰化師大國文學誌》，2000 年 12 月第 4 期），頁 55～73。

〔註32〕毛文芳著：〈閱讀與夢憶——晚明旅遊小品試論〉（嘉義中正大學：《中正中文學報年刊》，2000 年 9 月第 3 期），頁 1～44。

〔註33〕陳江著：〈退隱與抗憤——晚明江南士人的生存困境及其應對〉（上海華東師範大學：《史林》，2007 年 4 月第 1 期），頁 99～107。

〔註34〕李聖華著：〈論張岱的遺民心態和他的「冰雪」之詩〉（貴州：《貴州文史叢刊》），頁 57～62。

〔註35〕張忠良著：〈論袁宏道遊記中的雅俗觀〉（台南女子技術學院：《學報》，2005 年 10 月第 24 卷第 2 期），頁 443～465。

〔註36〕王詠晴著：〈論袁宏道散文中的美學思想〉（高雄：《雄中學報》，2003 年 5 月第 6 期），頁 1～52。

〔註37〕鄭幸雅著：〈識趣，空靈與情膩——論晚明文人的審美意識〉（嘉義南華大學

陳忠和〈晚明山水小品中「遊貴有言」的審美表現模式〉〔註39〕、毛文芳〈閒賞——晚明美學之風格意涵析論〉〔註40〕。

（四）就地域文化而論

鄭雅尹〈晚明文人西湖遊觀試探——以張岱《西湖夢尋》爲考察對象〉〔註41〕、劉桂蘭〈張岱小品文「西湖情結」管窺〉〔註42〕。

根據上列單篇論文，於此擇取與本論文基點之相關論題爲述：

1.許麗芳〈重組與對話：晚明小品文之自我書寫〉

撰者以自我書寫之價值性與書寫策略之凸顯等兩方面來析論晚明小品文之自我書寫。

就自我書寫之價值性而言，論者發現，同樣面對自然山水，晚明古文家與唐宋古文家的書寫差異，在於明小品家面對遊賞時，強調當下的全然投入，重視自己的生命情調。其次，晚明小品文家對於自我起居空間之描述角度，容易將自我定位與空間連結，也適時於文中表現其審美意識。再者，晚明小品文家重視自我生活體驗之趣，亦因此有標新立異的書寫基調。

此外，論者認爲晚明小品文家的書寫策略較專注於自我經驗之陳述與紀錄，且於書寫中多方呈現其人之反省、娛情或悔悟，亦能因此於過程中沉澱、慰藉自我心靈。其次，藉由書寫過往的經驗，而達到重組過往的活動經驗，進而自我批判。並且書寫者不受制於傳統書寫框架，其個人意識自由，因此能於書寫過程中完成思索與反省，進而形塑其鮮明個人色彩與超越世俗的生命態度。

而筆者就論題「袁宏道與張岱的西湖書寫」，其意也在藉由「自我書寫的重組與對話」的路徑中，定位袁、張二人之作品精神。

文學系：《文學新鑰》，2007年6月第5期），頁103～126。

〔註38〕陳忠和著：〈晚明山水小品中「以我觀物」的審美感應模式〉（台中：《靜宜語文論叢》，2005年12月第1卷第2期），頁1～27。

〔註39〕陳忠和著：〈晚明山水小品中「遊貴有言」的審美表現模式〉（台中：《興大中文學報》，2005年6月第35卷上），頁297～332。

〔註40〕毛文芳著：〈閒賞——晚明美學之風格意涵析論〉（嘉義中正大學：《中正中文學報年刊》，1999年3月第2期），頁23～50。

〔註41〕鄭雅尹著：〈晚明文人西湖遊觀試探——以張岱《西湖夢尋》爲考察對象〉（南投：《暨南史學》，2005年7月第8卷），頁1～35。

〔註42〕劉桂蘭著：〈張岱小品文「西湖情結」管窺〉（貴州：《淮陽師範學院學報》社會科學版，2005年4月第27卷），頁542～545。

2. 黃暉〈幅短神遙墨稀旨永——論張岱及其《陶庵夢憶》、《西湖夢尋》的韻外之意〉

　　撰者認爲張岱之所論夢，豈只是一物或一景之表象，其夢是有所寄託、有所感慨的。他認爲張岱其《陶庵夢憶》、《西湖夢尋》二書的韻外之致在於：其欲透過二書的「敍夢」以完成其對於現實感慨的一種感觀歷史、一幅繪圖歷史；並作者有意藉其獨特的生活視角與以小見大的短文創作方式，來追憶故國、故園往昔的美好，雖說世界、說人世間的生活，實則以其豐厚的才識學養和透闢的觀察力，將己之感慨與見解蘊寄於其中。而《陶庵夢憶》、《西湖夢尋》的特點爲：體制省淨——結構精巧，不枝不蔓；文辭省淨——文約意豐，詞美意純。書中多或敍一事、或繪一人、或摹一物、或描一景的線索分明，其作雖文短，卻意韻深長。故筆者欲透過此論述基點，於本論文第五章針對袁、張二人的西湖書寫，進一步深入剖析與探討其深沉之生命情調。

　　3. 劉桂蘭〈張岱小品文「西湖情結」管窺〉

　　撰者意在透過張岱其以史家之筆呈現西湖風情之人事滄桑內涵，以證驗其個人理想主義色彩濃厚與「西湖情結」之鮮明風格。撰者認爲透過《陶庵夢憶》與《西湖夢尋》兩部小品文，便可領會作者緬懷過去的風月繁華、追憶前塵往事，形成其獨特的審美取向：在平淡的敍述中，蘊含體貼、關懷世情風俗及隱喻黑暗政治的腐敗；在書寫西湖時，於清風皓月、空靈淡雅之美中，飽含其自身有如西湖的孤傲與堅貞之特質；且善於寫境，特別是寂寞清幽之境，於其境體會生命的「虛無」與「孤獨」。而「孤獨」正是生命回歸寧靜的本質，更是張岱「西湖情結」的文化意象。撰者強調宗子通過「夢憶」、「夢尋」的過程，進而對生命情調進行著回歸和延續，表現其深刻的故國之思與家亡之悲。筆者就文本而言，此二書並非僅有故國之思的深層底蘊，其更有時代背景下的精神與意義。

　　綜合以上各個探討範疇，可以得悉學術先進者的論述方向。以上述各家而言，與本論題、論文相關的學位論文或期刊論文：就思想精神方面，有蘇恆雅《《陶庵夢憶》與《西湖夢尋》研究——以文學表現與遺民意識爲主》、鄧怡菁《袁宏道仕隱心態研究》等學位論文，及黃暉〈幅短神遙墨稀旨永——論張岱及其《陶庵夢憶》、《西湖夢尋》的韻外之意〉、許麗芳〈重組與對話：晚明小品文之自我書寫〉等單篇論述；就地域書寫方面有陳宜伶《南宋詞人心中之理想都城》、宋仁正《宋代的西湖與杭州》、戴華芬《西湖的美麗與哀

愁南宋時期西湖旅遊的各式風貌〉、陳秋雅《林逋與西湖的氣蘊融攝——兼談人文對景觀美的影響》等學位論文，及劉桂蘭〈張岱小品文「西湖情結」管窺〉單篇論文。

綜上所述，海峽兩岸在單篇論文方面，並沒有關於以作品、精神為題之西湖書寫的比較論述。本論文用意以「地域主題」進而見其人之作品精神。

本論文主軸，在於透過晚明袁宏道寓居西湖時期的十六篇「西湖雜記」和張岱《西湖夢尋》之書寫作品為探討文本：以明袁宏道與張岱二人遊賞西湖諸作的時代背景及其精神意義，並且明其沾概後人的「寫作創調」和「書寫典範」，再而揭示民國以來的重要作家作品，乃遠承自袁宏道或張岱之寫作風格。以上為本論文所欲達成的研究目的。

第三節　研究範圍方法與步驟

一、研究範圍

由於以其二人的西湖作品為研究範疇，故本論文定調為「西湖書寫」。又袁張二人之作品時值晚明或南明時期，因此便須了解晚明小品文的書寫特質。

所謂晚明小品文的「書寫」〔註43〕，在〈重組與對話：晚明小品文之自我書寫〉一文中，作者認為：「書寫乃創作者為達成某種目的而執行之行動，具有創作者於此一書寫過程中所期望及實現之個人內在思考，此為美感經驗之表現，即對傳統價值之判斷與取捨」，「晚明小品文作者以特定之書寫形式、其中之擇取與呈現之意識，雖不免有歷史傳統及文化背景等影響，然同時亦藉其間個人主觀意識之反思或取捨而突破傳統之書寫價值及表現」。由此，我們得知晚明小品家的書寫內容，看似庸弱無力，不如傳統書寫有那般宏闊的壯志和文氣，然其於書寫同時，不僅與山水對話，其更多的時候是在與自己的心靈對話，甚至在塵世與矛盾中漸漸撫平自己的傷口。因此，以袁張不同的人生，其西湖作品當有異同之生命情調。然其人之生命情調尚須透過文本，方得以窺得其貌。

關於袁宏道與張岱，這兩位大家皆著作等身。本論文題為「西湖書寫」，主要在以袁宏道退處西湖時期的十六篇「西湖雜記」與張岱的《西湖夢尋》

〔註43〕見許師麗芳著：〈重組與對話：晚明小品文之自我書寫〉（彰化：《彰化師大國文學誌》，2000 年 12 月第 4 期），頁 72。

為探究範圍。因此袁宏道的十六篇「西湖雜記」，便以 1976 年台北清流出版社所出版的《袁中郎全集》上下兩冊為研究版本；而張岱《西湖夢尋》則以台北頂淵文化事業所出版的四部刊要子部小說類的版本為探討根據。

論題以袁張寓居西湖時期的心得札記為研究比較範圍。因之採用「地域研究法」論其時代意義與作品精神。再者，因涉及政治背景的關係，所以運用「歷史研究法」，參酌了二十四史中的宋史、明史及清史料，尤其是「晚明」與「南明」之政治社會重要事件，以祈尋得作家與作品在時代動盪因素之下，與當代事件發生之因果脈絡關係，甚至是劇烈的影響，以及文人所受到的衝撞等等都能因此而為「西湖書寫」的背景有一番詮解。另外，文人的仕隱與否、遺民心態的表現，也在在衝撞儒家君臣倫理與先秦以來兼濟天下的用世觀，如此皆為比較其二人時所欲釐清的異同之象。

二、研究方法與步驟

歷來多少文人雅士為西湖美景而駐足而風雅，又有多少隱士、騷人墨客因此寄寓西湖：從白居易〈錢塘湖春行〉到蘇軾〈飲湖上初晴後雨〉，還有那和靖先生的〈梅花〉詩以及美麗的「雷峰塔」傳說、「岳王墓」事蹟，與袁宏道寄隱西湖的「西湖雜記」、張岱的風俗人情筆記《西湖夢尋》等作品，皆呈現著人與自然及社會發展的密切關係。「西湖」，在不同的年代，以其不同的風貌展現在世人面前，如果說是歷來的騷人墨客與倥傯戰禍讓它水裡來火裡去，倒不如說是它見證了幾度潮（朝）起潮（朝）落的人間百態，因為這樣，許多人每覽西湖總能輕易的藉由心靈深處的記憶密碼而與其相應會心。

晚明是一個朝野上下昏亂，社會局勢日頹的特殊年代。朝野中總有那振聾發聵的有識之士，或是選擇退隱告別官場的文人。他們在卸下官服以雲遊各地時，總會以赴其盛會的心情來到「西湖」，這裡是能使其身心安頓的「淨土」。至少這裡沒有紛爭而又能盡情吐露心聲，當然較不易因此招來文字獄禍。這個時代有不少文人、商賈、平民到西湖；或避禍的官人也喜歡西湖；而也有不屑為官暫居於西湖的人。於是我們從晚明文人作品中，尋其同以西湖為題的作品。又，選擇能以性靈書寫的小品文為線索，並從中覓得了袁張之西湖作品：一為袁宏道的「西湖雜記」；一為張岱的《西湖夢尋》。而袁張皆寫西湖，其風格看似近似，然有其異同。目的在從其二人及其晚明西湖題材中，探究其人作品之深層意識及典範形成，且為昔日論文所未發現的論點，

即為本論文的研究目的。

　　由於本論文題為「袁宏道與張岱的西湖書寫」，故採用「歷史研究法」〔註44〕與「地域文化系統」〔註45〕的觀點，以作為本論文的研究方法。

　　首先，所謂「歷史研究法」是指：「研究過去所發生的事件或活動的一種方法。作法是從歷史資料中，如日記、信函、官方文件和遺物等，發現有關研究問題的資料，並且在鑑定史料的真偽之後，以辨別其真偽和可靠性，於其後有系統的組織史料，並加以解釋，使各自分立不相關聯的史實發生關係。」其次，「地域文化系統」是指：「在一定的地域空間中，人——文化——環境共同構成人類活動的地域文化系統。在此系統中，人——文化——環境是三位一體的有機整體，主要研究地域文化系統的組成、結構、功能、空間特性和時間動態，以及系統要素之間與系統內發生的各種過程及其相互作用機制。系統的相互作用關係包括：文化與文化之間、文化與環境之間、各種過程之間的相互關係。」

　　在學術界研究歷史人物的論文不少，其大部分是以歷史人物的一生為線索，但對於其歷史人物所受地域文化的薰陶的研究則更少，這樣的研究便容易陷入一種以人論人的狀況，為此在研究中應從歷史人物所處的地域文化來研究，藉此將研究的視角從一個人的一生重點聚焦到他成長的童年、青年時代，去研究這種成長背後起了很大作用的文化因素以及歷史人物的性格〔註46〕。如此，當是面對作品最為完整的時空論述。故，藉由「歷史研究法」，當能做為第二章明清史實與文人面對生存處世的問題時得以釐清的理論基礎，也能做為第三章袁張二人成長背景中與西湖的聯繫脈絡；而「地域文化系統」理論，將能使第四章西湖的發展與歷代西湖書寫之背景做一聯繫，以為析論第五章西湖書寫的作品精神之基礎。如此，方能使袁張的西湖書寫有其意義。

　　在資料蒐集的初期，首先以了解袁宏道與張岱的個人生平事蹟為入門，其次針對其人作品版本的蒐集，以及對於國內學術論文成果與本論文研究主

〔註44〕見郭生玉著：〈第十四章歷史研究法〉，《心理與教育研究法》（台北：精華書店，1981 年 10 月），頁 379～381。

〔註45〕見陳慧琳主編：〈第一章文化活動與地理環境〉，《人文地理學》（北京：科學出版社，2001 年 6 月），頁 95。

〔註46〕參考自船山學人：〈研究歷史人物的新視角——地域文化與性格〉（北京：新華網，2003 年 6 月）。

題之主要相關與次要相關資料的搜尋，並且經由網路搜尋國家圖書館的期刊論文、大陸中國期刊網的主要、次要相關之學術期刊資料。再者，蒐集整理相關於晚明、南明的史料圖書以及關於明代文學流派的發展，小品文與陽明心學及性靈風潮之學說主張，以及民國以來當代重要作家及其懷鄉文學作品等資料，以論析袁張二人對後世文學作品沾溉之深淺厚薄，以作為論文研究之參考。為此，本論文的研究步驟分別為：

第一章　緒　論

敘述本文的研究動機與目的，再談及研究範圍方法與步驟。

第二章　明季文人的痛苦和抉擇

由明朝中葉以後紛沓的亂局，以探討在政治混亂背後的君王昏瞶、群臣失據的根本原因。另一方面，文人因迫於無奈的退離態度以行療傷自勉；進而做出山水比德的抉擇，並且開始習於享受貴我風格的生活美學。末則以揭開性靈小品的寫作風格及其形成的潛在原因，以明王學末流與性靈風潮的密切關係。

第三章　袁宏道與張岱的生平背景及文學態度

以袁張二人重要生平事略為基礎，以明其二人的家世和家學淵源，進而了解影響其人生活態度與生命價值的淵源。末則以其二人的思想淵源與文學態度，以證袁張的寫作風格成因。

第四章　管窺西湖之書寫背景

先談杭州與西湖的發展背景，進論歷代西湖詩文及其意象，再以此將明代與前代意象做對照與聯繫。最後以袁宏道「西湖雜記」與張岱《西湖夢尋》二書中瑰麗的案頭山水為基點，來探討作品中所揭示的時空背景或作品精神，其結果正為第五章之研究目的。

第五章　「西湖雜記」與《西湖夢尋》之作品精神

從袁張二人的西湖小品以同中求其異：探討其於現實與夢境之間的處世心態，在獨抒性靈與山水對話中進行自我認同，且在昏亂的世局中仍保有些許書寫風教之思，並且在反省的路程中完成自覺的人生。

第六章　結　論

透過唐宋與元明西湖之書寫背景與意象之別，以論袁宏道或張岱的書寫風格亦因政治複雜背景而瑰麗多姿，意象有別，並明其二人的文學地位與作品價值。

第二章　明季文人的痛苦和抉擇

　　明朝開國之初，不論是政治、經濟、教育等方面都呈現勃發契機。明太祖深知己之出身並明瞭儒家士人的心態，故頗爲禮遇知識分子，且鼓勵群臣直言極諫，因而獲得了知識份子極高的評價。君王一旦博得儒生的好感，其政權的穩定也隨之相對提高。由於明初皇權實體穩固，重以商業活動頻仍，遂促使經濟發達。尤以嘉靖、隆慶以後，社會經濟產生很大的變化。

　　由於商業經濟買賣與往來頻繁的人口，促成了新興都市的誕生。在這些富裕發達的市鎮中，人們漸漸培養濃厚的審美情趣，不僅有口腹之慾，還有聲色之好，人們競逐利益似不稍閒。而人性的啓蒙與個性眞我的思想膨脹，更隨經濟蓬勃發展而起。不過，在追求「良知」、「眞我」的個性展現同時，也隨之衍生了宣洩個人情感、訴求生命情調等處世價值。因此，本章將針對晚明政治的紛沓亂局、知識分子的生命情調、風起雲湧的性靈風潮三節，以作爲抒陳論證明季文人所面對的時代巨變與抉擇心態，及其所反映的文學思潮。

第一節　晚明政治的紛沓亂局

　　晚明政治惡鬥所衍生的影響是很大的。尤以神宗朝張居正去世後，明廷上下進行批鬥張居正的一切作爲，有些甚且惡意攻訐逝者，有時甚至企圖以輿論的壓力來影響政局。而明亡的起點原因，要屬神宗行「礦監稅」[註1]

〔註 1〕 參考楊佳駱主編，張廷玉等編著：〈明史卷二十一・本紀第二十・神宗紀一〉，《中國學術類編・新校本明史并附編六種》（台北：鼎文書局，1975 年 6 月）。

之事，此事所導致物價上漲、經濟失調、吏治不修、中央腐敗、汙吏貪官橫行、民心紛亂、社會潰堤、民變欲起等亂象，使得天下人希冀尋得一個桃花源境，以從現實的重稅困境中，求得一塊人間淨土以安居適所。因此，本節遂以明代三案之亂象與當時外患、內憂之交相紛迫及政治核心失序等問題，來探討當代內政、外交等亂象所夾帶而來的社會與經濟問題其嚴重後果。

一、明代三案之亂象

本節將從袁宏道與張岱所處的晚明時期，以影響明代紛亂政局之首的「明三案」事件〔註2〕，做為國事崩頹的源頭，其次以「外患內憂的紛擾」來分別談論明與金之敵我勢力消長之況，再論及朝野政治核心的失控現象，以證明亡之勢早已潛伏於政治惡鬥的事件中。

（一）明三案前

大凡一個朝代的興衰，總有其徵兆。明朝政治腐敗，綱常敗壞，在武宗、世宗年間已現，直到神宗之後，政風廢弛，頹唐日衰。此部分將以正德、嘉靖年間與張居政輔朝及抄滅張居正家族等三小節，來作為開啓明三案發生的事兆。

1.衰頹之象──正德嘉靖年間

明朝中後期從一個荒佚為甚、不理政務的正德（武宗朱厚照）所造成的擾亂綱常之作為，而後繼其位的堂兄弟朱厚熜是為明世宗（嘉靖），為了追尊生父母之儀制與稱謂問題，與支持他即位的內閣大臣爭擾不休，進而演成「大禮議」〔註3〕事件。他為了支持自己的孝道，即使當眾杖責朝臣也在所不惜。因此整個國家經過了正德的荒怠國政與寵倖宦人劉瑾，甚且任劉瑾為非

〔註2〕 參考溫功義：《明末三案》（台北：谷風出版社，1986年9月）。黎東芳：《細說明朝》（台北：傳記文學出版社，1997年10月）。杜婉言：《失衡的天平──明代宦官與黨爭》（台北：萬卷樓圖書，2000年8月）。高陽：《明朝的皇帝》上中下三冊（台北：學生書局，1979年2月）。李焯然：《明史散論》（台北：允晨文化事業，1991年12月）。

〔註3〕 「大禮議：秋七月壬子，進士張璁言，繼統不繼嗣，請尊崇所生，立興獻王廟於京師。初，禮臣議考孝宗，改稱興獻王皇叔父，……楊廷和等抗疏力爭，皆不聽。癸丑，命自今親喪不得奪情，著為令。」見楊佳駱主編，張廷玉等編著：〈明史卷十七‧本紀第十七‧世宗一〉，《中國學術類編‧新校本明史并附編六種‧第一冊》（台北：鼎文書局，1975年6月），頁216。

作歹，以及後來溺於奉道、不務政務的嘉靖，還是無知懦愚政事的隆慶（穆宗），其種種乖戾作爲皆造成整個國家體系、綱常，百孔千瘡。幸得當時內閣首輔發揮效用，方能使這樣一個行將衰頹的帝國，免於立即崩頹之危。然衰頹之象早已呈現。

2. 一新耳目——張居正〔註4〕輔朝

穆宗崩後，神宗以稚齡即位。因年幼而由張居正作爲輔政大臣。張居正，早於穆宗時嶄露頭角，其後與太監馮保裡應外合，排除異己（高拱）。殆高拱被罷免後，張居正遂得到皇室支持，權勢地位益加鞏固，隨即展開了十年的施政手腕與兼濟天下之夙願。於是在短短幾年之間嚐盡官場百態，進而長袖善舞的掌控全局。他從一個未諳朝廷風雅的官吏，變成善於賣弄權謀以達輔政與權臣的政治要角。

事實上，一個有所爲的文官初進殿閣時，大多懷有兼善天下與爲社稷謀福的情結。在明太祖的建制下，處於明代之士人或有王安石於神宗朝變法言：「天變不足畏，祖宗不得法，人言不足恤」那種堅定意志。然而，明朝自胡惟庸案，廢去宰相職，並改以內閣首輔行事，實際上更易集中權力於一身，這樣的政治制度是有問題的。明中葉以後，神宗朝正如一個行將步入晚年的老人，他期待再有年輕時的活力，可是身子虛弱的不知從何做起。整個國家制度崩壞，不僅朝廷政治腐敗，甚至社會貧富不均、士氣囂張、學說分歧之象頻頻迭生。此時明朝已到了非變不可的地步。〔註5〕

由於張居正嗅出當時朝政官員積久之因循苟且、推委塞責毛病，於是在整頓行政方面，主張屬行吏治，於各部衙門設置文簿，來標明事情的輕重緩急及完辦日期，以建立中央與地方的行政效率；在田賦方面，推行一條鞭法，以平均百姓的賦稅負擔，藉此提高國家財政收支，並清查丈量全國土地。還重視河患和邊防，請潘季馴等人治河；請李成梁和戚繼光分守遼東、

〔註4〕「張居正：張居正，字叔大，江陵人。少聰穎絕倫，十五爲諸生。巡府顧璘奇其文，曰：『國器也。』未幾，居正舉於鄉。嘉靖二十六年，居正成進士。改庶吉士，徐階輩器重之。……居正爲人勇敢任事，豪傑自許。然沉深有城府，莫能測也。嚴嵩爲首輔，忌階，善階者，皆避匿。居正自如，嵩亦器居正。」見張廷玉等編著：〈明史卷二一三・列傳第一百一・張居正傳〉，《中國學術類編・新校本明史并附編六種・第八冊》（台北：鼎文書局，1975 年 6 月），頁 5643。

〔註5〕傅樂成主編，姜公韜著：〈第四章・明朝中後期的政局〉，《中國通史・明清史》（台北：眾文圖書公司，2003 年 10 月），頁 67。

薊州〔註6〕。客觀而言，其當政十年，算是爲萬曆初期的政治安定和經濟發展做出一定的貢獻。

3. 親痛仇快——抄滅張居正家族

由於張當政期間，曾進行一系列的政治改革。張居正的改革中，最看中的是一條鞭法的稅制改革。新的稅制簡化了收稅手續，以資材爲基本稅收對象。而新的制度還必須建立相應的會計制度、銀行制度以及中央結算制度〔註7〕。但是光靠他一人之力，實在很難達成，於是將理念建立在全國耕地的清查和對官員們的嚴厲督核上，藉此以達成政治新制的成效，目的在使朝野氣象一新。不過現況很糟的是，在清查丈量土地中，一些好大喜功的官員，經常虛浮地主的地產面積。再加上這種處理方式，一時之間對中下層的百姓有減低稅賦負擔之利；但對長久以來只知坐享而不事生產的地主和龐大的官僚而言是苦不堪言，怨聲不斷的。

於是昔日豪門權貴等既得勢力者，開始對張居正痛擊，甚且不顧一切的全面反擊。這個痛擊要以萬曆五年的「奪情之舉」爲排山倒海的最大攻勢。事件起因於張居正喪父，按傳統禮制，應該立即進行丁憂事宜。然他執意守住官位，不爲所動。而朝野批判攻擊愈烈，甚至聯合上疏批判。此況如〈艾穆傳〉所言：

> 自張居正奪情，妖星突現，光逼中天。今星變未銷，火災繼起。臣敢自愛其死，不灑血一爲陛下言之。陛下之留居正也，動曰：爲社稷故。且事偶一爲之者，例也；而萬世不易者，先王之制也。社稷所重莫如綱常，而元輔大臣者，綱常之表，綱常不顧，何社稷之安？〔註8〕

這些以儒家道學的觀點來攻擊張居正的官員，大多是明朝後期標榜官員氣節，代表輿論正義的東林黨人。此時，張居正基於對朝廷權力核心的長久經營以及本身對權力欲的戀棧，儘管攻擊他有違人情的聲浪不斷，甚至對於激進的批判者採取嚴厲的杖擊。最後，張居正還是逆眾議而仍於朝廷視事。

〔註6〕 參考註5，頁68。

〔註7〕 鄭敬高著：〈拒絕自救：明朝衰亡的癥結所在〉（山東：《青島海洋大學學報》社會科學版，1998年第1期），頁62。

〔註8〕 見張廷玉等編著：〈明史卷二二九・列傳第一一七・艾穆傳〉，《中國學術類編・新校本明史并附編六種・第八冊》（台北：鼎文書局，1975年6月），頁6003。

張居正去世〔註9〕，諡文忠。由於過去萬曆年幼之時，馮保與張居正相協，控制了整個政局。如今張已卒，太監馮保因此失勢。在萬曆親政之後，開始了一連串逞其個性的攻擊與消極作為。

首先是彈劾太監馮保的奏疏，疏中既彈劾馮保，也糾舉了張居正與宦官結盟的罪行〔註10〕，按照帝國法律，朝廷大臣結交太監乃是一款大罪〔註11〕。如此之況，對想要雪恨的神宗而言，無疑是一個絕佳良機。

其次，所謂雪恨的事端，起因於萬曆八年。由於年輕的萬曆皇帝與小太監酒酣耳熱之際，發生拔劍欲傷人的混亂事端。最後太后在馮保的報告之下，將神宗召至慈寧宮罰跪。這對一個血氣方剛的青年而言，無疑是奇恥大辱。

其三，萬曆在深入追查彈劾馮保的事件後發現，首輔張居正返回荊州老家，僅於行的方面，便要搭乘以三十二個轎夫所抬行的坐轎，內分臥室和會客室，轎裡還有童僕伺候。如此用度足讓神宗倍感詫異〔註12〕。以後一連串清算、攻訐張居正的事態，便由此展開了。

綜言之，萬曆在位四十八年。其中張居正擔任首輔十年，官方朝廷的話題多圍繞在文臣武將的辦事能力和年終的考核業績。其後三十八年，因糾舉彈劾張居正而得到的感官刺激，致使朝野官員競相議論批判官員的道德操守和個人人品。於是整個國家所關心探討的不是國內外大事，而是終日思考著如何給對手、政敵貼上沒有道德沒有操守的標籤。縱使有識之士於朝廷上言亡國之兆，萬曆似未覺事況嚴重。

（二）明三案（後）

親政後的神宗同其父祖的表現無二致，活動大約是：不上早朝、不批公文、不行經筵、不臨郊廟。而其中最足以動搖社稷的情況是：遇官員缺額，不行補員之實〔註13〕，以及大肆派員至全國各地開礦採稅、向貧困百姓徵稅

〔註9〕 張居正逝於萬曆十年。

〔註10〕 張居正為了排擠高拱、奪取首輔的地位，與馮保裡外呼應，製造了許多冤案。然其二人結盟，至少已經十年以上。

〔註11〕 李亞平著：〈張居正：在死棋局中博弈──沒有勝出者的博弈〉，《大明王朝紀事‧帝國政界往事‧下篇》（台北：大地出版社，2006年5月），頁330。

〔註12〕 張居正不斷的教導神宗要節省宮中的用度，私底下卻是如此揮霍。這樣的發現，使神宗開始不相信人性。

〔註13〕 「官員任職期滿，準備離任；或因父母亡故，要趕回去守喪，卻是久候不得

之騷擾事件，因而開啓亡明之禍端。

　　而歷來結朋黨、立門戶、黨同伐異，乃是爲政之大害。神宗爲奪回過重的首輔之權，不論張居正政績臧否優劣，卻一心扶植御史李植、江東之、羊可立等人，其主要目的在以摧毀並否定張居正的一切政治作爲，致使權力和主導權回到自己的手中。而此一舉動遂促使朝廷派系日形惡化。

　　張居正時代，正是陽明學說盛行天下、且頗受士子歡迎之時。由於士子常常在成立書院後，竟日空談。重以受俸又免役，在社會上有一定的地位。因此欺壓百姓、威脅學官、毀謗地方官員的事情層出不窮。於是，張居正於萬曆三年整頓學風，在萬曆七年正式下詔毀棄天下書院。由於張居正的魄力以及對言官的嚴屬管制，使得彈劾者只能忍氣吞聲。一旦張居正去世，則那些敵對者便猛烈的回擊，表現的相當意氣用事。親政後的大事爲國本之爭，亦即立儲問題。而明三案的發軔，當爲國本之爭。〔註14〕

　　國本之爭起因於神宗冊封鄭氏爲貴妃後，有意立其子爲太子〔註15〕。但是按照明代祖制，皇嗣必須立嫡立長。意即皇帝有嫡子則立嫡子，無嫡子則立長子。神宗無嫡子，且十分寵愛鄭貴妃，更屬意常洵爲太子。重以當時眾閣臣先後上章，懇請早立國本。神宗在一片反對批判聲浪中一再拖延，後來不得已於萬曆二十九年，冊立常洛爲太子。至此，王位之爭似已塵埃落定，事實卻不然〔註16〕。由於國本之爭而衍生梃擊案〔註17〕、紅丸案〔註18〕、移

待者，於是封印自去、拜疏自去的事，不斷發生。刑獄乏人問斷，更使牢中待決之囚，死亡相繼。由於神宗怠忽政事，加上閣臣駕馭無力，朝臣議論紛紛，黨爭因之而起。……神宗是一個貪財好貨之人，馮保的失勢與張居正的被禍，事實上都是受了家資富饒的牽累，官缺不補，也是爲了吝惜俸給。並且不斷的派出太監到各地開礦、徵收商貨雜稅，百姓很受騷擾，有的地方甚至激生民變。」見傅樂成主編，姜公韜著：〈第四章・明朝中後期的政局〉，《中國通史・明清史》（台北：眾文圖書公司，2003年10月），頁71。

〔註14〕劉國輝著：〈晚明三案與明廷皇權之爭〉（遼寧：〈通化師範學院學報〉社會科學版，2001年2月第22卷第1期），頁93。

〔註15〕神宗妃王氏生常洛，爲神宗的長子，後來即位爲光宗。另一妃鄭氏生子常洵，即後來爲南明四王之一福王。

〔註16〕朱常洛雖被封爲太子，但在鄭貴妃的權勢壓力之下，他只得志忑度日。

〔註17〕「在萬曆四十三年，男子張差受鄭貴妃內侍劉成、龐保的主使，持梃闖入東宮，見人就打，最後終於被緝捕。議者認爲這是鄭氏愈加害太子常洛的鮮明罪證，因此競上奏章攻擊之。最後，權謀者爲平眾怒，立將劉成、龐保、張差等三人處以死刑，以了結此案。這就是所謂的梃擊案。」參考樊樹志著：《明帝國官場政治》（北京：中華書局，2004年9月），頁84。

宮案〔註19〕等明末三案，因此開啓明朝必亡的禍根。

　　其實三案本身不過是皇族內部的家務事，乍看之下對整個國家影響不大；事實上，這三案卻是各方勢力為爭奪皇權而鬥爭相殘的事況。實則歷代那些為爭奪皇位的諸侯國亂，上演手足相殘的畫面，可謂殷鑒不遠。至於那些非皇室的野心家即使上演一齣宮廷政變，也很有可能因此禍延滅族。

　　還有一種情況就是雖沒有皇位，但掌握皇權；一旦掌握皇權，便能掌控皇帝。未親政前的神宗對於政事之主張，在張居正、馮保、皇太后等人輔政之下，只得照單全收；一旦親政後，便為奪回皇權而進行反擊。正所謂聯合次要敵人以打擊主要敵人。居正逝後，神宗終於奪回所曾賜予張居正的一切封爵，然而這些反擊與削奪事件使得朝廷上下人心惶惶。由於陽明心學勃發與神宗所引發的削爵風波，使得朝臣們也競相以不合道德的標籤去攻訐政敵，甚至不擇手段的將政敵或不依從己見的同僚趕下政治舞台。這種瘋狂的鬥爭競賽，除了君王的坐視和報復人性的心理，再者就是東林人士和反對東林者對於朝廷政事，常常各執一辭，甚且到了水火不容的地步。特別是對明三案的看法：東林黨人以為該徹查到底；而三黨人士〔註20〕則有不同的看法。於此同時，魏忠賢勢力已悄然形成。

　　一個封建體制的建儲問題若不問才能優劣與否，其結果很可能是賠上整個國家及其子民的身家性命。而不論是梃擊、紅丸或移宮案，其暴露出神宗

〔註18〕「在太子朱常洛被冊封為儲君之後，但是在宮裡的地位仍遠不如鄭貴妃母子。鄭妃和常洵仗著神宗的寵愛，以及宮中趨炎附勢的群小所擁護，故常洛的太子地位可說是有其名而無其實。不僅如此，宮中的下人敬而遠之，甚且還不怎麼願意去其麾下伺候他。這樣的太子每天還得過著刀光陰影的生活，十分鶴唳恐怖。神宗在位四十八年，常洛尚且不得寵；神宗駕崩後，那麼鄭貴妃母子對輔即位的光宗之陰謀陷害之說，便甚囂塵上。在光宗登基後還未及一月，便染患痢疾，後來經服用李可灼獻上的紅丸，便迅疾見效；之後再服，竟暴卒。朝廷以罰李可灼一年的薪俸了結此案。這就是所謂的紅丸案。」同註10，頁94。

〔註19〕「光宗暴卒後，太子由校即帝位，是為熹宗。而光宗在世時的寵妾李選侍（仗著與鄭貴妃友善）卻假借撫養為名，遲遲不肯搬離乾清宮，甚至勾結宦官，意圖挾熹宗以爭權自重。此時，楊漣、左光斗等御史大臣極力護主，並且連連上奏，促李選侍儘速搬離。最後在太監王安和楊、左等人的力促之下，熹宗終下諭旨，令其即刻搬離。後，李氏倉皇搬離乾清宮。是為移宮案。」同註10，頁131。

〔註20〕當時反對東林黨的人，依地區的結合，初分浙、宣（安徽宣城）、崑（江蘇昆山）三黨。於萬曆末年則有齊浙楚三黨。參考註5，頁74〜75。

親政三十八年後的殘局。神宗面對皇權爭奪所可能引起的恐怖事端，不但置之不理，且不加嚴懲以正視聽，使得後來即位的光宗、熹宗無力承擔晚明濫政黑洞。即便凡事親為的末代明皇崇禎，亦無力挽舊頹危的大明王朝。

二、外患內憂的紛擾

晚明因為歷經幾位不務正業的皇帝，使得國家不僅變亂紛呈，甚且內外交逼。而後接任的君王，如果沒有極高的決心與智慧，是很難力挽狂瀾的。這裡將以後金崛起、民變迭生等兩個論題來探明晚明所面對的難題，或者其實為亡國之警鐘。

（一）外患進逼——後金崛起，明廷坐觀

女真，一個在中國歷史上曾入主中原而王的部族〔註21〕。清朝聖祖努爾哈赤，其父祖在明代為看管邊防的藩部——建州衛（建州女真）。明晚期，努爾哈赤的父祖在誘導遼東總兵李成梁狙殺建州衛王杲父子後，反被明總兵將計就計，一舉擒殺之。就在萬曆十一年，努爾哈赤以雪恨父祖仇為名〔註22〕，以其父所遺十三副遺甲起兵，其後迅速擴張版圖。而此時明朝態度形同作壁上觀，有隔岸觀火之味。

之後努爾哈赤急速擴展，甚至引起其他部族的驚恐〔註23〕。明廷見其勢不容小覷，遂開關互市以釋善意。直到萬曆三十六年，努爾哈赤仍遣使貢明。在稱帝〔註24〕之前，他幾乎壟斷東北方的東珠、人參、毛皮等生意，因此在經濟方面，可以說有相當的財富足以發展戰備。而後將軍隊擴展為八旗軍。〔註25〕

努爾哈赤於隔年（西元1616年）自立為後金大汗。兩年後，以七大恨告天，正式叛明。而後敗明朝新遣的遼東經略使楊鎬，明兵員因此損折四萬多人。後代史家言明之亡、清之興，實兆端於此役。明朝後改以熊廷弼經略遼東，其策略是先安撫百姓、傷患，修繕城池、戰備，採取固守以休養生息。

〔註21〕在明朝中晚期，女真大致可分為建州、長白山、東海、扈倫四部。而我們所熟知的滿州是女真的一個部落。
〔註22〕努爾哈赤父、祖名為覺昌安、塔克世。
〔註23〕至萬曆十四年，努爾哈赤已多次征服鄰近部族。時至萬曆二十一年，努爾哈赤滅了以葉赫為首的九部聯軍，而後再滅長白山各部。
〔註24〕萬曆四十四年稱帝。
〔註25〕萬曆四十三年，更在原來的四旗之外，增擴為八旗軍。

朝廷不滿，故另派谷應泰就職。谷應泰，一個有骨氣、肯負責，卻不懂軍事的人，對於任何蒙古來的傷民饑民，一概施予救濟，最後落得城陷自焚的結局。

由於明朝再起用熊廷弼經略遼東，又派王化貞爲巡撫。兩人意見時而相左，彼此之間鴻溝日深，終於造成廣寧失守、身陷囹圄的下場。之後，朝廷改遣王在晉爲遼東經略，因兵部上書孫承宗不認同，遂自請代其職，並與寧前道（寧遠和前屯衛）袁崇煥合作，勢力不斷往北挺進。〔註26〕

熹宗天啓六年，努爾哈赤再次圍攻寧遠〔註27〕，由於深受重傷，且初嘗敗績，抑鬱難平，後竟卒。袁崇煥遣使至後金弔慰，並且與皇太極之間來往，也希望藉此拖延皇太極的部署策略，以使明廷與邊關有喘息的機會，只是皇太極亦非等閒之輩。皇太極與朝鮮議和，雙方約爲兄弟，以致無後顧之憂。而後皇太極攻錦州、寧遠，卻被明將趙率教及袁崇煥所敗。朝廷方面，魏忠賢則誣指袁崇煥援救邊關失利，以有對明廷不忠之嫌而請罷其職。

殆思宗即位，袁再受起用，坐鎮寧遠。此時，袁奏請朝廷將毛文龍部〔註28〕編入正規軍，毛當然不同意。於是，袁以閱兵爲名，擒殺毛文龍，其後果是毛文龍的部將孔有德、耿仲明均投降後金。這麼一來，明朝牽制遼東和後金的海上勢力的防線便趨於瓦解了。事實上，崇禎原擬重用袁崇煥〔註29〕，後因誤信反間計而起疑心。他認爲袁崇煥與金人議和，再加上曾擅自擒殺毛文龍，以及此番密約等事，都足以令人起疑。最後在未經查證之下，袁崇煥被凌遲處死。國之衰敗，總還有欲效忠的文臣武將，況且袁崇煥還是一位有戰略有戰功，有機會致勝的將領。其如此殞逝，足以說明亡之必然。

崇禎十七年（西元1644年），甲申之變。李自成攻破北京城，大明王朝歷時二百七十六年，就此滅亡。

〔註26〕王在晉與袁崇煥合作，遂立有戰功：恢復九個大城，四十五堡，並練兵十一萬，屯田五千頃。有士氣大振之舉。

〔註27〕熹宗天啓六年，袁崇煥命福建士兵發射西洋大砲，重創金兵，努爾哈赤亦身受重傷，後竟卒。努爾哈赤死，子皇太極即位（西元1627年）。

〔註28〕屯駐在鴨綠江口皮島的軍官毛文龍，能夠聯絡朝鮮並與他們做買賣，也有爲數不少的走私貿易利潤，因而對後金有一點牽制的作用。

〔註29〕惜因後金俘虜一個明朝楊姓太監。皇太極使兩個叛明的降將向這位楊姓太監透露袁崇煥與金人有密約的假情報。此後，崇禎由楊姓太監的口中而獲悉此事，十分憤怒。

（二）內憂頻傳——徵稅頻頻，民變迭生

大明在中葉以後走向頹傾之勢，其主要原因為神宗萬曆十年以後所進行的一連串政爭。無論權臣與東林人士或是向東林靠攏者的政治對立，其對國勢對黎民所造成的傷害與虛耗，都沒有萬曆決行「礦監稅」之事來的直接危害。「礦監稅」一事，起因於皇室的貪婪好貨成習，一旦豪奢成性且積習難改，便開始向天下廣闢財源。於是，太監仗著皇帝之名，以為國家累積財政稅收之名：假造或逼使人民為朝廷開礦以闢國家財源，甚至無理的向富戶徵稅，嚴重者還強民彌補無礦可開的虧損窘境，或巧立名目以逼稅，即連富戶亦於旦夕間淪為貧戶。

事實上，萬曆所派出去的開礦稅使，主要作用還是用以監視各地方官員的耳目。再說到「礦監稅」其後所導致物價上漲、經濟失調等社會失序狀，亦沒有經過審慎處理，故其所衍生的後果將不堪設想。《東林列傳》言：

> 萬曆崇禎間用宦官司榷，天下元氣剝削盡失。蓋關稅一重，則百貨俱昂，……，而細民重困，咸思為盜，此中原所以塗炭也。〔註30〕

由此得知，礦監稅帶給大明的傷痕是很大的。

為政者不修仁德，竟還率獸食人，因此整個國家內部：吏治不修、中央腐敗、汙吏貪官橫行、民心紛亂、社會潰堤、民變爆發。這些人心惶惶的現象，都在在說明細民重困，咸思為盜的必然結果。所以當政者的一舉一措，可謂十目所視、十手所指，民心的叛象是必然關係於此的。因此，此部份針對礦監稅誤國及其衍生而來的民變問題，以論證君王對於尋常之隱憂絕不可等閒視之。

1. 礦監稅誤國

導致整個國家全面腐敗且加劇社會矛盾與對立的是開礦監稅。萬曆為了表達自己對群臣的蔑視和憤慨，他採取了中國歷史上空前的報復措施，那就是長期消極怠工和不管不顧的聚斂財富〔註31〕。從萬曆二十四年開始，他便派出大批宦官擔任礦監稅使至全國各地為他開礦收稅。其作法通常是圈佔富人的田產，藉口該處有礦藏，以迫使富人們花錢消災。有些城市甚至有高達

〔註30〕陳鼎撰：《東林列傳》，《中州列傳》二十四卷，卷末二卷，據國立故宮博物院藏本影印，史部二一六，傳記類（台北：台灣商務印書館，1984年8月）。

〔註31〕李亞平著：〈張居正：在死棋局中博弈——沒有勝出者的博弈〉，《大明王朝紀事·帝國政界往事·下篇》（台北：大地出版社，2006年5月），頁336。

百分之五十以上的富人因此破產。這個問題的嚴重性，以李三才〔註32〕所揭露的礦稅之害爲針砭之警，他於萬曆二十八年上疏言：

> 陛下愛珠玉，民亦愛溫飽；陛下愛子孫，民亦戀妻孥。奈何陛下愈崇聚財賄而不使小民適朝夕之樂？自古未有朝廷之政令、天下之情形一至於斯，而可幸無亂者？今關政猥多，而陛下病源在溺志貨財。臣請煥發德音，罷儲天下礦稅。欲心既去，然後政事可理。〔註33〕

一個月後，他又再度上言：

> 宗社存亡所關，一旦眾叛土崩，小民皆爲敵國……陛下決然獨處，即黃金盈箱，明珠塡屋，誰爲守之？〔註34〕

儘管李三才及有識之士不斷的向神宗上書、甚至當面批逆鱗，神宗仍然不加理睬，甚且無動於衷。到了神宗晚年，整個國家陷入紛亂之象，存亡旦夕。此時，朝廷內外的知識份子已有亡國的預感。如當時首輔葉向高這樣分析：

> 今天下必亂必危之道，蓋有數端，而災傷、寇盜、物怪、人妖不與焉。廊廟虛空，一也；上下否隔，二也；士大夫好勝喜爭，三也；多藏厚積，必有悖出之釁，四也；風聲氣息，日趨當下，莫可挽回，五也。非陛下奮然振作，簡任老成，步列朝署，取積年廢弛政事一舉新之，恐宗社之憂，不在敵國外患，而即在廟堂之上也。〔註35〕

在此篇疏中雖沒看到亡國二字，但實際上已涵攝明朝必亡之嚴重因素。原來身處最高統治集團的人已預見了岌岌可危的帝國輓歌。只可惜開礦採稅的錯誤政策直到神宗嚥氣前一刻，才下詔停止。此時爲萬曆四十八年，而礦監稅

〔註32〕「李三才，自道甫，順天通州人。萬曆二年進士。受戶部主事，歷郎中。與南樂魏允貞、長垣李化龍以經濟相期許。……二十七年以右簽都遇史總督漕運，巡撫鳳陽諸府。實礦稅史四出。三才所部，榷稅則徐州陳增、儀眞暨祿，鹽課則揚州魯保，蘆政則沿江刑隆，棋布千里間。延引奸徒，爲鍥印符，所至若捕叛亡，公行攘奪。而增尤甚，數窘辱長吏。獨三才以氣凌之，裁抑其爪牙肆惡者，且密令死囚引爲黨，輒捕殺之。」見張廷玉等編著：〈明史卷二三二‧列傳第一二〇‧李三才傳〉，《中國學術類編‧新校本明史并附編六種》（台北：鼎文書局，1975 年 6 月），頁 6061。

〔註33〕同註 10，頁 6062。

〔註34〕同註 10，頁 6062～6063。

〔註35〕見張廷玉等編著：〈明史卷二四〇‧列傳第一二八‧葉向高傳〉，《中國學術類編‧新校本明史并附編六種》（台北：鼎文書局，1975 年 6 月），頁 6233～6234。

卻已誤國二十四載。《明史・光宗紀》言：「明之亡，實亡於神宗。」〔註 36〕
國家的命脈在於國計民生。當民生凋弊之時，或恐爲一個朝代、國家走向毀
滅的時刻。

由於神宗朝之開礦採稅政策，簡直形同專制的暴力討債行徑，或者說是
向全國百姓做全面性的豪取強奪〔註 37〕，因此民變、兵變於各地四起，亦誠
屬必然。

2. 民變各地生

對於各地民變的產生，要說到看出其問題癥結的，可以萬曆二十五年時
任刑部右侍郎的呂坤，他頗有見解的認爲自神宗親政後，整個國家情勢由勉
強維持綱常，到急轉而下的嚴重惡化情況。這種萬民生活的慘況，人人已萌
生亂心，只是沒有人帶頭作亂而已，其〈天下安危疏〉中說到：

> 竊見元旦以來，天氣昏黃，日光黯淡，占者以爲亂徵。今天下之勢，
> 亂象已形，而亂勢未動。天下之人，亂心已萌，而亂人未倡。今日
> 之政，皆播亂機使之動，助亂人使之倡者也。……今國家之財用耗
> 竭可知矣。壽宮之費幾百萬，織造之費幾百萬，寧夏之變幾百萬，
> 黃河之潰幾百萬。今大工、採木費，又各幾百萬矣。土不加廣，民
> 不加多，非有雨菽湧金，安能爲計。〔註 38〕

他嚴肅的指陳爲政者若播下了亂事的種子，百姓將會一一的鋌而走險〔註 39〕。
那麼小說中官逼民反〔註 40〕的事情就不只是小說而已，現實的縮影將會寫實

〔註 36〕見楊佳駱主編，張廷玉等編著：〈明史卷二十一・本紀第二十一・光宗紀〉，
《中國學術類編・新校本明史并附編六種》（台北：鼎文書局，1975 年 6
月），頁 295。

〔註 37〕「礦不必稅，而稅不必商，民間丘隴阡陌皆曠也，官吏農工皆入稅之人也。」
「夫重心不可傷……一旦土崩勢成，家爲讎，人爲敵，眾心齊倡，而海內因
以大潰。此所謂怨極必亂也。」見張廷玉等編著：〈明史卷二三七・列傳第一
二五・田大益傳〉，《中國學術類編・新校本明史并附編六種》（台北：鼎文書
局，1975 年 6 月），頁 6171～6172。

〔註 38〕張廷玉等編著：〈明史卷二二六・列傳第一一四・呂坤傳〉，《中國學術類編・
新校本明史并附編六種・第九冊》（台北：鼎文書局，1975 年 6 月），頁 5937
～5938。

〔註 39〕參考李治亭著：〈明亡於神宗辨〉（吉林：吉林省社會科學院《史學集刊》社
會科學版，1998 年第 1 期），頁 62。

〔註 40〕元施耐庵著：〈第九回・林教頭風雪山神廟陸虞候火燒草料場〉，《水滸傳》（台
北：桂冠圖書公司，1992 年 8 月），頁 135～144。

重現。

　　由於統治階層和高級官僚爲數眾多，而被皇室御賜的皇莊不斷擴增，造成農民土地被貴族搶奪，稅賦又日益增加，生活到了無以爲繼的地步。這麼一來，農戶只好相偕逃躲至深山，成爲山盜、礦寇。而留在原居地勉強維持生活的人也不好過，朝廷將那些逃到深山者的稅賦轉嫁到他們身上，於是原先沒有造反的人也無法承受其稅負之重。所謂飢寒起盜心，其理甚明。

　　再提到萬曆十九年的朝鮮之役，軍費耗費龐大，其軍費來源，都是以剝削人民開礦採稅而得的數目爲用。當時，後金的崛起，正足以說明大明無法同時對抗。到了崇禎朝，風起雲湧的農民起義，腐敗的明王朝其實已沒有能力與滿州勢力以及農民軍同時兩面應戰。此時朝廷一定要擺脫兩面作戰的窘境，而崇禎的策略是要安內而後攘外。但是過去神宗朝擾民嚴重，農民起義的的攻勢已經猛烈到明軍無法控制的景況。最後，不得已，與滿人議和，用以拖延帝國毀於一旦的可能，來換取暫時的苟安。然而皇室頹唐、忠臣不在位、武將被凌遲處死，種種跡象顯示大明之滅亡，勢屬必然。

三、政治核心的失序

　　趙翼認爲明之覆亡，以萬曆之種種反常之作爲，其應要背負極大的歷史責任。他在《二十二史箚記》提到神宗開礦採稅實爲亡明之禍端：

> 萬曆中礦稅之害，致開明亡之端；〔註41〕
> 明末書生徒講文理，不揣時勢，未有不誤人家國者。〔註42〕
> 有明一代宦官之禍，視唐雖稍輕，然至劉瑾、魏忠賢亦不減東漢末造矣。論者謂明之亡，不亡於崇禎而亡於萬曆云。〔註43〕

因之，以下將以黨爭誤國、宦官爲禍及南明政權來論證明亡之必然命運。

（一）神宗播亂機，瘋狂競糾舉——黨爭誤國

　　張居正去世後，神宗一反常態且全面否定張居正的改革政績，其一切是爲了奪回首輔之權以行親政。所以凡是猛烈攻擊張居正者，一律視爲有功之臣，並且大加提拔，如御史李植、江東之、羊可立以反對張居正變法而結爲

〔註41〕王樹民校證，清趙翼著：《二十二史箚記》，三十六卷，補遺一卷（北京：中華書局，1984 年 8 月），頁 805。

〔註42〕王樹民校證，清趙翼著：《二十二史箚記》，三十六卷，補遺一卷（台北：世界書局，1997 年 8 月），頁 803。

〔註43〕同上註，頁 794。

朋黨，處心積慮的想要奪得朝政大權。而接續張之後的首輔申時行，爲了擁有掌政大權，不惜攻擊對手李植等人，致使滿朝混局，內閣大臣和言官彼此之間水火不容。

　　文官們納賄、取媚之風都在於結納權貴，形成利益交換的關係，因而形成晚明政壇的朋黨現象。萬曆時，沈一貫入閣，糾集這群京官，最先形成浙黨，後來又有齊、楚、宣、崑等黨，他們並非以政治理想而相號召，只是以排除異己爲能事，彼此一方面互相紛爭，一方面又聲勢相依，以攻擊東林黨人。〔註44〕

　　顧、高等人希望藉由講學，而能澄清政治得失、道德重整，力矯王學末流的假良知、滅棄名教的弊端。然，後來加入者以東林黨自居，與當權派之間常因意見相左而爭鬧不休的對抗，將已經無法正常運轉的國家機器，帶往亡國毀滅的道路去。這不正呼應了清高宗所言：

　　　　東林講學，始以正而終以亂，馴致與明偕亡。〔註45〕

由於對政事的意氣，東林末流對國勢與國力都造成了無法挽回的結果。而乾隆對於明亡之洞澈，可謂言短而意深。而事實或恐正因如此。

（二）熹宗思宗起，大明悲歌鳴——閹黨誤國

　　明朝宦官掌政而釀誤國，眾所皆知。此事肇因於明太祖爲了保障皇權，再因宰相胡惟庸案，以致罷除中書省宰相制度。《明代制度史論叢》提到：

　　　　內閣大學士避免了丞相之名而把持丞相的政治職權，亦須與宦官合作而建立起關係，才能達成任務；於是宦官持著司禮監中有掌印、秉筆、隨堂等宦官制度，再配合內閣制度，可有機會奪取相權，而壓制六卿與群臣。〔註46〕

因此，太監爲何有機會竊威弄權，橫行逆施，肇因於此制度使然。從武宗朝

〔註44〕所謂東林黨的形成，起因於在萬曆二十二年，吏部郎中顧憲成因定國本（立儲事件）而遭革職，後回到無錫故里，以正人心、學術爲講學宗旨，並且重修東林書院（舊爲宋儒楊時講學之所），與高攀龍、錢一本等人，從事講學，諷議時政，臧否官員。萬曆三十二年，東林書院正式成立以後，在野文士聞風響應，朝廷之臣也與他們聲氣相通，遂形成一股干預朝政的力量。由於對政局起了很大的干預力量，被浙黨等反對勢力蔑稱爲東林黨人。

〔註45〕陳鼎著：〈御製題東林列傳〉，《東林列傳》，收錄於《景印文淵閣四庫全書》史部二一六，傳記類（台北：台灣商務印書館，1984年8月），頁173。

〔註46〕吳緝華著：〈第一篇·論明代廢相與相權之轉移〉，《明代制度史論叢》上冊（台北：學生書局，1992年8月），頁28。

的劉瑾到嘉靖朝的嚴嵩，都是危害朝綱最爲嚴重的宦官，其後，熹宗時的魏忠賢，危害最烈，毀天下書院，榜示東林黨人姓名，顛倒黑白，混淆時人。幸而後來思宗即位，才得以阻斷其聲勢。然而，不論思宗再如何有心，也無法挽回亡國之命運。

（三）南明四小王，無力可回天──私心誤國

在後金方面，清太宗（皇太極）死於崇禎十六年（西元 1643 年），由福臨即位，改元順治，是爲清世祖。隔年，明朝發生甲申之變，李自成攻進北京城，明亡。

此時明遺臣逐於南方扶植宗室後裔，冀以維繫明朝王室的血脈和正統的地位。首先在南京方面，擁立福王〔註47〕。於是他們把弄朝政〔註48〕，盡逐東林黨人，而逼迫史可法至揚州督師，並且摧殘復社人士。而再加上福王本身，不問朝政，終日醉心於歌舞昇華，甚至強搶民女。這樣的敗壞行徑，勢必無法挽回民心了。

而在軍情方面，揚州守將史可法終因得不到援兵，揚州遂陷於清兵之手。於是以身殉國。不久，南京城亦陷落，杭州亦相繼淪陷。緊接著，福州方面，由黃道周、鄭芝龍，擁立了唐王〔註49〕。而魯王〔註50〕雖與唐王爲叔姪關係，卻水火不容，不能相協以對抗外敵。之後，瞿式耜等擁立桂王〔註51〕。永曆是南明諸王中維持最久的一個南明政權。不過即使明遺臣有心，明後裔有意延續明祚，其實都已爲時已晚了。

由此可知，自世宗嘉靖毀綱常、至神宗萬曆礦監稅，及崇禎的剛愎猜忌等，整個政治上的錯誤，弄得人心惶惶，不知所歸。如此，或能明瞭明季文人之所以退離政治、告別官場或塵囂，其實是有其不得已的苦衷。而所謂的儒家治世之道，在此時或眞有其不能爲之的苦衷所在。

〔註47〕福王，朱由崧即位，改元弘光。他是神宗的孫子、祖母是鄭貴妃。
〔註48〕當時南京群臣分爲兩派：一派以史可法爲首的正人君子，是東林黨人較依附的。他們擔心擁立福王之後，怕他會爲自己的祖母、父親報仇；另一派是以馬士英、阮大鋮爲首的人士，這一派人頗得福王寵信。見傅樂成主編，姜公韜著：〈第五章・明清之際〉，《中國通史・明清史》（台北：眾文圖書公司，2003 年 10 月），頁 87～88。
〔註49〕擁立了唐王朱聿鍵，改元隆武。
〔註50〕魯王朱以海。
〔註51〕瞿式耜等立神宗孫桂王朱由榔，改元永曆。

第二節　知識份子的抉擇痛楚

　　明初由於中原又回到漢人所統治的局面，重以洪武拋出禮遇讀書人的口號，使得知識份子有機會經過科考一登殿閣以施展抱負。如此皆爲自古以來知識分子始終堅持的處世哲學，而所謂的處世哲學即以「己立立人」、「己達達人」爲畢生志業。因此通過八股取仕的方式，以完成其兼濟天下的志業與人生的圓滿。然而明朝宣稱對知識份子相當禮遇，事實則不然（其原因於首章前言已交代，於此略之）。特別是明中葉以後，動則對朝臣杖責，其實是一種對人格的羞辱與踐踏，使得過去所謂的四民階層因此而鬆動。此時士人階層不再如過去的鞏固，而所謂的官員亦可由捐官的方式而爲官，於是士商階層因此而混亂。

　　面對明季政事政局的紛亂與社會變亂紛呈的現象，迫使知識份子重新思考己身的處世價值。大部分的知識份子總以儒家精神處世，然而朝政的混亂使得士人面對官場與己身時，只好以儒表道裡的精神來面對如此昏亂的世局；也有人選擇以退離或抗憤等方式，來使個人心靈與現實世界取得平衡；而隱居的山人更是力求迴避紛亂的塵世。當然選擇退離或市隱或全隱的生活模式同時，也因此得與山水之境、前賢古人作一趟超越時空的人格對話。因此本節將以士大夫的用世情懷與生命情調的抉擇及選擇山林以寓志等三節來驗證知識份子的抉擇痛楚心境。

一、士大夫用世情懷——兼善天下、憂國憂民

　　首先論及儒者處亂世知其不可而爲之的堅持信條，其次在面對明中葉以後的政治經濟巨變中，士大夫以道家情懷與以佛濟儒的方式堅持儒家路線，用一種近乎退守的心態以塡補其心靈的痛楚，進而完成其用世理想。

（一）儒者堅持的道路——知其不可而為之

　　就整個儒家學說而言，簡單來說，就是一套內聖、外王的處世哲學。其所謂內聖是指修己的事，外王是指治人的事。修己的目的，即是做到成己。而外王就是做到成物。儒者從小被灌輸學而優則仕的意識。爲的是將來在仕宦時，能夠因爲己立而立人，己達而後達人〔註52〕。以宋明儒學而言，其所

─────────────────

〔註52〕陳立夫著：〈儒家的內聖外王之道〉，《儒學研究論文集》（一）（台北：文史哲出版社，1981 年 12 月），頁 212。

謂的學，其主要目的就是爲己。學做人不是爲了使他人感到滿意，也不是爲了符合一種外在的行爲準則，而是一種自發的、自主的、充分自覺的、並且全面承諾的意向行爲，一種自我實現的行爲〔註 53〕。宋明儒家乃是有意識的試圖賦予人性一種上帝般的創造性。雖然宋明儒家並不相信有一位超越的人格化上帝——他有時被描繪爲一個「全然的他者」——但他們相信人性最終是善的，而且有包容萬物的神性，這種人性是天命所賜，必須通過心的有意識的、致良知的活動才能充分實現。宋明儒家堅持，天視自我民視，天聽自我民聽〔註 54〕。因此，儒家講尊王忠君，強調要治理要輔佐國家政務之前，一定要通過正名，使每個社會成員按照自己確定的名分，嚴格遵守周禮所規定的義務，從而重整已經被破壞的尊卑、貴賤的等級制度〔註 55〕。如《論語》中提及：

> 齊景公問政於孔子。孔子對曰：君君、臣臣、父父、子子。(《論語·顏淵》)〔註 56〕

> 名不正則言不順，言不順則事不成，事不成則禮樂不興，禮樂不興
> 則刑罰不中，刑罰不中則民無所措手足。(《論語·子路》)〔註 57〕

所以，正名之後的工作就是忠君：「事君盡禮」、「臣事君以忠」(《論語·八佾》)。定公曾問：「一言而可以興邦，有諸？」孔子回答：「言不可以若是其幾也。人之言曰：『爲君難，爲臣不易。』如知爲君之難也，不幾乎一言而興邦乎？」(《論語·子路》) 由此可知，政治之興衰和爲君、爲臣之道，大有關係〔註 58〕。在回答定公問君臣之道時，孔子說：「君使臣以禮，臣事君以忠。」(《論語·八佾》) 在《論語》亦記載周公謂魯王爲君之道：「君子不施其親，不使大臣怨乎不以，故舊無大故，則不棄也，無求備於一人。」(《論語·微

〔註 53〕 杜維明著：〈宋明儒學的宗教性和人際關係〉，《儒家思想——以創造轉化爲自我認同》(台北：東大圖書股份有限公司，1997 年 11 月)，頁 147。

〔註 54〕 同註 2，頁 149。

〔註 55〕 夏傳才著：《論語》，《十三經概論》(下)(台北：萬卷樓圖書有限公司，1996 年 6 月)，頁 434。

〔註 56〕 《論語正義·顏淵第十二》，《諸子集成》(北京：中華書局，1954 年 12 月)，頁 271。

〔註 57〕 《論語正義·子路第十三》，《諸子集成》(北京：中華書局，1954 年 12 月)，頁 283。

〔註 58〕 王開府著：〈論政治〉，《四書的智慧》(台北：萬卷樓圖書有限公司，1995 年 11 月)，頁 154。

子》）而為臣之道，如子路問事君。子曰：「勿欺也。而犯之。」（《論語·憲問》）意思是說對於君上，臣子必須「以道事君」，有時甚至必須「犯之」，否則不如辭官求去。又如「……所謂大臣者，以道事君，不可則止。今由與求也，可謂具臣矣。」（《論語·先進》）這是說做臣子的人不可以一味的盲從君上，以免成了「具臣」。〔註59〕

再有子夏所言：「仕而優則學；學而優則仕。」（《論語·先進》）以及子路言：「不仕無義。長幼之節不可廢也；君臣之義，如之何其廢之？欲絜其身而亂大倫。君子之仕也，行其義也。」（《論語·微子》）孔子雖然有心問政，但絕非熱中富貴，孔子對隱士是十分尊敬的。而當政治理想遲遲不能實現之時，孔子也很感慨的說：「道不行，乘桴浮於海。從我者其由與？」（《論語·公冶長》）還有「鳳鳥不至，河不出圖，吾已矣夫。」（《論語·子罕》）雖然孔子並沒有在魯國受到任用，但他對魯國的政治仍是關心的。這樣沒有一日忘懷政治，正是儒者的風範。〔註60〕

儒者若能居位，便能以政治救人，這種胸懷就好像是後來的民初作家魯迅棄醫從文，其理由竟是為了一個救國的理念。所謂不在其位，不謀其政。儒家居官，憂民；去國，亦憂民憂君。明代神宗以後的知識份子，他們所處的環境是一個衰亂的時代，朝政在閹黨和東林人士的操弄下，使得明代君王、群臣、廣大黔首以及國政皆成了他們手中把弄的棋子，眼看著國家局勢江河日下，朝中大臣楊漣、左光斗、史可法等人仍奮不顧身的力挽狂瀾，這正顯現出儒家的真正精神。

（二）儒者情懷的變異〔註61〕——道家情懷、以佛濟儒

前述提到儒家把對公共事務的關切看做自己的責任和使命感。這種把國家民族的命運與自身緊密聯繫在一起，作為一種積極的人生態度和肯定的價值取向，受到人們普遍的讚許，因而發展為歷代知識分子的普遍心態，形成代代相傳的士風。〔註62〕

〔註59〕參考註8，頁154～155。

〔註60〕王開府著：〈論政治〉，《四書的智慧》（台北：萬卷樓圖書有限公司，1995年11月），頁155、157、158～159。

〔註61〕引用「中國古代大儒情懷的變異」之題目為標題。參見張次第著：〈中國古代大儒情懷的變異〉（河南：《鄭州大學學報》哲學社會科學版，2002年3月第35卷第2期），頁85。

〔註62〕屈曉寧、余志海著：〈中國哲學史研究——儒家隱逸觀與自然觀自先秦至唐的

　　而出與處，從來就是困擾知識份子，尤其是中國古代知識份子其人生選擇的一大難題。積極入仕與博施濟眾是儒家的主體精神，儒家士人從來就是政治舞台上的活躍分子。〔註63〕

　　至聖孔子強調士以天下為己任。中國歷代大儒在建構其儒家文化傳統的過程中，並非完全執著於儒家人格理想和「知其不可而為之」的人生態度，而是在人生進取中，相當明顯的體現出儒家人生情懷的變異：吸納道家情懷和採取以佛濟儒的方式，即在他們積極進取的同時，往往伴隨著一種自然瀟灑的人生形式和超然忘我的境界，並由此化出混同自然，任性無為，超然無累的生命態度，以及當這種堅持受到極大的阻礙時，他們之中的一些人又會暫時放棄執著，而用佛家的方式去繼續這種人生努力，如唐之白居易、宋之蘇軾、明之袁宏道、張岱等人皆曾如是轉變過。因此，以下就道家情懷與以佛濟儒為中國古代大儒在人生進取受阻時所產生的人生反應和應急措施而論。

　　1. 道家情懷

　　從文化價值上而言，歷代大儒將道家情懷引入自己的人生境界的實踐，為執著入世的儒學士子開拓出新的人生境界，改變了儒家人格理想上單向度的人格塑造，從而使儒家人格增加了實踐上的經受挫折的力度；而大儒的以佛濟儒的人生方式，則從人生實踐的層面上提供了各文化體系融合的儀範，顯示出各種文化相參並濟的社會價值。〔註64〕

　　而所謂道家情懷是指一種自然瀟灑的人生形式和超然忘我的境界，並由此化出混同自然，任性無為，超然無累的生命態度。大陸學者張次第先生以為「最早具道家情懷」的大儒是孔子。如「盍各言爾志」一則，在聽完眾弟子的志向之後，明確表白「吾與點也」〔註65〕。這正是瀟灑放浪，回歸自然，化同自然，超然無累的道家情懷。稍後，東晉陶潛作〈歸去來辭〉以明志；

　　演變〉（陝西：《陝西師範大學學報》社會科學版，2003 年 5 月第 32 卷第 3期），頁 51。

〔註63〕白艷玲著：〈理想的維護與失落——析儒家的隱處思想〉（河北：《天津科技大學學報》，2005 年 3 月第 20 卷第 1 期），頁 68。

〔註64〕張次第著：〈中國古代大儒情懷的變異〉（河南：《鄭州大學學報》哲學社會科學版，2002 年 3 月第 35 卷第 2 期），頁 85。

〔註65〕點曰：「暮春者，春服既成，冠者五六人，童子六七人，浴乎沂，風乎舞雩，詠而歸。」夫子喟然歎曰：「吾與點也。」見《論語正義·先進第十一》，《諸子集成》第一冊（北京：中華書局，1954 年 12 月），頁 257。

中唐則有李白的放浪情懷，自我聊慰在官場的不順和不適。其後，有柳宗元〈始得西山宴遊記〉「心凝形釋，與萬化冥合」的灑脫。至宋，有蘇軾受陶潛及莊學的影響，像〈定風波〉、〈赤壁賦〉的那種不與政敵阿附，而以一派「逍遙」、「無待」的心情去面對人生的一切。至晚明，更有有識之士如袁宏道、張岱等人因朝政日衰，無法挽狂瀾於力倒，只好隱退，用一種市隱、全隱的態度來告別官場。這種自我超越更多表現在爲追求與使人陷入困境的另一種人生境界。

2. 以佛濟儒

而所謂以佛濟儒是指儒學大師在其致力於以儒家之道：修身、齊家、治國、平天下的進取過程中，遇到極大的挫折或阻礙時，他們之中的一些人會暫時放棄儒家執著而使用佛家的思想去繼續這種人生努力。由於佛教傳入中國是東漢以後的事情，因此以佛濟儒的儒家名流大多集中在東漢以後，特別是宋、明兩朝。拿北朝顏之推之所以爲《顏氏家訓》來說，他除了擔憂儒學的傳承之外，亦有晚年身老以佛濟儒的人生選擇〔註 66〕。再者，如中唐白居易，自號香山居士，特別是在中年以後沉潛向佛、禮事禪境的生活方式。其宋，有范仲淹在杭州的「義田」；有王安石雖然退隱，潛心禮佛，但仍心繫乎民瘼的情懷，這些人都是繼承了此一人生選擇方式。至晚明有張岱、袁宏道等人，藉由以佛濟儒的方式去關心自己、關心朝政。

原來不管匯入了多少各家思想，最後還是屈服不了那種「知其不可而爲之」的儒家精神和信念。

二、生命情調的抉擇——抗憤、市隱、退離、明哲保身

知識份子學而優則仕，是儒家士子無庸置疑的道路。然而君主的心意變幻莫測，政治風雲的不定，常常使得知識分子心寒膽顫，無所適從。於是用行舍藏的念頭使他們在面對無力救世的事實前，選擇了自救，並希望藉此以通過在困境中退守保養的態度，以實現其理想與人格的維護〔註 67〕。故首先論述知識分子面對黑暗的政局，徘徊在退隱與抗憤的抉擇中，將如何的取捨；其次提到另一種明哲保身的生命典型——正在發酵蔓延中。

〔註66〕張次第著：〈中國古代大儒情懷的變異〉（河南：《鄭州大學學報》哲學社會科學版，2002 年 3 月第 35 卷第 2 期），頁 88。

〔註67〕白艷玲著：〈理想的維護與失落——析儒家的隱處思想〉（河北：《天津科技大學學報》，2005 年 3 月第 20 卷第 1 期），頁 68。

（一）退隱抗憤的抉擇

中國傳統的社會結構中，在帝王朝臣之外，通常將百姓分為四民〔註68〕，「古者有四民：有士民、有商民、有農民、有工民」〔註69〕；「士農工商，四民有業，學以居位曰士，闢土植穀曰農，作巧成器曰工，通才鬻貨曰商。」〔註70〕這些古籍皆明確指出四民之別。特別嚴格限定角色的階層結構。如工商子弟不得參加科考之規定。因此士人的地位是崇高的。這個現象到了晚明，在神宗的乖張施政與閹黨的亂政及腐化的官僚文化，農村經濟凋敝，人民不能安守家園，民變因此迭生。再加上傳統的四民中最崇高的士人階層，因明帝的有意無意打壓〔註71〕〔註72〕，使得士人階層高度不如過去的崇高。

自古以來，儒家主張積極用世，但也不排斥隱逸。入世、出世，在孔子看來，並非絕對。孔子所主張的不仕而隱與他所竭力提倡的積極干政一樣，是有前提條件的。《論語・衛靈公》：「邦有道，則仕；邦無道則可卷而懷之。」《論語・泰伯篇》：「天下有道則見，無道則隱。」《論語・公冶長》：「道不行，乘桴浮於海。」《孟子・盡心上》：「窮則獨善其身，達則兼濟天下。」可見儒家以「求志全道」的倫理道德要求士人恪守「道」而不屈「士」的士節。孔子所提倡的隱逸乃「隱居以求其志」，即修身，就是孟子倡導的「獨善其身」。在「獨」的情況下，在被賦予了美好品德的擬人化的自然對象之中發現自己的本質力量，在物我交融的審美境界中進行自我道德和人格修養，達到「君子」的理想精神境界。〔註73〕

而明代晚期的士人徬徨於理想與現實之間，既想堅持固有的自尊、自傲、不願捨棄兼濟天下的志向，又不得不順從環境，因而萌生了獨善其身的強烈願望，期盼以一種清幽高雅、富有文化內涵、藝術化的生活方式來滿足

〔註68〕曹淑娟著：〈性靈小品寫作的時代意義〉，《晚明性靈小品研究》（台北：文津出版社，1988年7月），頁88～89。

〔註69〕顧寶田、葉國良校閱：〈成公元年〉，《穀梁傳》（台北：三民書局，1998年4月），頁364。

〔註70〕唐顏師古注，漢班固撰：〈漢書卷二十四上・食貨志第四上〉，《漢書》上冊（北京：中華書局，2005年3月），頁943。

〔註71〕明太祖因張士誠案，有刻意打壓之政治舉措。

〔註72〕明神宗的廷杖刑罰，對朝臣、士大夫的打擊更大。

〔註73〕屈曉寧、余志海著：〈中國哲學史研究──儒家隱逸觀與自然觀自先秦至唐的演變〉（陝西：《陝西師範大學學報》社會科學版，2003年5月第32卷第3期），頁52。

自己的文化優越感，以撫慰內心的創痛〔註74〕。就當時的文人士大夫的人生態度和生活風尚而言，趨於兩個極端：狂熱投入與消極退離，可稱之爲政治的狂與狷者。〔註75〕

狂者以特異的姿態參與現實具體政教的運作，尋求積極改造的可能性。又有二種典型：一是以社會革新替代政治改革，如泰州學派之人不取仕途，熱中講學，致力於平民教育，並勇於超越一切既成規律，包括傳統名教與當前不合理的政治現象，何心隱可爲代表。另一種典型則如萬曆天啓年間的東林運動，他們直接面對晚明的政治結構提出改革的要求，也是狂者精神的展現。他們回歸儒家傳統思想爲依據，自負氣節，希望透過道德重建，整頓晚明的政治環境。後來因爲形成一股輿論的力量，在改革的激進的呼聲與絕望中，和權勢結構對抗，使得自己容易受傷，使理想容易變質。易代之際的隱者張岱曾痛陳：

> 東林自顧涇陽講學以來，以此名目，禍我國家者八九十年，以其黨
> 升沉，用占世數興敗。……朋黨之禍與國家相爲始終。……蓋東林
> 首事者多君子，竄入者不無小人，……乃欲俱奉之以君子，則無臂
> 可斷，絕不敢狥情也。……則是東林二字，直與蕞爾魯國及汝偕亡
> 者，手刃此輩，置之湯鑊，出薪眞不可謂不猛也。〔註76〕

批判東林黨理想的流失，淪爲黨爭模式，排除異己，徒自矜誇。其批判的背後，自有一股悲憤義氣。士人的第一重希望，寄託在朝廷的正常運作上，希望不可得，轉而寄望於有識君子做有效的改革，然而天啓年間的東林運動不僅失敗，甚且變質爲朋黨之爭，當第二重希望再度落空，這份失望加強了晚明士人退離政治的傾向。〔註77〕

政場上的權勢傾軋每每澆熄積極尋求改造者的心，將士人驅趕向扮演政治場上狷者的路線。政治上的狷者，或許也參加科考，任官受職，但心理上保持可以退離的自由，或許堅持布衣身分，不肯投入紛耘的瓜葛之中。他們

〔註74〕陳江著：〈退隱與抗憤——晚明江南士人的生存困境及其應對〉（上海：《華東師範大學學報》，2005 年 3 月第 20 卷第 1 期），頁 99。

〔註75〕曹淑娟著：〈性靈小品寫作的時代意義〉，《晚明性靈小品研究》（台北：文津出版社，1988 年 7 月），頁 100。

〔註76〕張岱著：《瑯嬛文集·卷三·與李硯翁》，《張岱詩文集》（上海：上海古籍出版社，1991 年 5 月），頁 232。

〔註77〕曹淑娟著：〈性靈小品寫作的時代意義〉，《晚明性靈小品研究》（台北：文津出版社，1988 年 7 月），頁 102。

另有可以安置心力交瘁，得以聊官場、仕途之傷的場域，如山水、文學、繪畫、甚至宗教，以其非傳統士人的志向所在，故謂之「寄」或「癖」的生活哲學。而晚明人特別強調人不可以無所寄〔註78〕。或許肇因於此。

這種情志可以袁宏道於神宗萬曆二十五年，辭去吳縣知縣，告退官場，作爲佐證。在其與〈李子髯〉書信中的一段話說道：

> 人情必有所寄，然後能樂。故有以奕爲寄，有以色爲寄，有以妓爲寄，有以文爲寄。古之達人，高人一層，只是他情有所寄，不肯浮泛，虛度光景。〔註79〕

如此表露心跡，或可說是「寧作我」的風格表現，也是其步法魏晉以來的「寧作我」的「標誌我群特色」〔註80〕的生活態度。

其實許多士人在政治的陰影下，走到標榜非政治的路上去了。天啓以後，尤其普遍。這種心態表現在文學上，而能夠避禍的方法是：其一是，不直接碰觸尖銳的現實問題，即將寫作題材由議論政教、負載道統中解放出來，轉爲個人非政治性的生活經驗；其二是，以「自娛」的方式來看待文學，即將寫作或閱讀視爲一不含實用目的的作爲，以美感的觀照，獲得藝術欣趣爲目的。如陳繼儒〈文娛序〉：

> 往丁卯前，鐺網告密，余謂董思翁云：「吾與公此時，不願爲文昌，但願爲天聾地啞，庶幾免於今之世矣。」鄭超宗聞而笑曰：「閉門謝客，但以文自娛，庸何傷？」〔註81〕

如此一來，文學也就如同繪畫、遊覽、宗教般，成爲亂世之下文人士子得以寄託心靈的桃花源境。而這樣的文學走向與性靈文學思想結合，於是形成大爲風行的性靈小品的風潮。

（二）明哲保身的情調

晚明清流士大夫繼承儒家入世傳統，自覺肩負著時代賦予的救世重任，

〔註78〕同註29，頁103。

〔註79〕袁宏道著：〈李子髯〉，《袁中郎全集‧尺牘》（台北：清流出版社，1976年10月），頁15。

〔註80〕周孟貞著：〈標誌我群特色〉，《魏晉士人品味風尚研究——以《世說新語》爲考察核心》（彰化：彰化師大國文研究所碩士論文，2005年6月），頁124～128。

〔註81〕陳繼儒著，朱劍心選注：〈文娛序〉，《晚明小品選註》（台北：台灣商務印書館，1969年10月），頁81。

以血肉之軀與閹黨進行前仆後繼的抗爭。他們用滿腔熱血，卻換來的是最高統治者的厭棄和敵視；他們報效國家、現身社稷的豪情宏願，換來的卻是掌權者的血腥肆虐。〔註82〕

儒家徒眾畢生所強調的就是「出」「處」的問題。因為出與處，生死與存亡，是一個很艱難的人生命題。就儒家思想的主流而言，「出」為本，「處」為末。若要做到「用行舍藏」，其首先便要做到濟世救民。對於「藏」，是儒家在無力救世時所採取的自救，「藏」不是目的，也不是放棄；真的不得已而退處江湖的話，也要能做到「身在江湖，心懷魏闕」，那才是真正的儒。而「隱」，是一種氣節，不僅要以「隱」蓄志，且要以「隱」守儒，這才是儒家「隱」的根本目的〔註83〕。古代文人處於仕與隱等問題上的痛苦煎熬，這種矛盾的文化性格，來自中國傳統的文化心理，也與複雜社會環境有關。

晚明士人追索「隱」的人生真諦，雖是不得已的人生轉喉，但也是政治與社會運轉下的人生抉擇。然，就其暫時卸下官袍、或不齒仕宦、抑或自此告別官場，其皆是其來有自的傳承。針對此傳承精神，此處將以「宋型文化」及「中隱典範」來追溯晚明士人「明哲保身」的情調典型。

古代文人一輩子處於仕與隱、君與親、忠與孝、名節與生命、生前與身後等問題上痛苦的煎熬，這種痛苦和矛盾的文化性格，來自中國傳統的文化心理，也與複雜社會環境有關。文人表面上心如止水、平和安適，與世無爭，實際上他的心態始終是處於矛盾當中的。〔註84〕

綜觀歷代深懷淑世理想之文人面對濁世時，他們或有一段仕隱之痛苦與矛盾的過程，如屈原、謝靈運、陶潛、白居易、蘇軾等人，有人掙脫淑世枷鎖；有人深陷其牢籠；除此之外，另有一種中隱的做法，其典範者為中唐詩人白居易。白居易早年也是一個君王權臣所操弄的一個文臣。他也曾經徘徊在「出仕」與「歸隱」的矛盾中，特別是此時期所作的詩，顯現其矛盾的心情。

　　江雲暗悠悠，江風冷修修。夜雨滴船背，夜浪打船頭。船中有病客，

〔註82〕吳偉逸著：〈東林黨爭與晚明清流士大夫的歷史命運〉（安徽：《安慶師院社會科學學報》，1997年11月第16卷第4期），頁30。

〔註83〕白艷玲著：〈理想的維護與失落——析儒家的隱處思想〉（河北：《天津科技大學學報》，2005年3月第20卷第1期），頁70。

〔註84〕張學成著：〈簡論白居易矛盾心態的表現〉（山東：《學苑漫錄期刊》，2006年7月），頁98。

左降到江州。(〈舟中雨夜〉) 〔註85〕

想當初「慈恩塔下題名外，十七人中最少年」那種得意神情，對照後來的江州之貶的際遇，可知他所受到的衝擊一定不小。從前在經書典籍中所訓示的兼濟天下思想，面對著封建與百姓、個人與皇權，在這麼多的兩難之間，他終於尋得一個「平衡點」——吏隱，這是一個既可以得到物質的來源，又可以保持人格獨立的心靈空間。〔註86〕

　　白居易出身庶族地主，其家風與崇尚禮法之山東士族迥異。庶族地主要依賴擁戴皇權，才能實現其政治理想與人生價值。以劉禹錫與柳宗元的「永貞革新運動」就是一次庶族地主借助皇權來為自身謀利的事件。如今，白居易在經歷了江州事件之後，面對此一事件寫道：「由來君臣間，寵辱在朝暮。……。歸去臥雲人，謀身計非誤。」這種謀身之計，在其〈中隱〉詩有更為清楚的揭示：

> 大隱住朝市，小隱入丘樊。丘樊太冷落，朝市太囂諠。
> 不如作中隱，隱在留司官。似出復似處，非忙亦非閒。
> 不勞心與力，又免飢與寒。終歲無公事，隨月有俸錢。
> 君若好登臨，城南有秋山。君若愛遊蕩，城東有春園。
> 君若欲一醉，時出赴賓筵。洛中多君子，可以恣歡顏。
> 君若欲高臥，但自深掩關。亦無車馬客，造次到門前。
> 人生處一世，其道難兩全。賤即苦凍餒，貴則多憂患。
> 唯此中隱士，致身吉且安。窮通與豐約，正在四者間。〔註87〕

顯然白居易所說「人生處一世，其道難兩全。賤即苦凍餒，貴則多憂患。唯此中隱士，致身吉且安。」的中隱，即是指做閒官。這樣就能避免承受實際事務的壓力和責任而能因此充分享受生活的閒情逸致。這樣看來，他已在出世與入世之間尋得了一個折衷的解套辦法了。

　　白居易不像陶淵明那麼看中五斗米所帶來的恥辱，陶淵明對黑暗官場的厭惡遠比白居易來的強烈。因此，白居易沒有他那麼強烈的反抗意識，這一點可以從其詩：

〔註85〕陳友琴著：〈到江州去〉，《白居易》(上海：上海古籍出版社，1992年6月)，頁46。

〔註86〕參考張再林著：〈白居易是宋型文化的第一個代表性人物〉(湖北：《中州學刊》，2006年1月第1期)，頁204～205。

〔註87〕《全唐詩》(北京：中華書局，1992年6月)，頁4991。

楚懷邪亂靈均直，放棄合宜何側側。和文明聖賈生賢，謫向長沙堪
嘆息。（〈偶然二首〉之一）〔註88〕

中了解到白居易只對時逢明主而遭貶謫的賈誼，抱有同情與惋惜；而對屈原
那種面對邪亂的君主，仍執著的報之以「雖九死其猶未悔」式的愚忠並不贊
同〔註89〕。此時的白居易在實踐其早年所賦詩中的處世哲學：

浮榮與虛位，皆是身之賓。唯有衣與食，此事粗關身。苟免飢寒外，
餘事如浮雲。（〈初除戶曹，喜而言志〉）〔註90〕

有如「中隱」這樣的生活態度。中隱是一種吏隱，它以散官、閒官、地方官
爲隱，是在小隱與大隱之間的一種折衷的生活型態〔註91〕。既可免於獨善所
可能帶來的飢寒窘況，又可享有政治身分並迴避廟堂之爭所可能帶來的餘
殃。這種巧妙的平衡了貴與賤、喧囂與冷落的矛盾，超越而圓融的揉合窮通
豐約的生活觀，對宋代的影響非常大。

宋代是中隱思想自覺接受和普遍實踐的高潮期。宋人服膺白居易的中隱
思想可從祿隱、半隱等隱逸的繁多名目以窺得當時的風氣。如北宋蘇軾在〈醉
白堂記〉中言白：

忠言嘉謀，效於當時，而文采表於後世，死生窮達，不易其操，而
道德高於古人。

乞身於強健之時，退居十有五年，日與其朋友賦詩飲酒，盡山水園
地之樂，府有餘帛，廩有餘粟，而家有聲伎之奉。

由此可見蘇軾對白居易的推崇。或者蘇軾選擇外放杭州，其實可能步法白居
易的「吏隱」之態而然。

當然宋代仰慕白居易因以中隱心態爲官的，如：屯田外郎龔宗元取白樂
天「大隱住朝市，小隱入丘樊。不如作中隱，隱在留司間。」而建「中隱堂」；
太子中舍王紳在長安居第園圃曰「中隱堂」；徐得之的「閒軒」取「欲就閒曠
處幽隱」之義等，足見「中隱」在宋代的官場已經發展成爲一種普遍的生活

〔註88〕《全唐詩》（北京：中華書局，1992 年 6 月），頁 4893。

〔註89〕史素昭著：〈獨善和兼濟相交織，知足與保和相融合——試論白居易閒適詩
體現出來的人生態度〉（湖南：《懷化學院學報》，2002 年 12 月第 21 卷第 3
期），頁 60。

〔註90〕《全唐詩》（北京：中華書局，1992 年 6 月），頁 4717。

〔註91〕李紅霞著：〈論白居易中隱的特質、淵源及其影響〉（河北：《天津師範大學學
報》社會科學版，2004 年第 2 期），頁 50。

型態〔註92〕。如此看來,「吏隱」的風範雖不是晚明士人的創調,卻因晚明士人的矛盾抉擇而揮灑出燦爛的扉頁。而所謂「矛盾抉擇」就在於「出處」,士人談「出」、「處」,其實還是在意「出」;不得已的時候,才會抉擇「處」。當他們抉擇「退離」的時候,那些「山水園林」就成了他們心靈寓志的最佳桃花源。

三、山水園林以寓志

　　這裡欲探討的是文人選擇明哲保身的同時,不論是市隱或退離,它們都喜歡用山水之美來比況己德,並且以特定的名山勝蹟來融攝文人與國家之間的懷鄉情懷。

　　《論語・季氏》:「隱居以求其志,行義以達其道」,是說隱逸不只是為了為政,還是含有蓄養待時,隨機而動的深層涵義。古人還有「君子藏器於身,待時而動,何不利之有?」〔註93〕的深層心境,原來,隱逸是不斷的充實自己而至於善的過程。而自然界既是人類賴以生存的物質環境,也是修養心靈的精神環境。《論語・雍也》:「智者樂水,仁者樂山」。又《孟子・離婁下》:「徐子曰:『仲尼亟稱于水曰,水哉水哉?何取于水也?』孟子曰:『原泉滾滾,不捨晝夜,盈科而後進,放乎四海,有本者如是,是之取爾。』」可見孔孟都認為山水可以「比德」〔註94〕。「比德」,即是以山水的自然特性來比喻人的品德。而後儒們對於山水的喜好,對自然的欣賞,並未停留在對自然山水的外部形象的審美上,而是從其神態中發掘出合乎社會道德的精神價值,獲得「德、仁、義、智、勇、正、善」等品德上的啟迪。

　　山水詩形成於魏晉時期。時有陶淵明的淳樸自然,意境渾融;又有謝靈運的逼真細膩、清新可喜。由此,山水詩開始勃興,以陶謝二人為代表,魏晉的詩人們更為自覺主動的投向大自然的懷抱,統攝山川的靈運,躍動天地的詩心。在特定的社會歷史和文化條件之下,表達對世俗之外的山水天地的

〔註92〕　參考張再林著:〈白居易是宋型文化的第一個代表性人物〉(湖北武漢:《中州學刊》,2006 年 1 月第 1 期),頁 206。

〔註93〕　郭建勳、黃俊郎校閱:〈繫辭下傳〉,《易經讀本》(台北:三民書局,1996 年1 月),頁 541。

〔註94〕　屈曉寧、余志海著:《中國哲學史研究——儒家隱逸觀與自然觀自先秦至唐的演變》(陝西:《陝西師範大學學報》社會科學版,2003 年 5 月第 32 卷第 3期),頁 52。

熱愛。於詩中寄託己志〔註95〕。如鮑照〈行京口至竹里〉：

> 高柯危且竦，鋒石橫覆仄。覆澗隱松聲，重崖伏雲色。冰閉寒方壯，
> 風動鳥傾翼。斯志逢凋嚴，孤遊值曛逼。兼塗無憩鞍，半菽不遑食。
> 君子述令名，細人效命力。不見長河水，清濁俱不息。

中間四句和末四句都有託物寫志的意涵〔註96〕。宗白華先生說道：「魏晉人向外發現了大自然，向內發現了自己的深情。」因為託物寫志，而了悟了自己的內心深處。

到了唐代，人與自然較之於魏晉則更顯融合。詩人們的情感在自然山水中獲得感應。劉勰說：「是以詩人感物，連類不窮，留連萬象之際，沉吟視聽之區。寫物圖貌，既隨物以婉轉屬采附聲，亦與心而徘徊」。因此，他們在山水中融入了自我。而此時的山水詩，題材範圍不斷的擴大，藝術手法不斷的更新，題材內容呈現多樣性，山水詩因此而蔚為壯觀。如王維〈終南山〉：

> 太乙近天都，連山到海隅。白雲回望合，青靄入看無。
> 分野中峰變，陰晴眾壑殊。欲投人處宿，隔水問樵夫。〔註97〕

詩中先寫終南山的高峻和山勢的綿延，結尾兩句點出詩人在山中的活動〔註98〕。既呈現了詩人對大自然的細膩觀察，亦可見詩人貼近山水的生活感受。幾乎所有的詩人或多或少的寫過山水詩，如與王維並稱的孟浩然，還有李白、杜甫、白居易、柳宗元、韋應物、孟郊等人，他們都喜以陶淵明為主要學習對象，重視詩歌渾融的意境，並且各自有自己的特色。清沈德潛說的極好：「王右丞有其清腴，孟山人有其閑遠，儲太祝有其樸實，韋左司有其沖和，柳儀曹有其峻潔，皆學焉而得其性之所近。」（《說詩晬語》）他們將山水詩的題材和內容擴大了，並且將主觀的生命情調和客觀的自然景象融合成一個不僅可以摹山範水，更可以寓情於景的優美詩境、畫幅。誠如蘇軾所言「詩中有畫」的美境。而這其中又以白居易的杭州時期山水詩成為唐以後詩文人所取法的典範。請看：

〔註95〕覃俏麗著：〈淺談白居易的山水詩〉（廣西：《廣西社會科學期刊》，1998年第1期），頁79。

〔註96〕參考劉文忠著：〈鮑照〉，《鮑照與庾信》（上海：上海古籍出版社，1986年5月），頁23～24。

〔註97〕高步瀛選注：〈終南山〉，《唐宋詩舉要》（台北：學海出版社，1989年10月），頁423。

〔註98〕王從仁著：〈王孟的山水田園詩〉，《王維與孟浩然》（上海：上海古籍出版社，1984年6月），頁108。

孤山寺北賈亭西，水面初平雲腳低。

幾處早鶯爭暖樹，誰家新燕啄春泥。

亂花漸欲迷人眼，淺草纔能沒馬蹄。

最愛湖東行不足，綠楊陰**裏**白沙堤。(〈錢塘湖春行〉)〔註99〕

宋代以後，白居易在文學上、處世觀都成爲了王禹偁、蘇軾、袁宗道、張岱、袁枚等人的生活典範。這其中尤以白居易、蘇軾二人曾因仕宦杭州而書寫西湖的瑰麗詩作而言，迄晚明有袁宏道、張岱等人爲西湖寫下他們不同程度的性靈聆賞。古往今來，「西湖」除了其本身的美境而名於世，更因詩家文人的到訪，成了文人心靈深處的通用密碼。

第三節　風起雲湧的性靈風潮

明代自開國之初，極力去除胡元的一切制度，即便是文壇亦復如此。首先是復古，意即恢復過去的美制，只要是古人（漢人）的作品，一概爲學習的典範。因此一連串的文壇復古從開國之初的三楊到後來的茶陵詩派，而後是前後七子雄踞文壇的霸勢及後來的唐宋派的創作主張，其實都是以不同程度的主張與創作以進行他們所謂的對文學復古的風潮。而其中秦漢派的復古主張卻甚至流於剽竊的文學創作風，一直到歸有光的抒情小品出現，才算有了一些爲情造文的抒發表現。當然歸有光所處的年代正是一個理學方向思求改變、人心企求改變的時刻。

此期文人不再如過去一樣的死守讀書求功名、求官爵以求高位的處世態度。他們之中開始有人因爲政局與社會的變動，而選擇走向掙脫傳統道德與教條的思維方式。另外，理學自明代初期多以傳遞朱學爲務；時至明世宗以後的社會劇變，尤以明季中葉王陽明倡「致良知」之學開始，王學即風靡天下；而有明一代八股制藝雖皆以朱學爲定本，然於社會人心之影響言，誠難與王學匹敵也。而陽明心學所以精微者，實由於陽明教人重「致良知」之學，以此功夫之蘊藏而達個人安身立命之目的，以此功夫之顯發而爲尊嚴無畏之人格，是以陽明教人側重良知本體的形上哲學，以期實現人生崇高理想之境界；然，後期學者順性自然，卻忘卻誠意功夫，不重知識、事功，

〔註99〕高步瀛選注：〈錢塘湖春行〉，《唐宋詩舉要》（台北：學海出版社，1989 年 10月），頁 613。

其道德性遂缺失不足；及至心齋以降之顏山農、李卓吾輩出，則王學末流之弊顯矣！〔註100〕

可見面對官場的惡鬥氛圍，獨抒性靈的創作風格、講求真我的晚明理學思維，便成了此期表現在文學創作上的真情創作理念。在歸有光的抒情小品之後，隨之而來的是頗受李贄「童心說」、湯顯祖「情教說」影響的公安派代表人物「袁宏道」以及後來兼受「公安派」與「竟陵派」思想的張岱二人作品躍升為性靈小品一代大家，他們的作品都反映了一個時代現況，那就是「寫性靈」、「用真情」以撫慰人心的創作理念。

一、擬古風潮的文壇

明初的開國方針與當代的文學主張及表現，可謂關係密切。

從永樂到天順（西元 1403～1464 年）的幾十年間，因為政治比較安定。文壇上出現了宰輔權臣楊士奇、楊溥、楊榮所倡導的「臺閣體」。三楊在政治上號稱廉節正直，倍受寵信。然其作除朝廷詔令奏議外，多屬應制頌聖之作，主旨多為粉飾太平、歌功頌德之言，其文貌似雍容典雅，實則脫離社會生活〔註101〕。其後，在台閣體壟斷文壇之時，有那不願做應制詩文，敢於表現自己特色的詩人，特別是茶陵詩派的李東陽。李東陽欲扭轉臺閣只知歌功頌德，而毫無思想生氣的作品，然其詩風亦不免庸弱。

再者，在茶陵之後，文壇更直接走向復古的漩渦中。事實上，前後七子主張復古本有其時代意義。其因乃自明太祖推翻了胡元的統治以後，第一件事是「詔復衣冠如唐制」，然後從政治、社會、藝術各方面齊頭並進的推行復古運動，想把蒙古人留下來的胡俗洗制乾淨，以恢復大漢天聲〔註102〕。於是貫穿明代數百年的文學思想，也和政治背景一樣，完全以復古為主流。其中由李夢陽、何景明所領導的「前七子」與李攀龍、王世貞所領導的後「後七子」，可以說是復古思潮中的最重要學派，影響也最大。首先前七子領袖李夢陽所提出的復古主張，其云：

〔註100〕陳福濱主編：〈自序〉，《晚明理學思想通論》（台北：環球書局，1983 年 9月），頁 1。
〔註101〕馬積高、王鈞主編：〈明代詩文〉，《中國古代文學史——明清（四）》（台北：萬卷樓圖書有限公司，1998 年 7 月），頁 23。
〔註102〕陳萬益著：〈晚明性靈文學的時代背景〉，《晚明性靈文學思想》（台北：國立台灣大學中國文學研究所博士論文，1977 年 8 月），頁 15。

　　夫文自有格，不祖其格，終不足以知文。今人有左氏遷乎？而足下
　　以左氏遷律人邪？歐、虞、顏、柳字不同，而同一筆，其不同特肥、
　　瘦、長、扁、整、流、疏、密、勁、溫耳。此十者，字之象也，非
　　筆之精也，乃其精，則固無不同者。夫文亦猶是耳。足下謂遷不同
　　左氏，左氏不同古經，亦其象耳。（〈答吳謹書〉）〔註103〕

由以上可知李已認定的「文章之法式」。他以為古人的作品上已具備了法式，
自應以古人的作品為創作典型。另一領袖人物何景明，其人志操耿介，與李
並有國士風。兩人初相為切磋，然成名後互相詆毀，何對於復古的持論是：

　　追昔為空同子刻意古範，鑄形塑模，而獨守僕則欲富於材積，領會
　　神情，臨景構結，不倣形迹。……今為詩不推類極變，開其未發泯
　　其擬議之迹，以成神聖之功，徒敘其已陳修飾成文，稍離舊本，便
　　自阮阨。如小兒倚物能行，獨趍顛仆。雖由此即曹、劉，即阮、陸，
　　即李、杜，且何以益於道化也？佛有筏喻，言捨筏則達岸，達岸則
　　捨筏矣。（〈與李空同論詩書〉）〔註104〕

原來何景明譏諷李夢陽的復古理論乃是「如小兒倚物能行，獨趍顛仆」。他認
為應以「領會神情，臨景構結，不倣形迹」的方法來創作。他認為由模擬入
手，而後才能不露痕跡，做到雖似古人，但仍有自己的神髓，到達「達岸則
捨筏」的境界〔註105〕。不論如何，這一復古思想不僅破除台閣體以來的庸弱
沉悶的空氣，還為文壇帶來一種突破的開示。

　　至嘉靖、隆慶時，社會各處日顯矛盾，政事日漸腐敗。在文學方面，李、
何所領導的復古運動，幾至於末流，有不少人持論不同。隨後，有後七子繼
承前七子的論調，並將之發揚光大。第二次復古運動在名聲、在文壇的活動
時間較第一次歷時久。其領袖人物李攀龍主張：

　　蓋古者字少，寧假借必諧聲，韻無弗雅者。書不同文，俚始亂雅；
　　不知古字既已足用，患不博古耳。博則吾能微之矣。今之作者，限

〔註103〕李夢陽著：〈答吳謹書〉，《空同先生集》（四）（台北：偉文圖書有限公司，
　　　　1998 年 7 月），頁 1744。
〔註104〕何景明著，郭紹虞編選：〈與李空同論詩書〉，《中國歷代文學論著精選──中
　　　　冊》（台北：華正書局，1998 年 7 月），頁 266～267。
〔註105〕參考朴鍾學著：〈公安派文學思想的產生背景〉，《公安派文學思想及其背景
　　　　研究》（台北：國立台灣大學中國文學研究所碩士論文，1988 年 6 月），頁
　　　　25～26。

於其學之所不精，苟而之俚焉。（〈三韻類押序〉）〔註106〕

意思是說古字已夠用，應當棄去俚語。其以爲文學的語言要以古爲法。他認爲時人的作品之所以缺乏古風之作，是因爲運用俚語使得詩文不雅，並且認爲只要博古，就可以復古〔註107〕。另外其在詩的方面認爲：

> 唐無五言古詩，而有其古詩。陳子昂以其古詩爲古詩、弗取也。七言古詩唯杜子美不失初唐氣格，而縱橫有之。太白縱橫往往強弩之末，間雜長語英雄欺人耳。至如五七言絕句，實唐三百年一人，蓋不以用意得之，即太白亦不自知其所至，而工者顧失焉。五言律排律，諸家暨多佳句，七言律體，諸家所難，王維、李頎頗臻奇妙，即子美篇什雖眾購焉，自放矣。（〈選唐詩序〉）〔註108〕

主張要呈現雄渾、悲壯、高華、瀏亮的風格。他以爲過去的文人中，能夠具備此種風格者，只有杜甫，故杜甫的作品就是復古派作詩所引爲模擬的範本。〔註109〕

另一方面，後七子的另一位領袖王世貞，在李攀龍逝後，獨操文柄二十年。海內之士，莫不奔走門下。其文學觀都在頗受好評的《藝苑巵言》〔註110〕一書中。他說：

> 世人選體，往往談西京建安，便駁陶、謝，此似曉不曉者。毋論彼時諸公，即齊、梁纖調，李、杜變風，亦自可采，貞元以後，方足覆瓿。大抵詩以專詣爲境，以饒美爲材。師匠宜高，捃摭宜傳。〔註111〕

由此可知，王世貞論詩、論文的觀點，在於古體應效法漢、魏，近體應效法盛唐。再來是他對論文的看法：

> 自六經而下，於文，則知有左氏、司馬遷；於騷則知有屈、宋，則

〔註106〕李攀龍著：〈三韻類押序〉，《滄溟集》（三）卷十五，頁12。
〔註107〕陳萬益著：〈晚明性靈文學的時代背景〉，《晚明性靈文學思想》（台北：國立台灣大學中國文學研究所博士論文，1977年8月），頁17。
〔註108〕李攀龍著：〈選唐詩序〉，《滄溟集三》（三）卷十五，頁13。
〔註109〕朴鍾學著：〈公安派文學思想的產生背景〉，《公安派文學思想及其背景研究》（台北：國立台灣大學中國文學研究所碩士論文，1988年6月），頁31。
〔註110〕郭紹虞編選・王世貞著：〈藝苑巵言〉，《歷代詩話續編》（台北：華正書局，1998年7月）。
〔註111〕郭紹虞編選・王世貞著：〈藝苑巵言〉卷七，《歷代詩話續編》（台北：華正書局，1998年7月），頁1063。

知有司馬相如、揚雄、張衡；於詩，古則知有枚乘、蘇、李、曹公
父子，旁及陶、謝；樂府則知有漢、魏；鼓吹相和，及六朝清商琴
舞雜曲佳者；近體則知有沈、宋、李、杜、王江寧四五家，蓋日夜
寘心焉。(〈與張功甫書〉)〔註112〕

如此論點更見其主張從古人的詩文入手。

　　由於前後七子所任官職皆不高，但政治操守較為方正。他們都恃才傲物，結社訂盟，自吹自捧，把持文壇〔註113〕。《明史・文苑傳》說：「夢陽才思雄鷙，卓然以復古自命。弘治時，宰相李東陽主文柄，天下翕然宗之。夢陽獨譏其萎弱，倡言文必秦漢，詩必盛唐，非是者弗道。」〔註114〕又王世貞說：「文必西漢，詩必盛唐，大曆以後書勿讀。」〔註115〕由於主張擬古最後卻走向剽竊文字之格，王世貞晚年嘗受文人群起攻擊之情頗多。

　　前後七子所處的弘治、嘉靖年間是閹宦與權臣勾結最為嚴重的時期。前七子多反對過劉瑾；後七子多反對過嚴嵩。使得李何與王李在現實政治中遭受極大的挫敗，故而轉向古代詩文中去尋找堅卓俊偉的情操。如此，藉以支持他們與閹宦權臣爭勝的心志〔註116〕。由於他們前七子均經歷過弘治、正德之際的巨大轉折〔註117〕，其中興之夢時時縈繞心中，故而重氣節操守，熱衷於現實政治。而在政治理想失望之後，遂造成心態的憤激與悲涼。而後七子卻無緣感受到弘治朝的從容和諧，他們身處在主威臣諂、排陷激烈的嘉靖朝後期〔註118〕，甚至有不少人被權相嚴嵩所排擠，因而都抱持著憤激的心態。他們孤高傲世，不媚權貴的氣節雖不弱於前七子，但對於中興的願望已不甚強烈，對於現實政治的興趣已不甚濃厚，更看重的是其自身的文學才能

〔註112〕葉慶炳、邵紅編輯：〈與張功甫書〉，《明代文學批評資料彙編之七（上）》（台北：成文出版社，1998 年 7 月），頁 442～443。

〔註113〕馬積高、王鈞主編：〈明代詩文〉，《中國古代文學史——明清（四）》（台北：萬卷樓圖書有限公司，1998 年 7 月），頁 25。

〔註114〕楊佳駱主編，張廷玉等編著：〈明史卷二百八十六・列傳第一百七十四・文苑二〉，《中國學術類編・新校本明史并附編六種》（台北：鼎文書局，1975 年 6 月），頁 7348。

〔註115〕同上註，頁 7381。

〔註116〕陳萬益著：〈晚明性靈文學的時代背景〉，《晚明性靈文學思想》（台北：國立台灣大學中國文學研究所博士論文，1977 年 8 月），頁 16。

〔註117〕楊曉景著：〈略論前後七子文學思想的內在矛盾〉（河南：《鄭州大學學報》社會科學版，1996 年 5 月第 32 卷第 2 期），頁 98。

〔註118〕正德以後特別是嘉靖朝後的政治氣象。

〔註119〕。也許正因如此,復古之風方得其力量與效應。

前後七子主張的核心是排斥宋文、宋詩及其餘響元文、元詩。而排斥宋文的主要出發點是排斥理學。另,排宋的另一面是鼓吹眞情,讚揚民間文學。實際上,前後七子的主張是與尊情抑理的思想聯繫在一起的。故他們於詩要求眞情,於人要求眞人,包含有引導文學擺脫程朱理學和傳統道德束縛之意涵〔註120〕。劉大杰說:「他們反臺閣、講學問,確實是有功的;講秦、漢、盛唐也並不錯。不過他們要學的卻不是秦、漢、盛唐文學的思想內容,而只是句摹字擬的形式技巧,結果完全走上捨本逐末的形式主義道路。所以,他們的復古,和韓柳有本質上的不同。無論從內容和成就上講,都是不能相提並論的。」

二、歸震川抒情小品

自十五世紀末葉到十六世紀初葉,前後七子的文學思想幾乎瀰漫整個文壇。首先,以首開復古運動的李攀龍的作品,還不免於剽竊抄襲,而踵其後的人則更爲嚴重。使得當時久以銷聲的古文派抓住復古派的弱點以順勢而起,揭櫫了「文從字順」的口號,並且主張以學習唐、宋文以與七子的「文必秦漢」對抗〔註121〕。在一片文必秦漢、詩必盛唐的口號中,唐順之、王愼中、茅坤、歸有光等人以法唐、宋文爲文章之圭臬,以救秦漢派求復古以致流於剽竊前人詩文之弊。如《四庫群書總目提要》云:

> 學秦漢者,當於唐宋求門逕;學唐宋者,固當以此編爲門逕矣。自
>
> 正、嘉之後,北地、信揚聲價奔走一世,太倉、歷下流派彌長;而
>
> 日久論定,言古文者均以順之及歸有光、王愼中三家爲歸。〔註122〕

因此可知唐宋派等人的法唐宋之主張,有其一定的影響。尤其是其代表人物王愼中指出法唐宋,其實也在傳承古人之學中而法漢唐,他說:

> 方洲嘗述交游中語云:總是學人,與其學歐、曾,不若學司馬遷、

〔註119〕楊曉景著:〈略論前後七子文學思想的内在矛盾〉(河南:《鄭州大學學報》社會科學版,1996年5月第32卷第2期),頁98～99。

〔註120〕馬積高、王鈞主編:〈明代詩文〉,《中國古代文學史──明清(四)》(台北:萬卷樓圖書有限公司,1998年7月),頁26。

〔註121〕朴鍾學著:〈公安派文學思想的產生背景〉,《公安派文學思想及其背景研究》(台北:國立台灣大學中國文學研究所碩士論文,1988年6月),頁34。

〔註122〕《四庫群書總目》五冊,卷一百八十九,總集類四,文編六十四,藝文印書館,頁3935。

班固。不知學司馬遷莫如歐，學班固莫如曾，今我此文，正是學馬、

班，豈謂學歐、曾哉！（〈寄道原弟書十六〉）〔註123〕

如此當可見其文學觀點，是以領悟歐、曾的作文方法，以爲習古文和古文復

興運動的手段。另外是唐順之，其最初並不同意王慎中的看法，最後則贊成。

他在與茅坤的書信中提到：

今有兩人，其一人心地超然，所謂具千古隻眼人也，即使未嘗操紙

呻吟學爲文章，但直據胸臆，信手寫出，如寫家書，雖或疎鹵，然

絕無煙火酸餡習氣，便是宇宙間一樣絕好文字。其一人猶然塵中人

也，雖其專學爲文章，其於所謂繩墨佈置，則進是矣，然翻來覆

去，不過是這幾句婆子舌頭語，索其所謂眞精神與千古不可磨滅之

見，絕無有也，則文雖工而不免爲下格。此文章本色也。既如以詩

爲諭、陶彭澤未嘗較聲律、雕句文，但信手寫出，便是宇宙間第一

等好詩。何則？其本色高也。自有詩以來，其較聲律，雕句文用心

最苦而立説最寒者，無如沈約，苦卻一生精力，使人讀其詩，只見

其細縛齷齪，滿卷累牘，竟不曾道出一句好話。何則？其本色卑

也，本色卑，文不能工也，而況非其本色哉？（〈答茅鹿門知縣第二

書〉）〔註124〕

可見其重視作品的思想和內容，並且提倡文學個性化和通俗化。這種觀點比

較接近李贄、徐渭等人的思想，甚至可能直接或間接的影響後來公安派的文

學觀。〔註125〕

　　唐宋派主張文學唐宋，實則流於剽竊並且未能脱其法以自成一家之格。

他們欲以最接近當代（明代）的唐宋文爲法，以格前後七子的模擬和剽竊之

弊〔註126〕。實則與前後七子之法秦漢文並無二致，而且當時響應的人不多，

〔註123〕王慎中著：〈寄道原弟書十六〉，《遵巖集二》卷二十（台北：成文出版社，1998
　　　　年7月），頁12。

〔註124〕唐順之著：〈答茅鹿門知縣第二書〉，《荊川先生文集》卷七答皇甫百泉即中四
　　　　部叢刊正編（台北：台灣商務印書館，1987年8月），頁127。

〔註125〕朴鍾學著：〈公安派文學思想的產生背景〉，《公安派文學思想及其背景研究》
　　　　（台北：國立台灣大學中國文學研究所碩士論文，1988年6月），頁38。

〔註126〕「唐宋派比前七子略晚，比後七子略早。他們起而對抗前後七子非是反對模
　　　　擬，而是反對漸趨覺醒的文學主體意識的潮流，使文學成爲宗經貫道、適於
　　　　世用的載道之文。」見劉鴻達著：〈歸有光的文論思想述評〉（河南：《鄭州大
　　　　學學報》社會科學版，1996年5月第32卷第2期），頁68。

未能蔚爲一股風潮。故此派欲以此痛擊並革去對前後七子的主張及當時的文風，實則有其執行的困難。因爲一開始的主張便是復古，所以後來還是跳不出復古的窠臼。

此派另一代表人物歸有光以書寫生活札記的方式而創作。葉慶炳在《中國文學史》〔註127〕提到王愼中與唐順之與前後七子實同爲擬古主義者，所不同的是其所模擬的對象不同而已。因乃知風氣所趨，除非絕頂天才，不然很難迴絕於流俗。而歸有光的散文，其神理得之於太史公，同時取法唐宋散文家。其在〈項思堯文集序〉提及：

> 蓋今之所謂文者，難言矣。未始爲古人之學，而苟得一二妄庸爲之巨子，爭附和之以詆排前人。韓文公云：「李杜文章在，光焰萬丈長。不知群兒愚，那用故謗傷。蚍蜉撼大樹，可笑不自量。」文章至於宋元諸名家，其力足以追數千載之上而與之頡頏，而世值已蚍蜉撼之，可悲也！無乃一二妄庸人爲之巨子以倡道之歟？〔註128〕

由此可見，這是其不滿於前後七子「文必秦漢」的說法。只是他後來爲何會有「超然當世名家」（王世貞語）之美譽，應該歸結於其文論思想。回顧有明中晚期及文壇的轉捩重要人物——歸有光，於此必須就其作品所呈現的文論思想〔註129〕來談：首先是「文道合一」，他認爲：

> 士大夫不可不知文，能知文而後能學古。故上焉者能識性命之情，其次亦能達於治亂之迹，以通當世之故，而可以施之於政。（〈山齋先生文集序〉）〔註130〕

也就是說士大夫知文而後能學古，俾能識性命知情、達於治亂之迹，以通世故而施之於政事。其次是「文以致用觀」，他認爲：

> 驅一世於利錄之中，而成一番人才世道，其弊已極，士方默守濡溺於其，無復知人生有當爲之事。（〈與潘子實書〉）〔註131〕

〔註127〕葉慶炳著：〈明代文學思想與散文〉，《中國文學史》下冊（台北：台灣學生書局，1987年8月），頁272。

〔註128〕歸有光著：〈項思堯文集序〉，《歸震川集》卷二（台北：世界書局，1963年4月），頁12。

〔註129〕劉鴻達著：〈歸有光的文論思想述評〉（河南：《鄭州大學學報》社會科學版，1996年5月第32卷第2期），頁68。

〔註130〕歸有光著：〈山齋先生文集序〉，《歸震川集》卷二（台北：世界書局，1963年4月），頁12。

〔註131〕歸有光著：〈與潘子實書〉，《歸震川集》卷七（台北：世界書局，1963年4

既強調文道合一，並進一步要求創作要能致世局之用，以利國計民生之言。其三，是「自然本色觀」。他要求文章必須講究自然本色、不事雕琢，如此才能：

> 以吾書之理而會書之意，以書之旨而證吾心之理。則原本洞然，意趣融液。(〈山舍示學者〉)〔註132〕

以「以吾書之理而會書之意，以書之旨而證吾心之理」而言，這一觀點顯然受陽明心學的影響，亦是啓迪晚明小品家的重要津梁。其四是「樸質淡雅觀」。如〈項脊軒志〉文中提到：

> 家有老嫗，嘗居於此。嫗，先大母婢也。乳二世，先母撫之甚厚。室西連於中閨，先妣嘗一至，嫗每謂予曰：「某所，而母立於茲。」嫗又曰：「汝姐在吾懷，呱呱而泣。娘以指叩門扉曰：『兒寒乎？欲食乎？』吾從板外相爲應答」語未畢，余泣，嫗亦泣。〔註133〕

可見歸有光要求在自然本色中表現充沛眞摯的情感，他頗爲推崇司馬遷，並認爲其過人之處在於其不僅具道德之文，而且能做到樸質淡雅的風格。

歸有光的文論思想充滿改革精神與實用精神及事功精神，是封建正統文學的繼承體。明代清代皆十分推崇唐宋派文人，特別是歸有光。因爲他的創作思想與統治者所提倡的修治心術（陽明心學）、載道明體是相符的。〔註134〕

然，在前後七子的夾擊下，歸有光的親情瑣事小品，遭受當時的文人訾議和批判，如後七子領袖王世貞早年很輕視歸有光的文章，至晚年回首過去，對於自己的復古之路有所省覺，遂有識於歸有光的小品乃是異日文章之典範，而言曰：「風行水上，渙爲文章，當其風止，與水相忘」，「千載有公，繼韓、歐陽。余豈異趨，久而自傷。」這一段話確是王世貞發自內心的的認同與讚許，也預示了歸有光其將來的文風地位的可能，可說是慧眼獨具。

由於歸氏散文受當時陽明心學影響，將描寫生活瑣事的題材，引入用以載道的古文中。其體制短小靈巧，而且呈現了情、眞、趣的審美特質，甚

月），頁80。

〔註132〕歸有光著：〈山舍示學者〉，《歸震川集》卷七（台北：世界書局，1963年4月），頁81。

〔註133〕歸有光著：〈項脊軒志〉，《歸震川集》卷十七（台北：世界書局，1963年4月），頁228。

〔註134〕劉鴻達著：〈歸有光的文論思想述評〉（河南：《鄭州大學學報》社會科學版，1996年5月第32卷第2期），頁68～69。

而影響了晚明小品文並促使其進一步發展，故而顛覆了一直以來的傳統載道之文。而這一股強調情、眞、趣的創作特質，可說是晚明性靈文學風潮的先驅。

三、王學與性靈風潮

前述說到由於歸氏散文受當時陽明心學影響，其所描寫日常瑣事題材的小品，呈現了情、眞、趣的審美特質，這一種強調「情、眞、趣」的創作特質，可說是晚明性靈文學的先驅。然而所謂晚明性靈文學的先驅，實非僅於此。

明朝初年，政治社會制度一律講求恢復唐宋優良傳統。就文學而言，是復古主義抬頭的時代。程朱之學在明代已成爲「官學」。永樂命胡廣、楊榮、金幼孜等撰的五經大全、四書大全、以及性理大全等書，爲周子、程子、張子、邵子、朱子、蔡元定父子以及諸儒等的學說的大結集。當時學者的思想被程朱學所困，而眞正的程朱學亦徒然爲天下士子獲得功名的兌換券而已。可見由於八股取士制度和君主的提倡，使得朱子的學說爲士子進士科考的依歸，使得一般人的思想無法遁逃於宋儒理學的掌控中。

到了明代中期以後，國家內部所出現的皇室長期不問政事，宦官受學而掌控政權，朝廷施政無章，權臣隻手遮天，冗員缺官長期無解，農村凋敝，以及最直接危害百姓的礦監之稅災與貨物重複課稅的嚴重危機，使得社會急速變化、民心求變加劇。

這個時候光是復古，已經無法解決人民的痛苦，尤其是上層社會的豪奢之狀，更使得廣大的百姓在受苦之餘，竟還要賦稅給不事生產的貴族享受，於是他們之中有人不得已而成爲流民盜賊。此時王陽明所倡導的「致良知」，有撫慰人心的效果。他說「良知人人皆有」、「人自孩提之童，莫不完聚此知」、「良知只是個是非之心。是非只是個好惡。只好惡就盡了是非，只是非就盡了萬事萬變。」也就是只要不自欺，即可信之。所以致良知即是去私欲，歸天理。而這就是誠意的功夫。他在〈答羅整菴少宰書〉也提到：「學貴得之於心，求之於心而非也，雖其言出於孔子，不敢以爲是也。」〔註135〕這種師心而非師古的主張便是削除擬古復古風氣的一種創新改革的精神，當然

〔註135〕王陽明著：〈答羅整菴少宰書〉，《王陽明選集》，收錄於《中國子學名著集成》珍本初編儒家子部（台北：中國子學名著集成出版社，1978 年 12 月），頁366。

也因此而造就了文學走向革新，創作主張個性的契機。而這樣的揮別復古之風，所顯示的精神意義便是一切以「良知」做出發，理學至此走向「心學」的時代。

　　而王陽明的學說派別很多，到了晚明最爲盛大的是王畿（龍溪）所帶領的「浙江學派」與王艮（心齋）所領導的「泰州學派」及「左派王學」；以及與左派王學關係密切的李贄的「狂禪派」。〔註136〕

　　這種以「人人皆有良知」爲出發；經過王畿所主張的「賢者自信本心，是是非非，一毫不從人轉換」、「見在良知與聖人未嘗不同」，使得人人在日常生活瑣事過程中也可以學習如何超凡入聖，其有形無形中實行陽明「致良知」、「知行合一」的學說，如〈樂學歌〉中所示正是其人之思想觀：

> 人心本自樂，自將私欲縛。私欲一萌芽，還知退自覺。一覺便消除，
> 人心依歸樂。樂是樂此學，學是學此樂。不樂不是學，不學不是樂。
> 樂便然後學，學便然後樂。（〈樂學歌〉）〔註137〕

心齋又說：「天理者，天然自有之理也，才欲如何安排，便是人欲。」他們主張世事萬變多緒時，唯有逍遙自在、樂學自主，方能使生命自然發展。再說到左派王學（泰州學派），乃由王艮發端，其後有顏山農、何心隱、羅近溪、陶石簣等人將之發揚光大。

　　而眞正促使陽明之學與泰州學派及龍溪之學再發聖火的是李贄。李贄發揚陽明的「良知說」，並提煉爲「童心說」：〔註138〕

> 夫童心者，眞心也；若以童心爲不可，是以眞心爲不可也。夫童心
> 者，絕假純眞，最初一念之本心也。若夫失卻童心，便失卻眞心；
> 失卻眞心，便失卻眞人。人而非眞，全不復有初矣。童子者，人之
> 初也；童心者，心之初也。

「爲學學爲人，爲人須求爲眞人，毋爲假人。」因此他厭惡虛假，一切人生必須存眞，即使被冠上妖妄的罪名，他也在所不惜。而在文學上他認爲：

> 天下之至文，未有不出童心焉者。苟童心常存，則道理不行，聞見

〔註136〕「左派」之稱，見繆天綬選註《明儒學案》〈新序〉頁24，引朱謙之說。又，嵇文甫「左派王學」及專論此派學說，亦論及李贄的「狂禪派」。

〔註137〕王陽明著：〈樂學歌〉，《王陽明選集》，收錄於《中國子學名著集成》（台北：中國子學名著集成出版社，1978年12月），頁173。

〔註138〕李贄著，張建業、劉幼生主編：〈童心說〉，《李贄文集》第一卷《焚書》（北京：中國社會科學出版社，2000年），頁92。

> 不立，無時不文，無人不文，無一樣創制體格文字而非文者。詩何
> 必古選，文何必先秦。降而爲六朝，變而爲近體，又變而爲傳奇，
> 變而爲院本，爲雜劇，爲西廂曲，爲水滸傳，爲今之舉子業，大賢
> 言聖人之道皆古今至文，不可得而實是先後論也。〔註139〕

原來他把《水滸傳》、《西廂記》，全列爲天底下抒發性靈的好文章。這不僅強調只要從童心出發之文都是好文章，更將一直以來被視爲難登大雅的通俗文學提昇到與詩經楚辭等經典站在一個平分秋色的地位上。而「童心說」的出現，更標誌著明人敢於突破傳統與理學的教條，將個人意識抬的高高的，告訴人們要勇於追尋自己的風格，並且有權力去追尋自己的生活方式。如李贄的表現自我：

> 吾隱市，人跡之市；隱山，人跡之山；乃轉爲四方名岳之遊。如獐
> 獨跳，不顧後群；如獅獨行，不求侶伴矣。然丹爲翠險，梯廂藤蕉，
> 每遇飛渡而空蹻之，無乃非老人事乎，計莫若退隱田園。（〈芙蓉莊
> 詩序〉）〔註140〕

因此在明人的活動中，在在進行著完成其追尋自我的人格圓滿。所以其後大批貶謫文人或山人等人物往往在進行山林旅遊活動的同時，已經說明了：

> 明人習風深受陽明心學的影響，造就了個體個性的自我意識高漲，
> 產生了大批性格狂狷的文人士大夫，他們不受羈鎖，率性自爲，任
> 情自適，表現出前所未見的人格特徵。〔註141〕

大陸學者夏咸淳說「明代中葉以來，貴人尊生的思想形成了潮流，而後李贄等啓蒙思想家、袁宏道等文學革新家奮起批判那宋代程朱以來窒息人性的禁欲主義，並肯定人的自然需要和物質欲望的合理性。」〔註142〕

因此與李贄同時，文壇出現一股公安風潮之勢，湖北公安三兄弟爲學勤敏、學問淵博，雜揉儒釋道三家思想。特別是袁宏道三度辭官，遊歷各地以

〔註139〕郭紹虞編選：〈童心說〉，《中國歷代文學論著精選》中冊（台北：華正書局），頁333。

〔註140〕李贄著：〈芙蓉莊詩序〉，《晚明二十家小品》上冊（台北：廣文書局，1968年1月），頁185。

〔註141〕李春青、李珺平主編，郭英德、過常保著〈引言〉，《明人奇情》（台北：雲龍出版社，1996年2月），頁1。

〔註142〕夏咸淳著：〈以性靈游，以軀命游——晚明文人之山水戀〉，《山水美探勝》（中國旅遊文學研究會、四川師範學院中文系合編，重慶：重慶出版社，1944年4月第1版），頁129。

脫屑官袍的枷鎖，都是爲了完成其「不受羈鎖，率性自爲，任情自適，表現出前所未見的人格圓滿」。而中郎更因受李贄之沾概、徐渭的人格薰陶、湯顯祖的啓迪而覺醒，其表現在文學上的便是眾所知曉的「獨抒性靈」「不拘格套」的創作革新，由於呼聲大，所響應的人很多。

　　另外於公安之後，易代之際的張岱，其曾祖張元汴是王畿的門弟。而張岱本身由於受學於祖父張汝霖，祖父在教學過程中一再提醒要以不靠註解、「不讀朱註」的方式研讀經書，甚至強調「惟讀古書，不看時藝」，以務求「其意義忽然有省」的學問精神，在其《四書遇序》中提到：

> 先輩有言，六經有解不如無解，完完全全幾句好白文，卻被訓詁講章說得零星破碎，豈不重可惜哉？余幼尊大父教，不讀朱註。凡看經書，未嘗敢以各家注疏橫據胸中。〔註143〕

這其實一種拒絕復古、擺脫傳統的窠臼，以自悟的方式來進行革新的文學主張。

　　因此，晚明性靈文學思想的特質，包括求新、求變、言情、俚率等創作風格，這些在李贄、徐渭、湯顯祖三人的作品中都以找到思想根源、甚至可以視他們爲晚明性靈文學的先驅。當然這些人在當代都因不同程度的陽明心學影響而有其瑰麗璀璨的文學新境。所以晚明公安三袁、張岱、竟陵派等性靈文學人物，亦因爲時代所趨而留下性靈書寫的偉大著作。

〔註143〕張岱著，夏咸淳校點：《瑯嬛文集‧卷一‧四書遇序》，《張岱詩文集》（上海：上海古籍出版社，1991年5月），頁107。

第三章 袁宏道與張岱的生平背景及文學態度

第一節 袁宏道生平背景與仕宦之路

一、父祖家世

袁宏道,字中郎,號石公,明公安(今湖北公安縣)人。生於明穆宗隆慶二年(西元 1568 年),卒於明神宗萬曆三十八年(西元 1610 年),年四十三。

袁氏祖輩自高祖袁有倫、曾祖袁英爲武胄。而宏道的祖父袁大化,性喜周濟,慷慨然諾,是一位謙謙君子,而後袁家至大化這一代,已漸失祖輩習武之風。後來,袁家成爲名冠鄉里的望族。

明嘉靖年間,公安縣發生了大飢荒,時袁大化拿出兩千石糧食、千兩銀子以賑借災民,他在〈余大家祔葬墓石記〉中提到:

> 嘉靖之二十三四年間,出母金以千計,出穀以萬計。時鄉邑飢甚,
>
> 王父取其券盡焚之。蒼頭輦扁而飼,恐其責負也。〔註1〕

而後焚燒借券,袁家亦因此家道中落。時,袁大化與同鄉裡的龔大器是肝膽相照的知己,後來龔氏進士得第,對大化有了偃武修文的影響,使其後來的人生價值取向遠遠影響了兒孫輩,特別是對三袁的影響尤深。

〔註1〕 袁宏道:《誌銘・余大家祔葬墓石記》,《袁中郎全集》襟霞閣精校本(台北:清流出版社,1976 年 7 月),頁1。

　　三袁的父親袁士瑜，自號七澤漁人。十五歲爲童子試之冠，成了秀才。而後屢次科考不順，未得第。於是將這份憾恨化爲督勉三袁兄弟的力量。以後，三袁長成後的得第表現，都要歸功於其啓蒙老師——父親袁士瑜。袁中道回憶說：

> 先君子之教子三人，不寬不嚴，如染香行露，教之最有風趣者。
> 〔註2〕

原來袁父的謹愼與溫文儒雅的性情也影響了三袁。

二、舅父啓蒙

　　除了袁士瑜對三袁的啓蒙教育頗深，事實上，對三袁的影響最大者，要屬父親的母舅——龔氏一家。龔氏，龔大器，字容卿，號春所，嘉靖三十五年（西元 1556 年）進士，與同鄉袁大化友善。爲政仁愛百姓、平易近人。袁中道回憶道：

> 性舒緩，善詼諧，雖至絕糧斷炊，猶晏然笑語，其發奇中，令人絕
> 倒。或橫逆之來，人大不堪者，公受之怡然，不復省憶也。〔註3〕

由此可見，袁氏兄弟的適情順性，其實受到外祖父的沾概頗多。再說致仕後的祖父龔大器與眾兒甥輩吟詠唱酬，成立了「南平社」〔註4〕，並且被推舉爲社長。這樣的活動或許正是影響往後宏道兄弟的文學革新啓蒙運動的一個啓蒙點。

　　龔大器膝下有二子，其中以次子仲敏，字惟學，爲萬曆元年（西元 1573 年）的舉人，性格溫良。曾擔任山東嘉祥縣令，有政聲，深受百姓愛戴。不僅如此，其治學方面以博學多聞著稱，在公餘之暇，還編著《嘉祥縣志》，後因爲尊重故實，故頗受焦竑、李贄等人的讚揚好評。而仲敏之弟仲慶，字惟長，萬曆八年（西元 1580 年）得進士第。因所提之政見與當道不合，遂被貶謫。中年之後便絕意仕進，以植花詠書爲生活樂趣。

　　如果說三袁的人格操守和爲官的政治取向有其耿介與不同於官場文化的

〔註2〕袁中道著：〈二趙生文序〉，《珂雪齋前集》（三）卷十（上海：上海古籍出版社，1976 年 9 月），頁 1098～1099。

〔註3〕袁中道著：〈龔春所公傳〉，《珂雪齋前集》（四）卷十五（上海：上海古籍出版社，1976 年 9 月），頁 1552～1553。

〔註4〕匡亞明主編，周群著：〈爲求“適世”的一生〉，《中國思想家評傳叢書136 袁宏道評傳》（南京：南京大學出版社，1999 年 12 月），頁 32。

表現作為，那麼可以說影響其袁氏兄弟三人最深的，便是其舅父——惟學了。另外袁宏道與長他九歲的宗道，與大他五歲的大姐，和小他兩歲的弟弟——中道，皆為龔大器之女所生。無奈宏道於八歲時，生母辭世。後其兄弟四人皆由庶祖母詹氏輔育長成。

> 余在抱即多病，母不忍自育，扎於詹大家，恩倍母。甫六歲，即失母，時中道弟方四歲，皆育於大家，以是余等至成人無失母憂。

〔註5〕

由此可知宏道之庶祖母詹氏對其兄弟的照護和養育之恩深重。當然在三袁兄弟的心中詹氏的地位當不下於其生身之母。

三、學養恩師

宏道於弱冠之前的啓蒙老師除了李鍾衡外，還有萬二酉師。萬二酉是一位家徒四壁的書生。他無書不讀，對於歷代史書皆能成誦。另外一位是王以明，公安人，他於棄官後歸隱家鄉。據《湖北詩徵》言其：「年輕時即妙契無生之旨，對佛道思想有所探論，與李贄、陶望齡、袁宗道等人有性命交。」這位老師也是與宏道書信往來最多的同道文友，他們對無生之旨的悟證，與不取意古法的詩歌創作主張，都是相通的。

宏道於萬曆十一年（西元 1583 年），在縣城讀書期間，受到舅父惟學所創設的文社「陽春社」〔註6〕的影響，宏道後來也和弟中道、李學元、龍膺兄弟諸人一起在公安縣城南的竹林中結文學社，並且擔任社長。〈示社友〉詩中言：

> 所至成三笑，居然似七賢。社開正始后，詩數中興年。一代稱同軌，
> 千秋欣執鞭。古來藏二酉，不必大都傳。〔註7〕

可見宏道兄弟的浪漫豪氣風采於此時已呈現。到了萬曆十四年，宗道得進士第一，此舉鼓舞了宏道兄弟。萬曆十六年，時年二十一歲的宏道考中舉人。萬曆十七年（西元 1589 年），當時宗道為京城太史，宏道因與焦竑、陶望

〔註5〕 袁宏道著：《誌銘・詹大家壙記銘》，《袁中郎全集》（台北：清流出版社，1976年），頁4。

〔註6〕 匡亞明主編，周群著：〈為求“適世”的一生〉，《中國思想家評傳叢書136 袁宏道評傳》（南京：南京大學出版社，1999年12月），頁32。

〔註7〕 袁宏道著：〈示社友〉，《袁中郎全集》（台北：清流出版社，1976年10月），頁18～19。

齡、黃輝等人赴京參加會試，因此得以相識〔註8〕。焦竑是明代中晚期知名儒者中熟稔內典的一位學者，而宗道便是受教於焦竑。其後宗道因事歸鄉里，便帶回佛教典籍，並以性命之說啟迪宏道、中道二人，且相互切磋。三人之中以宏道悟解最深，特別是其悟道所成的佛書《金屑編》，即是其萬曆十八年的作品。

到了萬曆十九年，宏道因仰慕李贄精研禪學，故專程前往麻成龍湖拜會。李贄年長宏道四十一歲，而後在讀了宏道的《金屑編》之後，對其讚譽有加。以小修在〈吏部驗封司郎中中郎先生行狀〉中回憶說道：

> 先生既見龍湖，始知一向掇拾陳言，株守俗見，死於古人語下，一段精光不得披露。至是浩浩焉如鴻毛之遇順風，巨魚之縱大壑。能爲心師，不師於心；能轉古人，不爲古轉。發爲語言，一一從胸襟流出，蓋天蓋地，如象截急流，雷開蟄戶，浸浸乎其未有涯也。〔註9〕

由此看來，他們彼此之間深有相見恨晚之感。這一段文學與思想的會晤，使思想家、文學界因此佳話如潮。

四、仕宦之路

萬曆二十年（西元 1592 年）袁宏道進士及第。以學術的業師來看，對袁宏道而言，李贄是其私心嚮慕學習的前輩；而焦竑則是與科考有關的座師。萬曆二十一年，宗道兄弟三人和王以明、龔仲安一同到龍潭向李贄問學。李贄對宏道讚賞頻頻，而宏道對李贄則以師相稱，甚至將李贄視爲李耳。

萬曆二十二年（西元 1594 年），宏道謁選授吳縣縣令。宗道與宏道皆屬於科場順遂型的士大夫。大哥宗道是寧爲諍臣，萬死猶不悔的人物；而宏道則是在進場科考期間便對浮名厭倦產生退離之情。得第後，到吳縣就任，但外放的職缺畢竟不是任何文官看得上眼的職務。在吳縣任職期間勤政愛民的表現：剪除額外稅賦、削除多餘的官員，可以片言而折獄，在當時還贏得宰相申時行「二百年來無此令矣」的讚譽。

另外，於公餘期間，宏道也有同道歡聚暢飲之快事：如與同年江盈科酬唱贈答；和因不肯依附張居正而功名顚躓，而其抒發眞情的文學主張與宏道

〔註 8〕 匡亞明主編，周群著：〈爲求“適世”的一生〉，《中國思想家評傳叢書 136 袁宏道評傳》（南京：南京大學出版社，1999 年 12 月），頁 37。

〔註 9〕 袁中道著：〈吏部驗封司郎中中郎先生行狀〉，《珂雪齋前集》（四）卷十七（上海：上海古籍出版社，1976 年 9 月），頁 1702～1703。

是有其相似度的湯顯祖；再來是與老友陶望齡挑燈夜讀徐渭《闕編》詩一帙，「兩人跌起，燈影下讀復叫，叫復讀，僮僕睡者皆驚起」〔註10〕頗為契合的文知己，宏道頗感「不佞生三十年，而始知海內有文長先生，噫，是何相識之晚也」，認為其作品有「勃然不可磨滅之氣，英雄失路托足無門之悲」，能「一掃近代蕪穢之習」。因為感佩其人其文之奇之曠，故而寫下了〈徐文長傳〉。因此，為當代人所聞。後來錢謙益曾說：「微中郎，世豈復知有文長！」至此，因為有晚明文學思潮運動的先驅者李贄、徐渭、湯顯祖等人的前導和薰陶，使得三袁兄弟的高聲疾呼才能趁勢而起。

雖然在吳縣有政聲，但是，宏道性情閒放，平日喜以詩書為伴，蒔花畫船，相聚伴飲。他嘗道：「人生做吏甚苦，而做令猶苦，若我吳令則其苦萬萬倍，直牛馬不若矣。」可見他之所以深以為苦，是因為其性格高潔，並且不喜逢迎拍馬的官場文化；再者，還是其政見與當道不和，而且特以此為最深重的原因。再加上其庶祖母詹氏病榻多年，中郎因此順勢呈上了一封〈乞歸稿〉的奏章給皇帝。經過多次乞歸，終於萬曆二十五年春，獲准其歸里。這一年袁宏道才二十八歲。任憑吳地百姓自動發願期以各捐十年壽的方式給詹氏，以度其脫離病痛之苦，宏道還是認為能從繁冗的公務和官場的一切求得解脫，他覺得簡直是「快活不可言」的選擇。

五、辭官漫遊

辭官獲准時，詹氏病況已漸痊癒。而宏道則樂於藉此時機到了東南各地山明水秀之處遊歷一番。原來平日即有山水癖好的宏道，曾因此而三度遊西湖，當然也實地走訪了西湖的各處名山勝跡：如遊六橋，得想見東坡當年之勤於政事和為人神采，還有賞孤山、遊天目、走禹穴等等美景遺跡。他曾這樣回憶著：

> 自春徂夏，游殆三月；由越返吳，山行殆二千餘里。山則飛來、南平、五云、南北高峰、會稽、禹穴、青口、天目、黃山、白岳；水則西湖、湘湖、鑒湖、錢塘江、新安江，而五泄為最盛，在諸暨縣外，百幅鮫綃，自天而掛；洞則玉京、煙霞、水樂、呼猿之屬，玉京奇甚；泉則龍井、虎跑、真珠之屬；其他不記名者尚多。友則陶

〔註10〕　袁宏道著：《傳記‧詹大家壙記銘》，《袁中郎文鈔‧傳記》（台北：清流出版社，1976年），頁1。

> 周望、公望、虞長儒、僧儒王靜虛，皆禪友也，然皆禪而詩；汪仲
> 嘉、梅季豹、潘景升、方子公皆詩友也，然皆詩而雋；就中唯弟與
> 周望相終始，相依三月。僧則云棲、戒山、湛然、立玉。云棲古佛，
> 戒山法主，湛然、立玉，禪伯也。〔註11〕

像這樣與詩禪同道在一起，既留下了許多禪趣意境的作品，亦走向了創作高峰。

其實為官吳縣以及悠遊東南期間，是宏道文學思想革新最為激進的時期。這一期間更是「性靈」主張的茁壯期。特別是在〈諸大家時文序〉、〈序陳正輔會心集〉及〈序小修詩〉作品中，都以抒寫性靈的清新自然之風，進而發出衝破「當代自臺閣以來詩文擬古剽竊陋習」的決心。

由於而立之年便辭官的宏道，所做的決定與儒家治世的精神背道而馳，畢竟終究沒有辦法得到袁父的諒解。之後，於萬曆二十六年（西元 1598年），時年三十一歲，重新任事，實乃經濟壓力所致。此時宏道被授予順天府教授等職，在任教職期間與弟子們僅談論詩文及科舉應試之文，關乎政治者一概不論。這或許可以解釋他為無米之炊而不得不再次為官，卻又不願意被捲入朝廷政爭的深層意識使然。

六、革新運動

這一年宏道之弟進入太學，他們與也在京師的黃輝、陶望齡、江盈科、謝肇淛、潘士藻、鍾起風、方文僎等人在京師西邊的崇國寺結社——「葡萄社」〔註12〕。他們相互切磋、聚言學術作詩論禪，文聲因而振四方，此時宏道儼然是文壇的領袖。

到了萬曆二十八年（西元 1600 年），朝廷改任他為禮部儀制清吏司主事。期間對唐宋諸家之文進行批點，並因此而受其人其文之薰陶，進而怡情養性而自適快意。這一年其兄宗道辭世，得年四十一歲。這樣的痛擊再加上在京期間，所感受「宦途薄惡，情態險側可笑，無論師不欲聞，即弟子亦不欲言之」。〔註13〕

〔註11〕袁宏道著：《尺牘‧吳敦之》，《袁中郎全集》（台北：清流出版社，1976 年 10月），頁 54。

〔註12〕匡亞明主編，周群著：〈為求"適世"的一生〉，《中國思想家評傳叢書 136 袁宏道評傳》（南京：南京大學出版社，1999 年 12 月），頁 55。

〔註13〕袁宏道著：《尺牘‧焦弱侯座主》，《袁中郎全集》（台北：清流出版社，1976

　　及至萬曆二十九年（西元 1601 年），宏道再次乞歸獲准，便開始了為期六年的鄉居生活。他在公安縣城南建別業，名為「柳浪」。在居所前植柳成浪，並繞以楓林。這一清幽宅邸便於其與中道及禪僧同住，終日談性理，有時乘舟夜遊，笑傲江湖。此時的詩文澄淨中有參禪悟佛之味。而在隱居公安期間，宏道向來所敬重的李贄，被誣而身陷囹圄，而後於獄中自殺。這個結果給宏道兄弟很大的打擊。

　　山居六年，期間卻是「山中粗足自遣，便不思出，非真忘卻長安也。」可見其山居時期仍有長安之志，其內心可以說是矛盾不已〔註 14〕。後來因為「飢寒交迫，亦時有元亮叩門之恥」，再加上其父袁士瑜的催促，後不得已，於萬曆三十四年與其弟中道一同赴京，並擔任補禮部主事的職務。不過這還是一個閒官，但可以終日與友朋從事話詩書、醉酒、賞花的活動，對他而言是樂境。雖是閒官，倒亦能填補其「寂寞之時，既想熱鬧；喧囂之場，亦思閒靜」〔註 15〕的心境。

　　這一段在京師的日子，常邀友人同賞奇樹異石，作品也多敘及其閒逸的生活情趣。其後幾年間先是庶祖母詹氏，夫人李安人辭世，其後有為學恩師——舅父惟長去世。這一連串的人生打擊，帶給他的是人生無常的悲慨。此時作品以曠放閒適的風格表現取代了昔日的豪放恣肆風格。

　　至萬曆三十五年（西元 1607 年），宏道受朝命為吏部驗封主事，攝選曹事，從鄉里兼程趕赴北京就任。這個吏部文選司的職務，執掌的是全國官員的銓選和升調，是個很繁雜且瑣碎的工作。面對這個工作職務，袁宏道上奏言及揭發舞弊冗員之怠惰、不仕事，又提出對官員們實施年終考核制度，並根據其個人的施政政績而決定其留任與否。這一時期是中郎自吳縣令以後，積極作為的仕宦時期。

　　在萬曆三十七年（西元 1609 年），宏道被任命為陝西主試。首先，這一趟為國家選拔人才的標準，可以了解宏道當時「獨抒性靈」的文學主張對當

　　　　年 10 月），頁 77。

〔註 14〕萬曆年間，張居正受朝廷的抄家滅族之變，讓未及弱冠之年的袁宏道親眼目睹此一政治社會巨變。自此之後，在其心底埋下了對科舉、對官場、對世態人情那種不確定與不信任之感，也因為如此，在其往後的仕宦生涯裡，埋下見好就收的心態和半仕半隱、或仕或隱的矛盾的為官表現。這就是他為什麼來去官場、幾度請辭與出仕的遠因。

〔註 15〕袁宏道著：《尺牘・蘭澤雲澤兩叔》，《袁中郎全集》（台北：清流出版社，1976年 10 月），頁 68。

世及後來文風的影響。而其所錄取的士子多是於家鄉已有文名的人。其次，來到秦地，得與兄長的同年至交汪靜峰得以相聚言歡，並且悠遊於山水之間，享受山嵐設色之妙，對宏道而言是再快樂不過的事情了。

七、先知辭世

在陝西試程結束後，便與中道一起請假歸故里。離開前作〈上孫立亭太宰書〉言大明王朝的隱憂之議，其內容是：

> 今正論雖伸，陰積猶伏，崇正之本，在於擇人；抑陰之道，在於速斷。以職揆之爲當今之務，在補大僚。而大僚未必可得，莫若委屈補其小而易下者，……所謂變者，一曰內，一曰外。……，在內非臣子之所忍言，然不可一日不熟慮也。在外則東北之虜是已。爲今之計，莫若起一二曉暢軍事曾經戰陣者，分領薊遼，毋以才朽爲棄。〔註16〕

他認爲：擇取心地平而議論正者來補足內政所須的文官；再者，對外交處境，提出起用對軍事相當有概念且曾經戰陣沙場的優秀將領。宏道的這一番言論真是切中肯綮的揭示了明朝滅亡的肇因，只可惜當道的洞察力始終牛步走。當輓歌奏出，餘暉亦終將面對黑夜的到來。

萬曆三十九年（西元 1611 年），一代思想、文學大師病卒，享年四十三歲。此時，距離明亡（西元 1644 年），僅三十年光景。袁中郎辭世前的奏言，真可說是洞燭機先的智者。

第二節　張岱的生平背景與史學世家

一、史學世家

張岱的祖先是十分顯赫的，如張九齡爲唐開元時的著名宰相。還有，宋朝時的抗金名將張浚。另外，還有到了南宋時期因爲張遠遁在擔任紹興知府時，舉家遷移至此定居，故此地的人口因而發展起來。到了明代，有才氣的張天復於嘉靖二十六年（西元 1547 年）進士及第。後來風光出任雲南按察司副使，在對於長期統治雲南的地方勢力——沐氏家族之驕縱不法的問題，處

〔註16〕袁宏道著：《尺牘·上孫立亭太宰書》，《袁中郎全集》（台北：清流出版社，1976 年 10 月），頁 130。

理不善而受牽連下獄，幸其子元忭不遠千里申辯再三，才得以歸家。此後，張天復遂隱於鏡湖別業並借酒澆愁，終於弄壞了身體，六十二歲時辭世。

　　而張岱最引以爲傲的便是他的曾祖──張元忭。張元忭，字子藎，號陽和，生於西元 1538 年，卒於西元 1588 年。曾祖爲隆慶五年（西元 1571 年）狀元。元忭以十分超絕的道德操守和知識學問在當代而有一定的影響力。其弟子曾鳳儀回憶到：

> 先生孝友在鄉黨，端節在鄉間，直聲在朝廷，令聞在天下，無不可爲後學法程。〔註17〕

另外張岱更在〈家傳〉中提及其曾祖的果敢忠忱與直聲義行：

> 年十七，太僕官議部，楊椒山棄西市。曾祖設位於署，爲文哭之，悲愴憤鯁，聞者吐舌。……，太僕公又以武定功爲忌者所中，有詔逮訊於滇。曾祖自都中馳歸，身扈太僕公至滇對簿，幸而得雪。又慮有中變，囑所親護太僕公歸，而自以單騎并日馳京師，白當道，使得俞旨。旨下，則又以單騎馳歸，慰太僕公於家。一歲而旋繞南北者三，以里計者三萬，年三十而髮種種白。〔註18〕

張岱的曾祖元忭公開爲楊繼盛鳴冤，肇因於嘉靖三十四年（西元 1555 年），楊繼盛因上疏彈劾權相嚴嵩「五奸」、「十罪」而被棄市，年僅十九歲的元忭雖地位低微，卻公開設置靈位於署，爲文哭之，悲愴憤鯁，令聞者吐舌。二、爲洗刷父親張天復在雲南任上的不白之冤，千里迢迢奔波，一歲而旋繞南北者三，以里計者三萬，年三十而髮種種白。四、與座師張居正兩次正面衝突，以致落職。四、里居四年，私刺不入公門；遇鄉里有不平事，輒侃侃言之，不少避〔註19〕。有這樣的先祖張元忭，難怪有後來的遇事分明的張岱。

　　曾祖張元忭爲著名的史學家。他的著作有文集，更有繼張天復尚未完成的名山之業：《山陰縣志》，並自撰《會稽縣志》、《紹興府志》；當這三本書問世的時候，人皆予其父子爲「談、遷父子」之美譽。這樣的史學傳統影響了

〔註17〕張文鼎著：《陽和先生論學書後序》，《陽和先生不二齋文選》附錄，叢書集成本。

〔註18〕夏咸淳校點・張岱著：《瑯嬛文集・卷四・家傳》，《張岱詩文集》（上海：上海古籍出版社，1991 年 5 月），頁 247～248。

〔註19〕匡亞明主編，胡益民著：〈家世生平與著述〉，《中國思想家評傳叢書 142 張岱評傳》（南京：南京大學出版社，2005 年 5 月），頁 11。

張岱志史的作為和堅持。而張元忭其實更是一個思想家。著名思想家李贄在《續藏書》卷二十二曾經提到元忭的學問是以「慎獨」為宗旨。還有清初三先生之一的思想界大師黃宗羲先生在《明儒學案》卷十五〈浙中陽明學案・侍讀張陽和先生元忭〉也說到：

> 先生之學，從龍溪得其緒論，故篤信陽明四有教法。龍溪談本體而諱言功夫，識得本體，便是工夫。先生不信，而謂「本體本無可說，凡可說者皆工夫也。」嘗避龍溪，欲渾儒釋而一之，以良知二字為範圍三教之宗旨，何其悖也。故曰「吾以不可學龍溪之可」。先生可謂善學者也。第主意只在善有善幾，惡有惡幾，於此而慎察之，以為良知善必真好，惡必真惡，格不正以歸於正為格物，則其認良知皆向發上。陽明獨不曰良知是未發之中乎？察識善幾、惡幾是照也，非良知之本體也。朱子《答呂子約》曰：「向來議論思索直以心為已發，而所論致知格物，以察識端倪為初下手處，以故缺卻平日涵養一段工夫。」此即先生之言良知也。朱子易簀，改《誠意章句》曰：「實其心所未發。」此即先生之言格物也。先生談文成之學，而究竟不出於朱子，恐於本體終有所未明也。〔註20〕

就黃氏所言得知元忭的思想是雜揉陽明、朱熹二人的思想所致。故以張岱所受學之淵源而言，其受曾祖史學之薰染的可能是極高的，而主要原因應與其家中豐厚之藏書及其父祖的史學深度有關。

二、父祖蒙師

張元忭膝下有二子，年紀長的為汝霖，即張岱的祖父；其下為汝懋，字眾之，萬曆十一年（西元 1583 年）舉進士第。張汝霖，字肅之，號雨若，又號岕元居士，萬曆二十二年（西元 1595 年）進士得第。曾任清江縣令，並歷任山東、貴州、廣西等副使參議的職務，其下有很多幕僚名士，平日亦常聚首讀書研史。

萬曆三十四年（西元 1606 年），因為提拔李延賞而被人彈劾，最後落職歸里。後一直未被起用，鬱鬱不得志，遂而耽溺於聲色狎妓之路。年方十多歲的張岱感受必當更為深刻。原因在於，張汝霖不僅疼愛張岱，還送給他一

〔註20〕黃宗羲著：〈浙中陽明學案・侍讀張陽和先生元忭〉，《明儒學案》（北京：中華書局，1985 年），頁 11。

份最寶貴的人生至禮，治學方法。這一點在其〈四書遇序〉中提到：

> 六經、四子，自有註腳，而十去其五六矣；自有詮解，而去其八九
> 矣。故先輩有言，六經有解不如無解，完完全全幾句好白文，卻被
> 訓詁講章說得零星破碎，豈不重可惜哉？余幼尊大父教，不讀朱註。
> 凡看經書，未嘗敢以各家注疏橫據胸中。〔註21〕

如果說在對人生的認識和歷史認識方面，張岱更多的受到曾祖張元忭的影響；而在敢於懷疑、敢於向權威挑戰和專注於自己個性之發展方面，則其受祖父張汝霖的影響要更爲明顯。〔註22〕

張岱的父親張耀芳，字爾弢，號大滌，生於西元 1574 年，卒於西元 1632年。張岱在《家傳》中言其父「善歌詩，聲出金石」。在其十四歲時，便以才氣過人得補弟子生員，後則屢屢挫於科場，重因其體弱，並在長輩們的力促下而接受山東魯肅王（即後來於紹興監國的魯王朱以海的父親）右長史一職。據載魯肅王好神仙之道，而張耀芳正是一位精通道家的人才，這對魯王而言可說是「相得益彰」。但事實上對張耀方那經世致用的心志而言，無疑是一種精神凌遲。張岱曾這樣回憶著：

> 先子少年不事生計，而晚好神仙。……先子暮年，身無長物，則是
> 先子如邯鄲夢醒，繁華富麗，過眼皆空。先宜人之所以點化先子者，
> 既奇且幻矣。〔註23〕

這樣看來，張耀芳用科舉寫盡一生，到最後如夢初醒後，以道家神仙之說以求心靈的平撫。

從高祖張天復、曾祖張元忭、祖父張汝霖，到父親張耀芳，他們所給予張岱的不論是家資，或是治學態度，還是生活態度，都爲晚明思想與史學大師——張岱的文學高度，做了充分的奠定和滋養。

三、優渥學養

張岱，字宗子，一字石公，號陶庵、蝶庵，生於明萬曆二十五年（西元

〔註21〕夏咸淳校點，張岱著：《瑯嬛文集・卷一・四書遇序》，《張岱詩文集》（上海：上海古籍出版社，1991 年 5 月），頁 107。

〔註22〕匡亞明主編，胡益民著：〈家世生平與著述〉，《中國思想家評傳叢書 142 張岱評傳》（南京：南京大學出版社，2002 年 5 月），頁 16。

〔註23〕夏咸淳校點，張岱著：《瑯嬛文集・卷四・家傳》，《張岱詩文集》（上海：上海古籍出版社，1991 年 5 月），頁 258。

1597 年），出生在一個世代顯宦的大家庭，幼年及長極受祖父張汝霖的疼愛。由於身體萎弱，故被寄養在其外祖父陶允嘉宅邸，由外祖母撫育成人。外祖父家在紹興和杭州西湖皆有別墅。由於本身的優渥環境，其所享受的也是僕人們的伺候和畢恭畢敬的態度，而與其來往的也盡是世家大族之子弟。這種榮景在其作於 1663 年的〈舂米〉詩回憶道

> 余生鍾鼎家，向不知稼穡。米在囷廩中，百口叢我食。婢僕數十人，殷勤伺我側。舉案進饔飧，庖人望顏色。喜則各欣然，怒則長戚戚。
>
> 今皆辭我去，在百不存一。〔註24〕

這顯然是作者對於過去紈袴子弟生活的懺悔與追憶。

由於生活在世家大族，所以從小的學習內容是相當廣泛的，但大都屬於文化藝術的範疇。他在〈自為墓誌銘〉這樣回憶道：

> 蜀人張岱，陶庵其號也。少為紈袴子弟，極愛繁華，好精舍，好美婢，好孌童，好鮮衣，好美食，好駿馬，好華燈，好煙火，好梨園，好鼓吹，好骨董，好花鳥，兼以茶淫橘虐，書蠹詩魔，勞碌半生，皆成夢幻。〔註25〕

因此，我們亦可得悉這樣的華宅豪邸、書香世家；這樣的奢華用度、高級享受，給予一個青年的涵養和思想融攝是多麼的多元又豐富。其時世家子弟所經受的文藝薰染和陶冶及其個人之風流雅興與癖好。我們也可從而得知當時的世家公子的日常生活與排遣的節目是如此的多元。

由於從小在祖父張汝霖的啟蒙與教導之下，使得張岱自小就有不凡之才華，如他八歲時在祖父面前與陳繼儒的一段對子可以得知：

> 六歲時，大父雨若攜余之武林（杭州），遇眉公先生（陳繼儒）跨一角鹿為錢塘游客，對大父曰：「聞文孫善屬對，吾面試之」。指屏上《李白騎鯨圖》曰：「太白騎鯨，采石江邊撈夜月」；余應曰「眉公跨鹿，錢塘縣里打秋風」。眉公大笑，起躍曰：「那得靈雋至此，吾小友也。」（〈自為墓誌銘〉）〔註26〕

〔註24〕夏咸淳校點，張岱著：《張子詩秕・卷二・舂米》，《張岱詩文集》（上海：上海古籍出版社，1991 年 5 月），頁 35。

〔註25〕夏咸淳校點，張岱著：《瑯嬛文集・卷五・自為墓誌銘》，《張岱詩文集》（上海：上海古籍出版社，1991 年 5 月），頁 294～295。

〔註26〕夏咸淳校點，張岱著：《瑯嬛文集・卷五・自為墓誌銘》，《張岱詩文集》（上海：上海古籍出版社，1991 年 5 月），頁 296。

雖然有很好的啓蒙塾師，但是張岱秉著天賦和勤學苦讀，終於在十六歲那年寫下一篇辭采典善的駢文〈南鎮祈夢〉：〔註27〕

> 萬曆壬子，余年十六，祈夢於南鎮夢神之前，因作疏曰：爰自混沌譜中，別開天地；華胥國里，早見春秋。夢兩楹，夢赤鳥，至人不死；夢蕉鹿，夢軒冕，癡人敢說。惟其無想無因，未嘗夢乘車入鼠穴，搗藥啖鐵杵；非其先知先覺，何以將得位夢棺器，得財夢穢矢？
>
> 正在恍惚之交，儼若神明之賜。

這種用典故實和華麗的鋪排以成文，並間以天問式的句式來追索人生目標與人生價值，實在令當代乃至後來的人佩服不已，畢竟他當時的寫作年紀方越束髮之年。

　　第二年，張岱便結識一班志同道合的好朋友周懋谷（周鄮伯）、陸癯庵二人，這兩人對張岱後來的發展，影響甚巨。到了張岱弱冠前後，他對同鄉前輩徐渭〔註28〕主張的「貴我」、「寫真性情」起了很大的興趣，後來還集校了《徐文長逸稿》，還請祖父與眉公先生作序而付印。張岱後來在人格、文學、美學的發展，其實受到徐文長很深的影響。

四、無聲用世

　　到了明萬曆四十七年（西元 1619 年），張岱二十三歲之時，生母陶宜人病逝。守喪期間，他開始有計畫的蒐集各方史料一直到寫成，總共花了將近十年的時間（於西元 1628 年完成初稿）完成《古今義士傳》，目的在爲古往今來的義士作傳，書成問世時，又改名爲《古今義烈傳》。而從《古今義烈傳》的成書及其內容可知：其一、張岱有做一位史學家的傾向；其二、從此書的凡例中「是籍也，志在表微，故略于正史，詳於外史；略於前朝，詳於本朝」的話，可見其有使當代人有所借鑒之意；其三、有深切用世之志〔註29〕。他在書中的〈自序〉〔註30〕提到：

〔註27〕張岱著：〈南鎮祈夢〉，《陶庵夢憶》卷三（台北：頂淵文化事業有限公司，2005年 6 月），頁 20。

〔註28〕袁宏道著：「徐渭，字文長，爲山陰諸生，聲名藉甚。……卒以疑殺其繼室，下獄論死；張太史元忭力解，乃得出。」見〈傳記・徐文長傳〉，《袁中郎全集》（台北：清流出版社，1976 年 10 月），頁 1～2。

〔註29〕匡亞明主編，胡益民著：〈家世生平與著述〉，《中國思想家評傳叢書 142 張岱評傳》（南京：南京大學出版社，2002 年 5 月），頁 31～32。

〔註30〕夏咸淳校點，張岱著：《補編・文・古今義烈傳自序》，《張岱詩文集》（上海：

天下有絕不相干之事，一念憤激，握拳攘臂，攬若同仇。雖爲路，
遽欲與之同日死者。余見此輩，心甚壯之。故每涉覽所至，凡見義
士俠徒，感觸時事，身丁患難，余惟恐殺之者下石不重，煎之者出
薪不猛。何者？天下事不痛則不快，不痛極則不快極。強弩潰癰，
利錐拔刺，鯁悶臃腫，橫決無餘，立地一方，鬱積盡化，人間天上，
何快如之！

這種撰寫當代史實的用意：在於喚醒當政者與有識之士，對於國家社會的一
份關注和責任感。而這樣的一個工夫與精神便是撰者本身自束髮以來那種胸
懷天下、「無聲用世」的堅持與偉大精神。

自《古今義烈傳》完成後，他計畫著對明代的史實作一個完整的紀錄。
於是他寫了一篇〈征修明史檄〉〔註31〕，內容是說：

蓋聞才、膽、識實有三長，《左》、《史》、《漢》皆成一手。傳世以二
十一史，數屬有明：垂統以十一六朝，代多令主。宋景濂撰《洪武
實錄》，事皆改竄，罪在重修；姚廣孝著《永樂全書》，語欲隱微，
恨多曲筆。後焦芳以簽壬秉軸，丘濬以奸險操觚。《正德編年》，楊
廷和以掩非飾過；《明倫大典》，張孚敬以矯枉持偏。後至黨附多人，
以清流而共操月旦；因使力翻三案，以閹豎而自擅竄修。黑白既
淆，……自幸吾先太史有志，思附談、遷遂使余小子何知，欲追彪、
固。……倘藏書尚在，王粲之倒屣堪追；若秘笈未傳，蔡琰之筆札
可給。助修五鳳，不遺半瓦半椽；共造凌雲，非是一手一足。……
共期倒篋，各出搜遺，倘得成編，實爲厚幸。

這樣字裡行間充滿了對各界企求文獻和修撰的決心。如果他並不是世家子
弟，也沒有史學家底和豐沛的藏書，那是不太可能有這樣宏觀的遠見和修史
的決心的。終於在十七年後，張岱以他的史事精神和堅毅的韌勁完成《石匱
書》。在〈石匱書自序〉〔註32〕說明成書的動機和過程：

第見有明一代，國史失誣，家史失諛，野史失臆，故以二百八十二
年，總成一誣妄之世界。余家自太僕公以下，留心三世，聚書極多。

上海古籍出版社，1991年5月），頁409。

〔註31〕夏咸淳校點，張岱著：《瑯嬛文集‧卷三‧征修明史檄》，《張岱詩文集》（上
　　　海：上海古籍出版社，1991年5月），頁196～197。

〔註32〕夏咸淳校點，張岱著：《瑯嬛文集‧卷一‧石匱書自序》，《張岱詩文集》（上
　　　海：上海古籍出版社，1991年5月），頁100。

> 余小子苟不稍事纂述，則茂先家藏三十餘乘，亦且蕩爲冷煙，鞠爲
> 茂草矣。余自崇禎戊辰，遂泚筆此書，十有七年而遽遭國變，攜其
> 副本，屏迹深山，又研究十年，而甫能成帙。幸余不入仕版，既鮮
> 恩仇，不顧世情，復無忌諱，事必求眞，語必務確。五易其稿，九
> 正其訛，稍有未核，寧缺勿書。故今所成書者，上際洪武，下迄天
> 啓，後皆闕之，以俟論定。今故不能爲史，而不得不爲其所不能爲，
> 故無所辭罪。然能爲史而能不爲史者，世上不乏其人，余其執簡俟
> 之矣。

身爲知識份子，對家國的一切是十分在意的。所謂古來讀聖賢書所學何事，只
是一途，那就是經世致用。更何況那無法任事的兵荒馬亂的年代，那修撰國史
的心境就是保存國史的心境。所謂國可滅而史不可滅的眞諦，正是如此。

五、無緣舉業

張岱同其他人一樣，年輕的時候希望透過科舉以遂行其經世致用的心
志。而且這是最直接最有效的方式，但張岱的科舉仕途似乎也與孟浩然、蒲
松齡一樣的坎坷難行。接連幾次試場敗北之挫，究其原因〔註 33〕：其一、他
讀《四書》是堅決不讀朱注的，然朱熹的《四書集注》正是官方欽定的科舉
考試的標準答案；其二、他雖忠於大明，然作爲一個理性主義者，他對皇帝
並非一味的崇拜，有時批評還相當激烈。如他在《石匱書》及其《後集》中
對嘉靖、天啓、崇禎等前代今世皇帝的激烈批評等。再如「聖上」、「今上」
是尋常生活中必須避免的詞彙。如果在考試時未能避去這些不敬的字眼，便
無法入中第之列，故而其仕途「不入格」。諸如此類的原因或許可以用來解釋
他家學厚積與才華洋溢卻屢屢未入選科考的原因。

崇禎七年（西元 1634 年），張岱雖爲一介布衣的身分，爲解決紹興城的
問題，而上呈一封〈疏通市河呈子〉的建議給上級官員。後來更在崇禎九年
（西元 1636 年），主張以發藥解決紹興當地的瘟疫問題。此事後來在張岱的
〈丙子歲大疫祁世培施藥救濟記之〉詩中記錄此事的經過。

崇禎十五年（西元 1642 年），張岱因目睹時局紛亂：國家內亂不斷，流
匪猖獗四處逃竄興事，北方女眞族的不斷挑釁，他寫了一封關切時局的研究

〔註33〕匡亞明主編，胡益民著：〈家世生平與著述〉，《中國思想家評傳叢書 142 張岱
　　　　評傳》（南京：南京大學出版社，2002 年 5 月），頁 38～39。

論點，著成〈金湯十二策〉。這個舉動在那樣的年代，已經證明了他的確盡到了儒家士大夫的責任。即便是無聲用世，亦是社會中堅的傳統精神。

而後所發生的甲申之變（崇禎十五年，西元 1642 年），這一場皇室的巨變，皇室所面對的是一場暴民衝進紫禁城的血腥場面，讓君臣及所有百姓驚恐顫慄，卻是再也無法改變的事實。隨之而來的是李自成闖進北京，崇禎帝自殺，清兵入關作主當家，隨後明遺臣所擁護的弘光政權在南京建立。而此時揚州守將史可法死守而殉國。接著張岱的父親所曾輔事的魯王，其次子朱以海在紹興立政權，稱爲監國。而在張岱眼中的魯王（朱以海）是：

> 從來求賢若渴，納諫如流，是帝王美德。若我魯王，則反受二者之病：魯王見一人，則倚爲心臂；聞一言，則信若著龜。實意虛心，人人向用。乃其轉盼，則又不然；見後人則前人棄若弁毛，聞後言則前言棄若冰炭。至後來，有多人而卒不得一人之用，聞多言而卒不得一言之用。附疏朝廷，終成孤寡。……魯王之智，不若一舟師，可與共圖大事哉？（〈明末五王世家〉）〔註34〕

由此可知，其雖被任命爲兵部職方部主事，但他看清時局亦認清魯王及其臨時政權之不能成事，而去職，隨後往剡縣山中避亂。由於曾經爲監國魯王之臣，所以他面臨的生死抉擇更爲困難，在好友祁彪佳的力勸下，又意識到自己欲完成的著作《石匱書》尚未完成，故只得忍辱存生以完成其名山不朽之志業。

六、半生流離

爲了逃避清兵的追捕，他逃到了紹興附近的越王崢，相傳此處是越王勾踐練兵的所在地。接著又輾轉逃回到剡縣與張氏族裔在一起，度過了一段非常清苦的歲月。這一時期的作品，有詩〈丙戌九月九日，避兵西白山中，風雨淒然，午炊不繼，乃和靖節〈貧士〉詩七首，寄剡中諸弟子〉說明其當時生活的困難：

> 蟬不棲松柏，正氣不可干。五年辱陶令，三月解其官。山居不食力，猶然愧素餐。重九尚爾飢，何以抵歲寒。瓶粟恥不繼，乞食亦厚顏。
> 行行復何之，荊門晝自關。（〈和貧士〉七首其五）〔註35〕

〔註34〕張岱著：〈明末五王世家〉，《石匱書後集》卷五，國家圖書館藏書嬉抄本。

〔註35〕夏咸淳校點，張岱著：《張子詩秕・卷二・〈和貧士〉七首其五》，《張岱詩文集》（上海：上海古籍出版社，1991 年 5 月），頁23。

陶公坐高秋，繞室生蒿蓬。苟不忘利祿，賦詩焉得工？身不事異姓，

何如楚兩龔？採薇與採藥，人言將不同。搭焉名利盡，無復問窮通。

九原如可作，杖履願相聞。（〈和貧士〉七首其六）〔註36〕

由此可見，作為一個前朝的遺民，其所在乎的還是中興事業。也正因如此，
其內心的痛楚又紛紛化為字字血淚的泣訴：

楚《騷》無限痛，字字泣明君。白首難歸土，黃河不渡雲。七絃那

可盡，兩耳詎堪聞。歲月非疇昔，科頭對日曛。（〈聽王太常彈琴和

詩〉十首其六）〔註37〕

中原何處是？到面盡腥風。石馬嘶荒塚，銅駝泣故宮。星辰滄澥北，

風雨大江東。默識無多語，深情老素桐。（〈聽王太常彈琴和詩〉十

首其七）〔註38〕

後來他一度搬到紹興城南邊的一個項王里，據傳該地是昔日項羽整軍習武的
地方。張岱有詩云：

古今成敗事，力到即為名。無楚秦難滅，禽劉項亦成。長流壯老

志，草拍美人情。我亦憂秦瘧，藏形在越嶧。（〈項王祠二首〉其二）

〔註39〕

原來作者是表明同於史遷的史觀看法，所謂大業的成就「是不以成敗論英雄」
的。

　　在項王里度過了四年左右的時間，後來移居到近郊的「快園」〔註40〕（快
園原為御史大夫韓五雲的別墅，後，文士諸公旦為其婿。且韓五雲稱其為「快
婿」，而後諸公旦將該處改為精舍以為修業之所，故稱之為「快園」）。由於世
局紛亂以致家財名園遭竊占或搗毀，而至奴僕的離散，使得他必須以躬耕來
換取微薄的收入，並儘可能的維持家計。有一天他來到市集，看到過去自己
所創新發明煎制的新茶成為商店高價茶品，然室如懸磬的他，卻只能望眼欲
穿的嗅聞其香。此況可見〈見日鑄佳茶不能買嗅之而已〉一詩：「余經喪亂

〔註36〕同上註，頁23。

〔註37〕夏咸淳校點，張岱著：《張子詩粃・卷四・〈聽王太常彈琴和詩〉十首其六》，
　　　　《張岱詩文集》（上海：上海古籍出版社，1991年5月），頁88。

〔註38〕同上註，頁88。

〔註39〕夏咸淳校點，張岱著：《張子詩粃・卷四・〈項王祠〉二首其二》，《張岱詩文
　　　　集》（上海：上海古籍出版社，1991年5月），頁66。

〔註40〕夏咸淳校點，張岱著：《瑯嬛文集・卷二・快園記》，《張岱詩文集》（上海：
　　　　上海古籍出版社，1991年5月），頁181。

餘，斷炊已四祀。庚寅三月間，不圖復見此。瀹水辨槍旗，色相一何似。盈
斤鎖千錢，囊澀止空紙。輪轉更躕躇，攘臂走階址。意殊不能割，嗅之而已
矣。」過去的榮景之不復得，就連唯一的享受也變得奢侈起來而不復可得
了。由於經常遷移避亂，也為躲避清兵的追捕，故成了沒有戶籍、沒有家宅
田產的流民。

到了他五十八歲的時候，實在是窮愁潦倒困窘至極，有詩云：

> 我年未至耆，落魄亦不久。奄忽數年間，居然成老叟。自經喪亂餘，
> 家亡徒赤手。恨我兒女多，中年又喪偶。……昔有負郭田，今不存
> 半畝。……寒暑一敝衣，捉襟露其肘。囁嚅與人言，自覺面皮厚。……
> 兒輩慕功名，撇我若掃帚。……阿堵與荇剡，均非爾所有。不若且
> 歸來，父子得聚首。（〈甲午兒輩赴省試不歸，走筆招之〉）〔註41〕

原來，張岱中年以後的生活真的到了捉襟見肘的地步，而且兒輩慕功名為錢
為名利而執迷不悟。昔日的榮奢之境與今日的落魄之境，可為天上人間之別。
王雨謙評這首詩謂其「字字逼真陶淵明……詩至此，乃不易到」。如此，張岱
之和陶，或者也在和己。

七、憂患辭世

在國破家亡之際，那種為保存國家的史事的心意還是存於其心，特別是
在其〈自為墓誌銘〉中得見其志存明史實的責任和信念：

> 甲申以後，悠悠忽忽，既不能覓死，又不能聊生，白髮婆娑，猶視
> 息人世。恐一旦溘先朝露，與草木同腐，因思古人如王無功、陶靖
> 節、徐文長皆自作墓誌銘，余亦效顰為之。〔註42〕

明明因為歷盡滄桑，卻無法隨好友祁彪佳等人的殉國腳步而離世。畢竟他的
志業尚未完成。

因為長年隱居的關係，他因此而撥冗研究易經，希望藉由此書來找尋
大明為何走向衰世輓歌的結局。所以他在〈自為墓誌銘〉提及所完成的著
作有：

> 初字宗子，人稱石公，即字石公。好著書，其所成者有《石匱書》、

〔註41〕夏咸淳校點，張岱著：《張子詩粃·卷二·甲午兒輩赴省試不歸，走筆招之》，
《張岱詩文集》（上海：上海古籍出版社，1991年5月），頁31～32。

〔註42〕夏咸淳校點，張岱著：《瑯嬛文集·卷五·自為墓誌銘》，《張岱詩文集》（上
海：上海古籍出版社，1991年5月），頁296。

《張氏家譜》、《古今義烈傳》、《瑯嬛文集》、《明易》、《大易用》、《史闕》、《四書遇》、《陶庵夢憶》、《說鈴》、《昌谷解》、《快園道古》、《傒囊十集》、《西湖夢尋》、《一卷冰雪文》行世。〔註43〕

雖然是清貧的生活，他還是以自己意志完成著作等身的豐碩成果。這其間因谷應泰半官方半私修明史之邀，讓張岱痛苦猶豫許久，後來還是爲了修史困難的兵馬倥傯、官方私家收拾有祝融之憂，遂而應邀修史，把自己畢生所收所集的一切盡現於史，以續成名山。

隨後，半生流離的一代遺民與史學大師張岱，在清康熙十九年（西元1680年）辭世，葬於其生前已看好的墳地，位於項王里附近。也許，他同項王一樣都不得志，都是出自富厚之家，都是楚人，身處在楚文化，也許早就註定他一生的浪漫情調。

第三節　袁張二人思想淵源與性靈書寫

大凡造就一個偉大的詩家詞人，總肇因於時代與動亂。因此，我們看到晚明文學家思想家的表現，更能因此了解其人的思想創作的源頭。袁宏道張岱之文章不凡，那是因爲他們的生命中充滿了許許多多的「奇」。他們用生命來譜寫「性靈」與「空靈」的處世美學。爲此，對於他們所處的公安風潮、思想淵源與性靈書寫及他們的文學觀點的形成，都是我們在進入袁張二人的「西湖書寫」前，所須深刻了解的要點。

一、公安及其後風起雲湧

晚明小品文受到前後七子的復古運動以及當時被明廷以爲八股制科的陽明心學所影響，當然還有公安三袁所主張的文學進化的性靈理論〔註44〕而發展開來。任何思想的形成都不是偶發的，而是漸進的；不是暴漲的，而是累積的；後人集其大成，誠然不易；前人闢建之功，則備極艱難。〔註45〕

有明自正德至神宗朝，從乖張荒誕到不視國事的皇帝，國家在這些昏聵

〔註43〕同上註，頁296。
〔註44〕李準根著：〈晚明小品文的發展背景〉，《晚明小品文》（台北：私立輔仁大學中國文學研究所碩士論文，1982年5月），頁39。
〔註45〕陳萬益著：〈晚明性靈文學思想的先驅〉，《晚明性靈文學思想》（台北：國立台灣大學中國文學研究所博士論文，1977年8月），頁21。

皇帝的不作爲下，政局日益衰敗。而彼時陽明心學的大行，正說明了潮流反映的是當代的政治社會的轉變關係。原來昏庸腐敗的權臣和閹宦把持國政，使得政事已到了無可挽回的局面，讓那些有抱負有理想的文人漸漸的對政治卻步，甚至不參加科考，或者得第後而辭官，再加上文人們開始對一直以來的「經世致用」之文的存在與創作的必要性感到懷疑和批判時，他們開始嘗試書寫胸懷點滴之事。當此之時，廣大百姓急須獲得救贖和撫慰心靈的文學作品，而文士們則深感於無須盛作長篇大論，故而小品之作乃應運而生。此時小品便是一劑撫慰性靈（人心）的維他命。

晚明性靈文學的啓蒙者，應當首推李卓吾。這類的文學流派的前驅除了李贄，另有徐渭、湯顯祖等人。其中李贄承繼了王陽明以及王畿、王艮、顏山農、何心隱等一脈相傳的泰州學派思想。其思想著作中，尤以「童心說」最能代表其思想精髓〔註46〕。就其在《焚書》所言：

> 夫童心者，絕假純眞，最初一念之本心也。若夫失卻童心，便失卻
> 眞心；失卻眞心，便失卻眞人。人而非眞，全不復有初矣。

李卓吾十分肯定「童心」的重要。看來他所承繼的是自王陽明提倡「致良知」以來的那種人人由個人人格的完成，便能至超凡入聖的思想。他的這種精神喚醒了明季那些在古人蔭蔽下酣睡的文人，如三袁因與其往來而幡然覺醒。附和三袁者多，其中又以袁宏道的隨筆性靈影響爲大。試看袁宏道的〈晚遊六橋待月記〉所言：

> 余時爲桃花所戀，竟不忍去湖上。由斷橋到蘇堤一帶，綠烟紅霧，
> 瀰漫二十餘里。歌吹爲風，粉汗爲雨，羅紈之盛，多於堤畔之草。
> 〔註47〕

袁中郎描寫的春天西湖之景，似乎如歷眼前，情味深刻。性靈之筆觸，躍然紙上。其實很多文人尋求市隱或山林的慰藉，並於遊賞之際書寫性靈之詩文，特別是這類的文章內容以清新的性靈和山水小品的方式呈現。其寫作的性靈，無非是魏晉以來士人的「貴我」風格。這是一種保護自己免於威脅，與在位者的黑暗恐怖政治及官場迫害而形成的一種「做自己」的潮流表現。除了公安三袁，另有鍾惺與譚元春、張岱等人的書寫性靈之作。其中張岱更是

〔註46〕陳萬益著：〈晚明性靈文學思想的先驅〉，《晚明性靈文學思想》（台北：國立台灣大學中國文學研究所博士論文，1977年8月），頁21～23。

〔註47〕袁宏道著：《遊記·晚遊六橋待月記》，《袁中郎全集》，襟霞閣精校本（台北：清流出版社，1976年10月），頁19。

集小品大成，並能擁公安之清新，去文氣弱、文章內容不夠深刻烙人的毛病；且能持竟陵書寫求深刻，而脫去僻字險韻的幽深孤峭的弊病。這種兼融二家之長的表現，如其文〈湖心亭看雪〉中云：

> 是日，更定矣，余挐一小舟，擁毳衣爐火，獨往湖心亭看雪。霧淞沆碭，天與雪，與山，與水，上下一白。湖上影子，唯長堤一痕，湖心亭一點，與余舟一芥，舟中人兩三粒而已。〔註48〕

文中用第一人稱敘述雪夜遊西湖的內容，在在呈現其寫山寫水的眞性情，其文可謂兼有公安、竟陵之長，而能去其二家之短。

綜言之，後人可以透過李贄等人的著作中，而尋得晚明性靈思想的特質——公安之求眞、求變、言情、俚率；竟陵之幽深、孤峭、求變等的思想源頭。

二、思想淵源與性靈書寫

晚明性靈小品爲性靈思想指導下的具體產物。王陽明致良知說，提倡人人皆具有良知，做爲道德實踐的內在依據。晚明性靈思想拈出獨抒性靈，以人人反身可求的性情，做爲文學創作的根源〔註49〕。而這一股重視個人自由意志的浪漫思潮，由李贄發端，後有公安、竟陵等人響應，稍晚的天才橫溢的張岱兼融公安竟陵之長，甚至成爲小品之集大成者。因此，首先我們將分別評析袁宏道與張岱二人的思想淵源；其次論其二人的書寫性靈小品，以做爲袁張二人的性靈作品名世之驗證。

（一）思想淵源

文人的思想淵源其所經受的影響與薰陶，大多來自身邊或遠或近的長輩、友朋與晚輩。倘其家學深厚、藏書豐富，那麼所擁有的知識融會又何其多。這裡我們分別深究袁、張二人的思想源頭，以做爲了解其二人性靈書寫風格的進路。

1. 袁宏道

袁宏道的思想可謂雜揉各家之精神。因爲其思想多元也使得它的生活

〔註48〕 張岱著：《陶庵夢憶‧湖心亭看雪》，《陶庵夢憶‧西湖夢尋》，襟霞閣精校本（台北：頂淵文化事業有限公司，2005 年 6 月），頁 28。

〔註49〕 曹淑娟著：〈性靈小品寫作的基本精神〉，《晚明性靈小品研究》（台北：文津出版社，1988 年 7 月），頁 149。

方式自主自由且較富有浪漫思想。正因如此，其潛在思路是既複雜又矛盾的。

首先是儒家。由於知識分子的儒家思維讓他走向進士科考一舉及第的加爵捷徑。不過第二章曾提到的文人告別官場的類型，其實有一大部分文人歷經十年寒窗苦讀，但是一進到官場所目睹的盡是敗德勾心的行徑，於是那些或為狂、或為狷者，其最後的選擇，莫不是選擇離開。當然這些人之中有很多曾是儒家志仕情懷的追隨者，而袁宏道也是其一。

其次是道家。袁宏道選擇向朝廷投疏求去的心願，幾經朝廷不放人、吳縣百姓哭求留人，他仍是堅決求去，只因官場的氛圍、內外的拍馬文化、上下掛勾的利益集團等，實在讓他生活得太難受了，所以不論地方百姓建生祠、為其家人造福，他仍執意掛冠求去。一旦遊歷各地，便能感受到老子乃是處人間世之第一人，而他自己也正在實踐老子的生活哲學。

其三為佛禪。由於幾次選擇告別政治、退離官場，又必須面對長輩的不諒解，此時力排眾議、只為去職的他，似乎也期盼透過神佛之說來釋放自己。因此特別是退離暫隱的這一段寓居各地的生活時期，都是以潛心了悟佛禪的經典來看待生命中難解的問題。當然，這期間也為寺廟寫了很多募捐的文章。

其四為陽明心學。在這個部分首以遠溯陽明心學「致良知」〔註50〕，其次是李贄「童心」說的思想，讓他毅然決然的放棄官場、摻破名利的束縛而解脫出來，這完全是受其「真」、「真心」、「真人」影響所致。而其後讀徐渭的作品，才有那份發自內心的真性情的展現。另外還有與其交好的湯顯祖的「以情言教」說，在在激發了中郎突破傳統思維的框架。當然湯顯祖的曠世巨作《牡丹亭》的呈現，更是晚明社會人心對於「人欲」的企求，以及洪流的表徵。

最後為白、蘇二人之影響。宋之白居易、蘇軾與唐之李白、杜甫都是文學史上一流大家。這四個人之中曾對於文學的寫作主張與革新提出改革口號的，僅有白樂天一人；然即便如此，也不能掩其三人「鏤心鳥跡之中，織辭魚網之上」〔註51〕的用心與光芒。明初文壇疾呼復古，所以李白、杜甫便是

〔註50〕參考嵇文甫著：〈王陽明的道學運動〉，《左派王學》（台北：國文天地出版社，1985年4月），頁9。

〔註51〕龍必錕注，劉勰著：〈情采〉，《文心雕龍》（台北：台灣古籍出版社，1996年8月），頁390。

復古運動的詩歌典範與大家。其中白居易更是北宋乃至明代中人追模的典型，其典型不僅在詩，更在其為人，其處世，特別是其對於官場文化的哲學態度，留下的是千古禮讚的「市隱」哲學。而這也算是為自己、為後世文人找到一個可以在朝的理由與活路。

白居易與蘇軾都是中郎與其兄長私淑艾的前賢。宗道甚至將書房號為「白蘇齋」，中郎亦心嚮往之。尤其是蘇軾，一個在仕途坎坷生活顛沛的文人。中郎認為「蘇公詩無一處不佳者」，還認為「蘇公之詩，出世入世，粗言細言，總歸玄奧，恍惚變怪，無非情實。」可以得知中郎所謂「恍惚變怪」乃是「自然」、「新奇」、「真情」的發展特質，或者其實更有的是一份「人世遇逆的生命態度」在牽引著每一個坡公的知音者。

如此看來，袁宏道不僅是一個文學革新的領袖人物，他更是一個兼揉儒道佛三家的人物，並且將此三者揉合為自己立身行世的生活哲學與思想的源頭。特別是從他後來再回到朝廷用世，應可說是他已經了解此生的人世價值。

2. 張　岱

首先是李贄的影響：自劉勰以來，「宗經」、「原道」、「徵聖」的觀念，一直深植人心。文章所呈現的思想，被認為應與唐宋詩文一樣做到「經世」之文的價值。直到左派王學以後的李贄出現，以「童心」、「真人」等新思潮橫掃理學及文壇之勢，使得陽明心學走向「童心」、「真人」的價值理念。此後寫文章開始有了表現「真情流露」的特質，且不受任何形式的拘束而呈現。這樣的哲學思維表現在創作上，正如張岱以性靈書寫的小品諸作。

其次為徐渭、湯顯祖、通俗文學的沾概。張岱的高祖張天復與徐渭有舊，甚至曾祖張元忭還曾在徐渭殺妻罹禍時試圖營救他，因此張岱或可說自幼即是徐渭的思想追隨者。徐渭身處在復古主義甚盛的時代，但他敢於表示反對的意見，表現出其反復古、不模仿不剽竊的文學思潮。其次是湯顯祖與通俗文學，由於明中葉以後江南一帶經濟繁榮，仕商之家有了追求精神生活的享受娛樂。市民經濟給予了小說與戲曲的蓬勃發展，使得戲曲的聲腔、劇本、舞台都講究了起來。過去不被重視的通俗文學，如今成了富貴人家的象徵。譬如《金瓶梅》、《水滸傳》、《三國演義》、《封神演義》、《三言》、《二拍》等或為張岱這個豪富子弟，在大明尚未滅亡前所享受過的上等人士的精神層次的享受。當然這些明代小說與戲曲的發展，有一部分還要歸功於湯顯祖「以

情言教」〔註52〕的主張與其作《牡丹亭》所帶來的震撼與影響。而這一點從張岱的小品文中，如《陶庵夢憶》一書即是，亦可以從中看到許多戲曲與小說的寫文張力展現。

再者為公安派、竟陵派的主張：由於公安三袁曾師事於李贄，所以在文學創作方面，便容易將李贄的文學革新理念表現在小品的創作中。在袁宏道表出「獨抒性靈，不拘格套」的論點之後，這種強調真我個性的閒適小品，亦感染了竟陵鍾譚等人。然而鍾、譚二人認為，公安派這種單寫性靈、完全不法古、不用典的寫作內容，文氣太過庸弱無力，因此竟陵主張以「幽深孤峭」來堅實小品的文氣與內容，以矯公安輕率之弊。由於鍾惺為文主張「靈心」，而張岱在創作時亦十分重視此境之描寫。現今我們所看到的張岱小品，是兼融公安、竟陵之長而成為小品之集大成者。

最後為陶潛、蘇軾的影響：張岱之所以欣賞陶潛，其因在於與陶潛雖處於不同時空，但皆同處亂世中，故其頗為崇仰陶元亮的任性率真與集儒道佛於一身的人生哲學，以及淡泊名利與不為五斗米折腰以侍鄉里小人的人格精神。明亡之後，張岱披髮入山，身受親故見而不識他的世情冷暖。然而他並不因此而向名利向新朝靠攏，那如山人式的生活，是他實踐陶潛生命哲學的寫照。至於蘇軾，除因自宋以後乃至於明，蘇軾的詩文多產且題材豐富為後人所欽慕之外，最重要的是其豪放的創作風格與人生態度，特別是他對於史學的見解，乃是用一種真實的態度來面對。這些都令張岱在史學與為人處事上得力處多。

綜觀各點所言，雖袁張二人所處之時代一前一後，當有其重疊的時間。因此，其二人當逢陽明心學影響，然經過李贄與徐渭及湯顯祖的影響，使他們的作品呈現個性寫真的特色。由於都喜歡蘇軾，所以講究文章的真誠呈現。當然也不同程度的繼承前人的思想主張與創新，使得性靈書寫雖已近明亡之際，仍呈被加以發揮的極限。性靈風潮即使入清曾一度中衰，但以近代作品而言，證明袁張的精神無時不在。

（二）性靈書寫

歷代文人或多或少總有一份對山水的熱愛，眾人都稱之為「山水癖」。而不論是山水癖或宦遊山水，到了晚明進入了心學變化的時代，人們掙脫傳統

〔註52〕陳萬益著：《晚明性靈文學思想研究》（台北：台灣大學歷史研究所博士論文，1977 年 8 月），頁 55。

道德的枷鎖進入一種追求個性解放的心靈層次。如李流芳與竟陵派鍾惺對於山水作心靈層次的書寫：

> 虎丘，中秋遊者尤勝，士女傾城而往。笙歌笑語，填山沸林，終夜不絕。遂使丘壑化為酒場，穢雜可恨。予出十日到郡，連夜遊虎丘，月色甚美，遊人尚稀。風亭月榭，間以紅粉笙歌一兩隊點綴，亦復不惡。然終不若山空人靜，獨往會心。嘗秋夜與弱生坐釣月磯，昏黑無往來，時聞風鐸，及佛燈隱現林梢而已。（〈遊虎丘山記〉）〔註53〕

> 出成都南門，左為萬里橋，西折纖袖長曲。所見如連環，如玦，如帶，如規，如鉤，色如鑑，如琅玕，如綠沉瓜，窈然深碧，瀠回城下者，皆浣花溪委也。然必至草堂而後浣花有專名，則以少陵浣花居在焉耳。（〈浣花溪記〉）〔註54〕

這種對於山水作心靈層次的書寫，當然不僅於此二家，在那樣的時代會有心靈掙脫傳統束縛的書寫，表徵了明季悲歌下，知識份子相當程度的反映了陽明心學之大時代中每一個人的心裡話。

　　文人們開始嘗試運用「性靈」對於山水進行諸多描寫，由於經濟所帶動的旅遊風氣，使得各地名山勝景遊人多，此時的杭州西湖亦然，許多文人亦為它留下許多膾炙人口的詩文佳構。而由於袁、張二人所描摹西湖的美景佳作，不僅值得一讀復讀，其二人運用「性靈」對於「西湖書寫」的風格異同，更是我們此節的重點所在。以下將以袁張二人之「西湖書寫」各擇一例，以探討其性靈書寫之迷人風格。

　　袁宏道：

> 寒食後雨，余曰：「此雨為西湖洗紅，當急與桃花作別，勿滯也。」午霽，偕諸友至第三橋。落花積地寸餘，遊人少，翻以為快。忽騎者白紈而過，光晃衣，鮮麗倍常，諸有白其內者皆去表。少倦，臥地上飲，以面受花，多者浮，少者歌，以為樂。偶艇子出花間，呼之，乃寺僧載茶來者。各啜一杯，盪舟浩歌而返。〔註55〕

〔註53〕李流芳著，朱劍心選註：〈遊虎丘山記〉，《晚明小品選註》（台北：台灣商務印書館，1969 年 10 月），頁 146～147。

〔註54〕鍾惺著：〈浣花溪記〉，收在《晚明二十家小品》下冊（台北：廣文書局，1968年 1 月），頁 16。

〔註55〕袁宏道著：《遊記・雨後遊六橋記》，《袁中郎全集》（台北：清流出版社，1976

張岱：

> 余故謂西湖幽賞，無過東坡，亦未免遇夜入城。而深山清寂，皓月空明，枕石漱流，臥醒花影，除林和靖、李句婁之外，亦不見有多人矣。即慧理、賓王亦不許其同臥次。〔註56〕

以同是描寫西湖而言，袁宏道的「性靈」風格不僅是文字，更是用眞實的心靈、寫眞實的意境。如「此雨爲西湖洗紅，當急與桃花作別，勿滯也。」「少倦，臥地上飲，以面受花，多者浮，少者歌，以爲樂。偶艇子出花間，呼之，乃寺僧載茶來者」。可謂是一派輕鬆寫意，表現個性眞我的一切。

而張岱所言的西湖則多了些掉書袋的淵博，如「余故謂西湖幽賞，無過東坡，亦未免遇夜入城。而深山清寂，皓月空明，枕石漱流，臥醒花影，除林和靖、李句婁之外，亦不見有多人矣」，像這樣運用典故名人或傳說的寫作手法，應是兼融竟陵之長後的所有張力。

因此以中郎筆下的西湖，有如一個清新可人的女子；而張岱筆下的西湖，則像是一個深沉念舊具空靈〔註57〕之美的淑女。兩者皆有其特殊之美。

三、袁張文學觀點的形成

明代復古論的重心在作品本身的法，性靈文論核心則落在作者與作品的關係，以性靈爲創作根源。故前者發展出模仿的方法論，後者則主獨抒性靈，不拘格套。這是兩大系統的根本分別。獨抒性靈爲袁宏道所特別標舉的文學主張，矯正復古潮流那種以捨棄自我、盡從古人的失誤的盲目做法。「獨抒性靈」貫連整個晚明性靈文學思潮的中心論點，自李贄、徐渭、湯顯祖、公安諸人，至竟陵鍾、譚及各家附和者，都是在此一基礎上發論，從事創作批評〔註58〕的。因此就袁張二人而言，其自幼及長所點滴而成的文學觀點，其可能來自於父執輩與友朋之影響。由於揀擇之故，因此僅針對親族輩，以及影響較深，或較具有代表性，或是在當時文壇有一定地位者爲代表性人物。

　　年 10 月），頁 21。

〔註56〕 張岱著：《西湖夢尋‧冷泉亭》，《陶庵夢憶‧西湖夢尋》（台北：頂淵文化事業有限公司，2005 年 6 月），頁 23。

〔註57〕 「空靈」之觀點乃來自於黃桂蘭著：〈文學分析〉，《張岱生平及其文學》（台北：文史哲出版社，1977 年 2 月），頁 100。

〔註58〕 曹淑娟著：〈性靈小品寫作的基本精神〉，《晚明性靈小品研究》（台北：文津出版社，1988 年 7 月），頁 150～151。

（一）父祖影響

首先在親族間的影響，尤以直系與旁系具有血親關係的人為選擇。

在袁宏道方面：當然是外祖父方面的人影響袁大化一家為深，特別是龔大器之子，惟學。惟學自中年以後絕意仕進，以後以蒔花種草、吟誦詩書為生活樂趣。另外，宏道的大哥宗道因為年長於宏道、中道許多，故兩兄弟在做學問方面，受伯修叮嚀與指導之處頗多。

而張岱方面，則以其曾祖張元汴於嘉靖年間，公開為楊繼盛因彈劾權臣嚴嵩而被棄世之事，而公開設靈位以告慰死者的舉動，令當時之人縮頸吐舌、為之震懾。元汴並且於張天復逝後，續成其名山事業，完成《山陰縣志》、《紹興縣志》及《會稽縣志》等史學佳構。其次是祖父張汝霖教導其讀書不必讀朱注，並且針對古文要求能領會其意，方能有所得。當然這樣的學問根柢，造就其日後創作求真的表現。

（二）好友影響

在好友方面：袁宏道由於大哥伯修曾受教於焦竑〔註 59〕，因此在伯修的教學引導之下接觸佛學，甚至兄弟三人還相互切磋，中郎便因此浸淫佛學日深。而張岱則有好友祁彪佳、王雨謙等人，一起在自家藏書閣切磋討論文史等資料。

（三）結詩社文社影響

至於結詩社文社的方面：袁宏道除了與外祖父等人成立的「南平社」〔註 60〕，以吟詠詩文、相互引導指證詩文之外；尤以與陶望齡等人所成立的「蒲桃社」〔註 61〕及其後來的發展為最大，他們一起相聚論學，談禪賦詩，頗有竹林七賢之遺風。至於張岱結詩社的部分，則與舊交密友祁彪佳組織過「放生社」〔註 62〕；也曾組文學團體「楓社」〔註 63〕，以促進戲曲與詩文創作為宗旨。

〔註 59〕匡亞明主編，周群著：〈為求“適世”的一生〉，《中國思想家評傳叢書 136 袁宏道評傳》（南京：南京大學出版社，1999 年 12 月），頁 38。

〔註 60〕同上註，頁 32。

〔註 61〕同上註，頁 55。

〔註 62〕匡亞明主編，胡益民著：〈家世生平與著述〉，《中國思想家評傳叢書 142 張岱評傳》（南京：南京大學出版社，2002 年 5 月），頁 41。

〔註 63〕同上註，頁 41。

（四）前輩影響

李贄、徐渭兩人都是進士及第，不屑進出官場，而選擇走自己的路的人。袁宏道於萬曆十九年，因仰慕李贄所學，故專程前往龍湖拜會，僅一次晤談，便成為忘年之交。一時間儼然為晚明心學領袖的李贄，或可能因此次會面而將「童心」說的理念佈達得更為明白，宏道自己也說「既見龍湖似覺浩浩焉如鴻毛之遇順風」，可能在中郎的心裡已經播下了「性靈」說的種子了。另一人則是徐渭。中郎於辭吳縣令之後，與陶望齡於居所，因讀徐渭〈闕編〉詩一帙而竟或驚或跌起或復讀的情狀，可見其當時因徐渭寫作盡脫前人時人之窠臼所傾倒。當然在寫作上亦受到其二人思想作品的影響極深。

而張岱方面，在青少年時期，即被一個當代著名的文人所賞識，那就是大他四十一歲的陳繼儒。陳繼儒在當代已復盛名，對書畫亦多所精研，因與岱之祖父張汝霖為舊交，因此對張岱的才氣頗奇之。陳繼儒平日為文亦以公安竟陵的文學風格來寫作。而祁彪佳，是一位著名藏書家之子，早年便已顯宦，當清兵攻破杭州時，他投水殉國。他實際上是一個散文作家與戲曲理論家，而且其描寫林園景物，嚴整精工而清峭雋冷。這種表現風格似乎正足以說明張岱某些小品文中的筆觸所現。

明中葉以後，晚明性靈文論針對復古主張而起，七十年間，在並存互爭中發展、成熟、修正中得到圓滿，且取得較高的主導地位，成為明朝文學史復古主流中一股醒目的迴流，直到清兵入主中原，明朝覆亡，其勢才暫時歇止。入清後，復古勢力重新抬頭，性靈思想消沉一段時間，直到中葉，才在袁枚、鄭燮等人身上復甦。而小品寫作便隨著性靈文論的起伏盛衰而起落。〔註64〕

自清中葉以後，性靈小品再度站到文學的高度，乃至清末周作人等人的力倡及文人們的響應，還有當代以來抒性靈、寫真情之寫作風格，如梁實秋、琦君、白先勇等人的作品中，皆可見性靈之風已深植於作者作品中。

〔註64〕曹淑娟著：〈性靈小品寫作的基本精神〉，《晚明性靈小品研究》（台北：文津出版社，1988年7月），頁150。

第四章　管窺西湖之書寫背景

　　西湖，他不僅僅是一個美麗的自然景觀，一個著名的旅遊勝地，他更是一個被歷史反覆經營、製作的人文景觀〔註1〕。大陸作家余秋雨以為「西湖是極為複雜的中國文化人格的集合體」，「西湖文化之所以讓人感興趣是在於他體現了中國知識份子文化」〔註2〕。因此知識份子因為不同的原因來到西湖，其作品亦多有西湖之題材。後人透過西湖作品以了解前朝往事與興替之道，更可從文人的筆觸去了解其真正的處世心態。故，欲了解文人真正的處世心態，可透過歷史、地域與人文三方面的遞嬗關係，以詮釋本章「管窺西湖之書寫背景」論題：首先談西湖與杭州在歷朝各代的演變；其次論及在歷代的經營下的西湖意象；最後論述袁宏道與張岱西湖書寫的背景，如此以作為第五章西湖書寫作品精神的基石。

第一節　西湖與杭州

　　本節將從秦、漢時代，至隋唐、北宋、南宋，迄至元、明、清三朝的西湖地理、歷史沿革作一脈絡交代；再者，之所以選擇以隋唐前後為斷裂年代，乃因隋唐時代正是杭州建城以及成為全國具指標性的大都市時期，特別是隋唐時代的奠基與發展，以致時屆南宋被選為行在所（臨都）而有機會成為首都，這些都是本節分點的考慮原因。最後基於第二節要談西湖意象，故本節

〔註1〕 汪政曉華著：〈苦澀的文化探尋——余秋雨〈西湖夢〉〉（廣西：《廣西社會科學期刊》，1988年6月第6期），頁86。
〔註2〕 余秋雨著：〈西湖夢〉，《文化苦旅》（台北：時報文化出版企業股份有限公司，1984年6月），頁108。

更將西湖在不同朝代的重要沿革建置與興修大事加以交代，如此方能以明西湖在不同的時代有其不同的變革與面貌，當能爲西湖意象之深烙與鋪陳。

一、先秦隋唐

「杭州西湖」，一個兼具大塊自然與浪漫人文的美麗勝地。西湖明珠因有著豐厚的行政資源使得杭州有著更爲穩固的歷史地位；而杭州的旺盛生命力乃來自西湖的魅力。因此，要了解西湖意象之前，首先應釐清的是西湖與杭州的起源與發展關係。

（一）先秦六朝

首先自秦漢至六朝時期，杭州只是一個山中小縣。關於杭州的紀事一直要到秦始皇三十七年始見於記載。從司馬遷《史記·秦始皇本紀》〔註3〕記錄始皇出遊過丹陽至錢塘的一段記實，可知杭州見於記載始此（錢塘即今之杭州）。那麼錢塘縣的創立可能即在此之前的十二年秦取得楚國江南地區。而置會稽郡事，也可能在戰國時期楚國已經置縣，而秦因之。由此可知錢塘於秦及西漢爲會稽郡的屬縣，於東漢、六朝爲吳郡的屬縣，其實它在東南都邑中的地位不僅不及六朝首都建康（今南京），亦遠不及秦漢以來的吳郡郡治的吳縣（今蘇州）、會稽郡郡治的會稽（今紹興）等，其規模僅僅和海寧等縣略等。在孫權黃武年間嘗置東安郡於富陽，後三年廢；梁末侯景置富春郡於富陽，臨江郡於錢塘，陳初置海寧郡於鹽官（今海寧），皆不久即罷；到了南朝陳後主禎明元年置錢塘郡於錢塘。後二年，隋平服了陳而罷郡，並改置杭州於餘杭（杭州之名始於此，即得名於州治餘杭）。〔註4〕

而西湖在遠古的時候，具地質學者的研究：它是一個海灣。後來，因爲錢塘江和附近山上夾帶而來的泥沙，在海潮沖積下而沉澱下來，把灣口塞住，才逐漸與海洋隔絕。於是形成一個潟湖。根據《水經·浙江水注》〔註5〕引劉道眞《錢塘記》的說法爲：「防海大塘，在縣東一里許，郡議曹華信家議

〔註3〕 瀧川龜太郎注，司馬遷著：〈秦始皇本紀第六〉，《史記會注考證》（台北：宏業書局，1990 年 10 月），頁 105。

〔註4〕 譚其驤：〈杭州都市的發展經過〉，《南北朝前古杭州》（浙江：浙江人民出版社，1997 年 6 月），頁 1～2。

〔註5〕 酈道元注：〈水經·浙江水注〉，《水經注·大唐西域記·史通》，收於《四部叢刊初編縮本》，017 地理類（台北：台灣商務印書館，1975 年 6 月），頁 515。

立此塘，以防海水，始開募有能致一斛土者，即有錢一千，旬月之間，來者雲集，塘未成而不復取，於是載土石者皆棄而去，塘以之成。」可見西湖在六朝以前已形成，當時人們稱它為武林水。到了隋唐之際，才脫離了潟湖階段。由於此湖在錢塘縣西側，所以稱之為西湖（至宋代始稱），也叫做錢塘湖。〔註6〕

（二）隋唐時代

在隋文帝楊堅開皇九年平陳之後，使中國復歸大一統的局面。於是隋罷郡置州，廢錢塘而改為杭州。州治初設餘杭縣，並於開皇十年遷移到錢塘縣。仁壽二年置總管府於杭州，煬帝大業三年廢總管府，改杭州為餘杭郡，轄錢塘、富陽、餘杭、于潛、鹽官、武康六縣〔註7〕。至此，杭州已從山中小縣發展成為一行政大郡。事實上，隋代對杭州的開發，可能與煬帝開通江南河有關。到了唐初高祖武德元年為避國號諱，遂改錢唐為錢塘〔註8〕。又於武德四年改餘杭郡為杭州。及至太宗貞觀元年全國分為十道，其中杭州屬江南道。至玄宗開元二十一年全國劃分為十五道時，杭州隸屬於江南東道。後來在天寶元年杭州又改為餘杭郡。時至肅宗乾元元年又改餘杭郡為杭州。同年，江南東道分置浙江西道和浙江東道，而杭州隸屬浙江西道，轄有錢塘、鹽官、餘杭、富陽、于潛、臨安、新城、唐山等八個縣，直到唐末〔註9〕。而由於隋代對江南河的開通，因而匯通了五大水系，使得杭州一躍成為商業城市。到了唐代，人口數於短時間激增，杭州儼然為一東南名郡了。

關於西湖之名：早在秦漢時期，西湖即有錢湖、金牛湖、明聖湖等名稱。而最早出現「西湖」的名稱是於中唐詩人白居易的〈西湖晚歸回望孤山寺贈諸客〉〔註10〕以及〈杭州回舫〉〔註11〕這兩首詩之詩題或內容中。相

〔註6〕倪士毅：〈良渚探源錢塘述古──原始社會至南北朝時期的杭州〉，《南北朝前古杭州》（浙江：浙江人民出版社，1997年6月），頁6。

〔註7〕王士倫：〈燈火家家市　笙歌處處樓──隋唐東南名郡杭州〉，《隋唐名郡杭州》（浙江：浙江人民出版社，1997年6月），頁1。

〔註8〕原來唐以前錢塘的古字是「錢唐」。

〔註9〕王士倫：〈燈火家家市　笙歌處處樓──隋唐東南名郡杭州〉，《隋唐名郡杭州》（浙江：浙江人民出版社，1997年6月），頁1。

〔註10〕白居易：〈西湖晚歸回望孤山寺贈諸客〉，收錄在清聖祖御編《全唐詩》（台北：盤庚出版社，1979年2月）。

〔註11〕白居易：〈杭州回舫〉，收錄在清聖祖御編《全唐詩》（台北：盤庚出版社，1979年2月）。

較於唐以前西湖僅有水利之功能，到了唐代，湖山名勝相繼形成。唐時的西湖園林名勝也已具規模，然大多集中在靈隱、孤山一帶以寺廟園林著稱的名山佛寺為主〔註12〕。隋唐時代的西湖面積據白居易〈錢塘湖石記〉〔註13〕言：「周回三十里」。其西界約在洪春橋一帶。自清勞格所著《杭州刺史考》一書統計，有唐杭州刺史共計八十五人。這其中對杭州較為著名的貢獻者：首先是袁人敬，唐玄宗開元十三年任杭州刺史。當地人傳袁在今洪春橋至靈隱天竺一帶，種植松樹，長達九里，左右各三行，每行相去八九尺，故有九里松之名。其次是唐德宗建中二年任杭州刺史的李泌，為解決市民鹵飲之苦，遂用開陰竇法，埋設瓦管竹筒，在人口稠密的沿湖地區，開掘了六口井，從錢塘門到涌金門一帶，沿湖分置水閘，引西湖水灌入各井中，終解居民飲水之苦。再來為白香山，唐穆宗長慶二年任杭州刺史。它對杭州最顯著的政績是治理西湖和疏浚六井。當時西湖經常淤塞，白居易力排眾議修築一條湖堤以解堤潰與凶年之苦（這並不是後來人人稱道的白堤），並寫下〈錢塘湖石記〉。其中一段云：「凡放水溉田，每減一寸，可溉十五餘頃。每一復時，可溉五十餘頃。」〔註14〕這是他在西湖與杭州的德政。不僅如此，由於對西湖的熱愛，他留下了刺杭期間的官俸與許多瑰麗的西湖詩文。〔註15〕

二、五代元明

　　歷朝各代對杭州與西湖的建設，要到隋唐時期方有顯著的治績。西湖與杭州在朝代多次更迭中，我們發現自五代吳越王對杭州建設以後，到了吳越降北宋後，杭州西湖成為人文薈萃之鄉。不僅如此，也是眾多文人歌頌的瑰麗勝景。其後，杭州因南宋時期的首都身分，其地位更加不同了。隨著南宋覆亡所引發的思鄉情愁，累至元朝統治以及晚明乃至顛覆時期，整個杭州西湖在文人的眼中都瀰漫著一股強烈的遺民哀愁氣息。故，於此當有必要對五代以降的杭州與西湖有一番詳密的了解。

〔註12〕姚毓璆、鄭祺生：〈碧草迷人歸　處處盡堪愁——隋唐時期杭州西湖園林〉，《隋唐名郡杭州》（浙江：浙江人民出版社，1997年6月），頁109～110。

〔註13〕白居易：〈錢塘湖石記〉，《白氏長慶集》，收於《景印文淵閣四庫全書》集部十九，別集類（台北：台灣商務印書館，1985年6月），頁747。

〔註14〕同註13。

〔註15〕王士倫：〈燈火家家市　笙歌處處樓——隋唐東南名郡杭州〉，《隋唐名郡杭州》（浙江：浙江人民出版社，1997年6月），頁4～5。

（一）五代北宋

自唐末黃巢起義之後，唐政權被重重一擊後遂告滅亡，其後出現的是五代十國的局面。五代所統治的地方為黃河流域一帶；而十國所轄屬的範圍大多在淮水以南到廣東一帶。那些五代十國的最高統治者大多為唐末的節度使，掌三四州甚至是十幾州的軍事財政權，稱為藩鎮〔註16〕。有唐末年，錢鏐以戰功於僖宗光啟二年被任命為刺史。而後，為了使其轄屬之民在唐末亂世中不受侵擾與戰亂之苦，遂應民意而為吳越國王，其即為十國之中的吳越國，開國者錢鏐，字具美，杭州臨安縣人。其領土共有十三州，所轄範圍約在今天的浙江與江蘇南部及福建北部一帶〔註17〕。由於處唐末藩鎮割據，戰亂頻仍之世，開國者鑒於政治、軍事、經濟上的須要，曾先後多次拓展與營建杭州城。第一次擴建杭州城於晚唐昭宗大順元年，《吳越備史》〔註18〕載：「築新夾城環包家山，泊秦望山而回，凡五十餘里，皆穿林架險而版築。」後，第二次擴建杭州城，是在昭宗景福二年，《資治通鑑》〔註19〕記：「錢鏐發民夫二十萬及十三都軍士築杭州羅城，周七十里。」此次的擴建不僅將隋唐時代的舊城包圍，甚至形成一個城外之城，使得杭州城垣規模已然形成。〔註20〕

時至北宋太宗太平興國三年吳越國錢俶納土歸宋以後，杭州由吳越國國都降為北宋地方政權的治所。淳化五年改杭州鎮海軍節度為寧海軍節度。神宗元豐六年，全國分為二十三路，杭州屬兩浙路治。徽宗大觀元年杭州升為帥府，領兩浙路兵馬管轄。昔仁宗有言「地有湖山美，東南第一州」。以當時杭州戶口數、商稅已超過蘇州而言，杭州在北宋時期顯已非一般城市地位，而躍為首屆一指的東南大城〔註21〕。歐陽修《有美堂記》〔註22〕：「若乃四方

〔註16〕倪士毅：〈治杭八六載有國七二年——吳越國始末〉，《吳越首府杭州及北宋東南第一州》（浙江：浙江人民出版社，1997年6月），頁4～5。

〔註17〕倪士毅：〈治杭八六載有國七二年——吳越國始末〉，《吳越首府杭州及北宋東南第一州》（浙江：浙江人民出版社，1997年6月），頁1。

〔註18〕宋・錢儼撰：《吳越備史》，收於《景印文淵閣四庫全書》史部二二二，載記類（台北：台灣商務印書館，1984年6月），頁497。

〔註19〕元胡三省注，宋司馬光著：《資治通鑑》，收於《景印文淵閣四庫全書》史部六二～六八，編年類（台北：台灣商務印書館，1984年6月）。

〔註20〕陸鑒三：〈城凡三重縱寬橫仄——吳越國杭州城〉，《吳越首府杭州及北宋東南第一州》（浙江：浙江人民出版社，1997年6月），頁26。

〔註21〕倪士毅：〈地有湖山美東南第一州——北宋時期的杭州〉，《吳越首府杭州及北宋東南第一州》（浙江：浙江人民出版社，1997年6月），頁197。

之所聚，百貨之所交，物盛人眾，爲一都會而又能兼有山水之美，以資富貴之娛者，爲金陵錢塘。」他還點出「獨錢塘自五代時，知尊中國，效臣順，及其亡也，頓首請命，不須干戈，今其民幸富完安樂」，歐公此話當以北宋王室的立場言，如此亦明錢氏子孫以「保民養民」統治吳越八十餘載之功已爲當代、後人感念不已。

西湖，由於唐末戰亂頻仍而疏於治理，至五代時，西湖歲久不修，湖葑蔓蔽（清李衛《雍正西湖志》）〔註23〕。吳越乾化二年，術士勸吳越王錢鏐以西湖爲根據地興建一個可以安身鞏固大業的永久宮殿，錢鏐云：「百姓資湖水以生久矣，無湖是無民也。豈有千年而天下無眞主者乎？有國百年，天所命也。」後來在寶正二年，錢鏐從都水營，置撩湖兵士千人，對西湖做了一番疏濬整治。如此可以見得雖其地處一隅，但眞正覺察保民養民的訣竅了〔註24〕。另外，錢氏崇佛，因此不論是西湖周邊或是杭城皆佛寺林立，明田汝成言：「杭州內外及湖山之間，唐以前爲三百六十寺，及錢氏立國，宋朝南渡，增爲四百八十，海內都會，未有加於此者也。」〔註25〕如此可知唐末以迄吳越乃至後來宋明之佛禪處所林立，當非一日所積之功。

而北宋時期的西湖，在眞宗景德四年，知州王濟主杭，並再次重新疏濬，仿效白居易，在湖邊刻石立碑。慶曆元年鄭戩出任杭州知州，時西湖葑土湮塞，他發動萬民開浚，以解水利之苦。宋嘉祐年間，知州沈邁爲補金牛井之缺，而開南井，並引西湖水入城以供民取用，並下令禁止於西湖捕魚。到了宋哲宗元祐元年，蘇軾第二次治杭，此時湖上葑田二十五萬餘丈，幾乎半個西湖被湮塞。於是上疏朝廷（〈乞開杭州西湖狀〉）〔註26〕提出西湖不可偏廢的五點理由：首先是廢之則不合放生祝壽之旨；廢之則百姓將復鹵飲；廢之則田廟無可灌溉；廢之則城中之河必藉江水，而復易淤惡；廢之則官酒無以

〔註22〕歐陽修：〈有美堂記〉，《歐陽文忠公文集》，收錄在王雲五主持編印《四部叢刊初編縮本》（台北：台灣商務印書館，1975年6月），頁304。

〔註23〕清·傅王露撰：《西湖志》四庫全書存目叢書，史部二四一，地理類（台南：莊嚴文化事業有限公司，2006年6月）。

〔註24〕鄭祺生：〈留住西湖水亭榭綴群山——吳越時西湖和園林〉，《吳越首府杭州及北宋東南第一州》（浙江：浙江人民出版社，1997年6月），頁146～147。

〔註25〕明·田汝成：《西湖遊覽志》，收於《景印文淵閣四庫全書》史部三四三，地理類（台北：台灣商務印書館，1983年6月）。

〔註26〕宋·蘇軾：〈乞開西湖狀〉，《蘇東坡全集》下冊（台北：河洛圖書出版社，1975年9月），頁479～480。

醞釀，酒稅每年少收二十餘萬〔註27〕。他甚至語重心長的剖析西湖所面臨的問題極為嚴重：

> 杭州之有西湖，如人之有眉目，蓋不可廢也。唐長慶中，白居易為刺史，方是時，湖溉田千餘頃。及錢氏有國，置撩湖兵士千人，日夜開濬。自國初以來，稍廢不治，水涸草生，漸成葑田。熙寧中，臣通判本州，則湖之葑合，蓋十二三耳。至今才十六七年之間，遂湮塞其半。父老皆言十年以來，水淺葑橫，如雲翳空，倏忽便滿。更二十年，無西湖矣。

其弟蘇轍在《欒城集‧子瞻墓誌銘》〔註28〕回憶到蘇軾的擔憂與其治杭的作為：

> 公間至湖上，周視良久，曰：「今欲去葑田，葑田如雲，將安所置之？」湖南北三十里，環湖往來，終日不達，若取葑田積之湖中，為長堤以通南北，則葑田去而行人便矣。吳人種菱，春則芟除，不遺寸草。葑田若去，募人種菱，收其利以備修湖，則湖當不復淤塞。乃取救荒之餘，得錢糧以貫、石數者萬。復請於朝，得百僧度牒以募役者。堤成，植芙蓉、楊柳於其上，望之如畫圖。杭人名之為蘇公堤。

在杭州與西湖的歷史上，蘇軾真足以與白居易並列其功了。

（二）南宋元明

杭州在南宋高宗建炎三年改稱臨安府，並于紹興八年定為首都，時稱為「行在所」。如此即從吳越時期的東南第一州，躍昇為全國政治、經濟、教育文化中心。南宋王朝更是杭州發展最為輝煌的時期。首都臨安自建都以後，鳳凰山一帶即為皇宮所在，皇城周圍九里，北起鳳山門，西至萬松嶺，多至候潮門，南至江乾等地〔註29〕。自南宋端平元年，蒙古與南宋聯合滅金以後，雙方就開始長達數十年的戰爭。德佑二年，元軍攻下南宋首都臨安，於祥興二年廣東崖山一役，南宋告亡。於是元軍將臨安由首都改成兩浙都督

〔註27〕　朱宏達：〈家有畫像飲食必祝——閒太守蘇軾〉，《吳越首府杭州及北宋東南第一州》（浙江：浙江人民出版社，1997年6月），頁292～293。

〔註28〕　宋‧蘇轍：〈亡兄子瞻端明墓誌銘〉，《欒城後集》，收錄於《景印文淵閣四庫全書》集部五一，別集類（台北：台灣商務印書館，1983年6月）。

〔註29〕　倪士毅：〈華貴天城全國首都——南宋臨安（杭州）概述〉，《南宋京城杭州》（浙江：浙江人民出版社，1998年10月），頁1。

府，並於元世祖至元十四年改臨安府為杭州，十五年改為杭州路。元順帝至正二十四年，朱元璋自立為吳王，二十六年改杭州路為杭州府。至清仍沿明制〔註30〕。因此在元明清三朝，杭州地位由首都降為省會，但這並不影響他的歷史定位與商業城市的地位。

　　至此，南宋以後的西湖已不再僅為灌溉水利功能之地，由於前代文官的有意修築與植栽，再加上朝代更迭以後風景別緻，遂使其成為風景名勝。正如蘇軾言杭州之有西湖，如人之有眉目。西湖在吳自牧眼中：「大抵杭州勝景，全在西湖，他郡無此。」〔註31〕明田汝成說：「自六輦駐蹕，日益繁艷，湖上屋宇連接，不減城中。」〔註32〕由此可見其當時盛況。西湖在南宋時已有十景：平湖秋月、蘇隄春曉、斷橋殘雪、雷峰夕照、南屏晚鐘、曲院風荷、花港觀魚、柳浪聞鶯、三潭印月、雙峰插雲。由於西湖四季之景不同，遊人如織。據周密《武林舊事》〔註33〕的記載，當時遊賞西湖的路線不僅分南北線，還有遊堤路線，有的甚至多達一百多處景點。這些景點以花園、寺院為多。而當時人們多以靈隱、天竺和浙江亭觀潮為必遊景點。〔註34〕

　　由於元代對西湖沒有整治，湖西一帶葑草蔓佈，且南宋覆亡、元代享國日短，西湖一度被認為是禍國尤物的表徵。到了明初，「西湖百餘年來，居民寺觀實為己業，六橋之西悉為池田桑梗，裏湖西岸亦然，中僅一港通酒船耳。」（《成化杭州府志》）如此易代之際，佔地為王的狀況多有。後來在景泰七年，鎮守浙江兵部上書孫原真便對西湖進行二閘的修治工程。事實上明代對西湖進行大規模的疏濬是於正德初年，郡守楊孟瑛上呈《開湖條議》，後未果，時至正德三年終獲批准，並盡使「西湖恢復唐宋之舊」。同時將湖底葑泥取至岸上並築起一條長堤，時人稱為楊公堤，並於堤上築起六橋，被稱為裏六橋，

〔註30〕倪士毅：〈人物之都會財賦之奧區——元明清時期杭州概述〉，《元明清名城杭州》（浙江：浙江人民出版社，1997年6月），頁1。

〔註31〕宋‧吳自牧：《夢梁錄》，收錄在《叢書集成初編》（北京：中華書局，1985年9月），頁9。

〔註32〕明‧田汝成：《西湖遊覽志》，收於《景印文淵閣四庫全書》史部三四三，地理類（台北：台灣商務印書館，1983年6月）。

〔註33〕〈西湖遊幸〉都人遊賞：「若遊之次第，則先南而後北。至午則進入西陵橋裏湖，其外幾無一舸矣。」見宋‧周密：《武林舊事》，收錄在《叢書集成初編》（北京：中華書局，1985年9月），頁48。

〔註34〕傅伯星：〈四時賞玩殆無虛日——西湖遊覽〉，《南宋京城杭州》（浙江：浙江人民出版社，1998年10月），頁178～179。

與蘇堤合稱西湖十二橋〔註35〕。入清以後，最早治湖的是順治時浙江右布政使張儒秀，他禁約豪民將西湖占爲私產，並捐俸以去葑草。到了清代，最大規模的疏濬則屬雍正二年，當時由浙督覺羅滿保、浙撫黃叔琳奏准，後由浙撫李衛與鹽驛道副使王鈞繼續進行疏濬的工程。

綜合上述，西湖與杭州歷經元明清三朝政權，從異族統治後再回到漢人的懷抱中，這一段坎坷崎嶇的路程，並沒有讓她從此消失，相反的卻是日益茁壯。因爲文人史家總對她有一分深烙的歷史情感。下一節將以此爲基點，針對歷代的西湖詩詞文所蘊含的意象作深入的探討。

第二節　西湖意象

在白蘇〔註36〕的詩歌中領略到西湖之美。但當看到南宋以後的西湖詩文，其內容多有一種黍離氛圍，究其原因乃緣於北宋淪爲外族統治，因而加深了這種較之前代爲深的亡國情緒。因此，南宋滅亡至元代中期以前的西湖詩飽蘸了黍離情緒，故而深化明末清初異族統治下文人的亡國愁緒。經由文人詩家對西湖的點染，其意象便容易讓人在腦海中勾勒起西湖的種種。然詩人所處的政治環境，更是影響西湖意象的關鍵所在。如袁宏道與張岱的作品：

> 寒食後雨，予曰此雨爲西湖洗紅，當急與桃花作別，勿滯也。午霽，偕諸友至第三橋，落花積地寸餘，遊人少，翻以爲快。〔註37〕

> 萬曆四十二年金中丞爲導首鼎新之，太史董其昌手書碑石記之，其辭曰：「西湖列刹相望，梵宮之外，其合於祀法者，岳鄂王、于少保與關神而三爾」。〔註38〕

同爲西湖題詠，由於袁宏道處於晚明，而張岱處於晚明至南明時期，因此就

〔註35〕鄭祺生：〈西湖風光甲天下半是湖山半是園——元明清杭州的西湖園林〉，《元明清名城杭州》（浙江：浙江人民出版社，1997年6月），頁180～181。

〔註36〕「水光瀲灩晴方好，山色空濛雨亦奇。欲把西湖比西子，淡妝濃抹總相宜。」見陳新雄選，蘇軾：〈飲湖上初晴後雨〉，《蘇軾詩選》（台北：學海出版社，1989年8月），頁73。

〔註37〕錢伯城校點，袁宏道：〈雨後遊六橋記〉，《袁宏道集箋校》（上海：上海古籍出版社，1981年7月），頁426。

〔註38〕張岱：〈西湖中路·關王廟〉，《西湖夢尋》（台北：頂淵文化事業有限公司，2005年6月），頁44。

其表現意境可看出時代環境之迥異，因而有其不同的書寫意象。然，何謂意象？《易傳‧繫辭上》云：「聖人有以見天下之賾，而擬諸其形容，象其物宜，是故謂之象。」〔註39〕《易傳‧繫辭下》云：「《易》者，象也。象也者，像也。」〔註40〕又王弼《周易略例‧明象》：「夫象者，出意者也。言者，明象者也。」〔註41〕意即「意象」，乃合「意」與「象」而言〔註42〕。黃永武認為意象是作者的意識與外界的物象相交會，經過觀察、審思與美的釀造，而成為有意境的景象〔註43〕。因此我們可以經由象與意來了解詩人的情感。

　　於此，本節選擇西湖的詩歌，特別是其具有特殊的書寫意涵與所欲達成的書寫意義的詩歌，而且能遙合本論文第五章的精神意義的作品，即為選取對象。就寫作題材而言，並不侷限西湖湖景的西湖詩歌，另外就是受限於所談論的詩歌意象且不擴大選題範圍，故不取佛偈禪詩。本節透過歷代西湖題詠發現其所蘊含的文學語言有：唐末五代——繁盛之象、養民保民；北宋——閒適無機、高風亮節、隨遇而安；南宋——離亂之苦、傷悼故國；粉飾太平、歌功頌德；抨擊豪奢、斥責苟安；戰和矛盾、醉生夢死；黍離之悲、夢憶繁華；元朝——傷春悼亡、夢憶故國；抨擊亡國、痛傷英才；懷古傷今、嘆世隱逸；明代——抨擊豪奢、藉古諷諭；隱居閒適、不問世事；山河凋敝、生不逢時；黍離麥秀〔註44〕、疾言殉國等意象定型，來證驗西湖與杭州的歷史命運與歷史定位，以及論述西湖在部分朝代的意象是否如前人所言為真，如此當有助於本論文更進一步鋪墊下一節作家與文本產生之時代背景，並能藉此遙合晚明的政治與社會的實況，更因此以明袁張二人的西湖書寫的歌詠遠因，此乃本論文的主題背景。

　　本節將以南、北宋為分界而論。西湖意象之所以斷裂於北宋、南宋，原因在於宋代自徽、欽宗被金人擄至北方後，宋臣為綿延國祚，遂將趙構扶上

〔註39〕黃壽祺：〈繫辭上〉，《周易譯註》（台北：漢京文化事業，1992 年 6 月），頁543。

〔註40〕同註38，頁579。

〔註41〕樓宇烈校釋，王弼：《周易略例‧明象》，《老子周易王弼注校釋》（台北：華正書局，1981 年 9 月），頁609。

〔註42〕參考陳滿銘：《意象學廣論》（台北：萬卷樓圖書股份有限公司，2006 年 11月），頁1。

〔註43〕黃永武：《中國詩學‧設計篇》（台北：巨流圖書公司，1999 年 6 月），頁3。

〔註44〕見王靜芝：〈黍離〉，《詩經通釋》（台北：輔仁大學文學院，1968 年 7 月），頁160。

君位，使其成爲穩定政局的力量。由於蒙古與今人的威脅勢力有南移之象，北宋遺臣爲保大宋江山社稷，遂決意迅疾南遷，而後在建都臨安（即杭州）與建康（今南京）之間搖擺不定，由於情勢緊急，遂議定較建康爲安全的臨安（即杭州）爲南宋國都，至此王朝與國勢已定調。然因與北方求和、簽訂協議之況，重以每每須爲求得的苟安而付出龐大的代價，而求和背後所導致的財政赤字是可以預期的，南宋國勢就此每況愈下。由於南宋首都位於杭州，所以西湖自然成爲皇室與王公貴人的後花園。君臣們每日在此夜夜笙歌，談花話宴好不快樂，至於國家大事暫擺一邊，只要求和議簽協定以博取享受片刻的歡樂。植此，西湖題詠在南北宋所表現的詩歌語言與其國勢安危是極爲攸關的，而其意象當呈現有別，尤其是南宋以後以及入元之後，甚至這種意象在明末入清之際仍可感知其間的意象聯繫與承繼。於是我們可知「西湖」在不同的朝代有其相異的意象表現，尤其是在兩宋的表現，更是前後迴異。如此一來，本文於此節以兩宋爲斷裂之因已然明矣。

　　以下各點將針對西湖詩文在各代的主要意象爲探討，並於內文間以其次要意象爲輔，如此以爲進入袁張西湖書寫的開展點。

一、北宋以前

（一）唐末五代——繁盛之象與養民保民

　　隋王朝因國祚短，且此時西湖與杭州的功能多在水利方面，重以目前有限資料並未見西湖詩詞，故僅針對唐代西湖詩詞而論。唐代以西湖景觀爲主的西湖詩詞尤以白居易的描寫最爲出色。最有名即其於穆宗長慶三年冬季，白居易抵達杭州任所後，於翌年春夏之交所揮灑的西湖作品，如〈錢塘湖春行〉：〔註45〕

> 孤山寺北賈亭西，水面初平雲腳低。
>
> 幾處早鶯爭暖樹，誰家新雁啄春泥？
>
> 亂花漸欲迷人眼，淺草才能沒馬蹄。
>
> 最愛湖東行不足，綠楊陰裡白沙堤。

此處所言之錢塘湖即爲西湖。詩中盡寫春天的西湖，水氣蒸騰，雲霧低垂繚繞。如此和東面的賈全亭，遙遙相望，而孤山及建築於其上的各色寺院就矗

〔註45〕白居易：〈錢塘湖春行〉，收錄於《全唐詩》卷四百四十六〈白居易二十三〉（台北：盤庚出版社，1960年4月），頁4957。

立在湖中，湖岸上春意融融：亭台樓閣風姿綽約的倒映湖中。黃鶯在枝頭上爭鳴；燕子匆忙啄泥築巢；各種花蕾競相綻放；小草也爲湖岸獻出綠意；使得踏青的人們喜不自捨〔註46〕。再如其另一佳構〈春堤湖上〉：〔註47〕

> 湖上春來似畫圖，亂峰圍繞水平鋪。
>
> 松排山面千重翠，月點波心一顆珠。
>
> 碧毯線頭抽早稻，青羅裙帶展新蒲。
>
> 未能拋得杭州去，一半勾留是此湖。

這首詩大範圍的描寫西湖，首聯說它宛如圖畫；四周群峰環繞，湖面春水平鋪。頷聯寫湖西洪春橋至靈隱山坡一帶九里松的重重綠林，並形容月映湖心如同一圓明珠。頸聯寫近湖地帶水田早稻嫩苗又像一大頃碧綠的線頭，而湖岸邊的新蒲彷彿女子的青羅裙帶〔註48〕。這裡所謂的「最愛湖東行不足，綠楊蔭裡白沙堤」，「未能拋得杭州去，一半勾留是此湖」皆是白樂天對于西湖的喜愛，甚至到了不惟忘歸的地步。由此我們亦可知詩家所呈現的文學語言有時也是一個政治社會實體的面向：唐朝的西湖不僅是李鄴侯與白樂天的美勝治績，更呈現唐代「繁盛國力」與繁華都城的意象所在。

至於五代十國，吳越國王錢鏐出身貧困，及長投身行伍。自唐末至北宋納降前，做到了以和止戰、保民安民的政治治績。對內興修西湖水利、獎勵農耕並開發海通事業，是眞正爲萬民謀福祉的人主。北宋蘇軾在〈表忠觀記〉〔註49〕中稱讚他是一位懂得富民安民之人君：

> 吳越地方千里，帶甲十萬，鑄山煮海，象犀珠玉之富甲于天下。
>
> 其民至於老死，不識兵革，四時嬉遊，歌鼓之聲相聞，至於今不廢，
>
> 其有德於斯民甚厚。

再則爲當時頗受吳越王賞識的詩人羅隱，雖然半生不得志，但自五十五歲歸附錢氏後，此後二十二年，賓主之間如魚得水。羅隱爲深表感遇之餘，亦有藉詩隱喻其諷意：

〔註46〕謝虹光：〈歌詩獻西子多情白刺史——白居易杭州山水詩十首提點〉（浙江：《山西省電視大學期刊》，2001 年 5 月第 3 期），頁 73。

〔註47〕白居易：〈春堤湖上〉，《全唐詩》卷四百四十五〈白居易二十二〉（台北：盤庚出版社，1960 年 4 月），頁 5003。

〔註48〕王榮初：〈未能拋得杭州去一半勾留是此湖——唐代西湖詩詞〉，《隋唐名郡杭州》（浙江：浙江人民出版社，1997 年 6 月），頁 128。

〔註49〕宋・蘇軾：〈表忠觀記〉，《蘇軾文集》（北京：中華書局，1986 年 3 月）。

> 呂望當年展廟謨，直鉤釣國更誰知？若叫生在西湖上，也是須供使
> 宅魚。（〈磻溪垂釣圖〉）〔註50〕

錢鏐得悉羅隱的諷意之後，於是取消供魚的措施。羅隱這番話直是「佐國是
而惠殘黎」的諍言。因此，從吳越君臣的事蹟，我們理解此期的西湖詩文呈
現的是人主「保民養民」的意象。此意象更可由文天祥〈論五代史書武肅王
事〉〔註51〕言錢鏐：「築塘射潮，非止於一時保安，時有千萬年之功德」這句
話中印證之。

　　因此，由於唐代的國勢，使得此期西湖呈現出繁盛之象；而唐末五代的
動亂，迫使唐王室不再有西湖管轄權，重以錢鏐、錢俶的保民養民之策，使
得西湖得以存有唐代的規模。故唐末五代以繁盛之象與保民養民爲西湖意象
之表現。

（二）北宋──高風亮節與隨遇而安

　　由於唐代李泌、中唐白居易及吳越錢氏對江浙治理有方，連帶使得西湖
隨著杭州的地位起降而有著不同的國家地位與歷史地位。事實上，自吳越
國王錢俶納土歸宋之後，杭州遂從吳越國都的身分降爲北宋的地方治所。然
而這並不影響人們對西湖的喜愛，特別是入宋之後，伴隨著經濟與河運之
利，再加上文人隱居、刺史經營、詩人點染，西湖便成爲人們嚮往的美勝
之地。

　　特以宋代幾乎年年舉行科舉考試，當時許多文人屢試不第，遂興歸隱之
志。其中一位稍有名氣的出世者潘閬，他後來有一段隱居杭州的歲月，其詞
作當也有西湖作品，如〈酒泉子〉〔註52〕是抒寫懷念中杭州西湖的聯章體名
作，此處選錄二首〔註53〕爲論：

> 長憶西湖，湖上春來無限景。吳姬個個是神仙，競泛木蘭船。
> 樓合簇簇疑蓬島，野人只合其中老。別來已是二十年，東望眼欲穿。

〔註50〕潘慧惠：〈文采爛然江東獨步──羅隱略傳〉，《吳越首府杭州及北宋東南第一
　　　　州》（浙江：浙江人民出版社，1997年6月），頁160～161。

〔註51〕宋・文天祥：〈論五代史書武肅王事〉，《文文山全集》（台北：清流出版社，
　　　　1976年5月）。

〔註52〕潘閬：〈酒泉子〉，收錄在王榮初選注《西湖詩詞選》（浙江：浙江人民出版
　　　　社，1979年10月），頁357。

〔註53〕潘慧惠：〈文采爛然江東獨步──羅隱略傳〉，《吳越首府杭州及北宋東南第一
　　　　州》（浙江：浙江人民出版社，1997年6月），頁236。

（其三）

長憶西湖，盡日憑欄樓上望。三三兩兩釣魚舟，島嶼正清秋。

笛聲依約蘆花**裏**，白鳥成行忽驚起。別來閒整釣魚竿，思入水雲寒。

（其四）

或許「樓合簇簇疑蓬島，野人只合其中老」，「別來閒整釣魚竿，思入水雲寒」才是其個人生活佳趣。只要在西湖，便得「湖上春來無限景」，也許終生與功名無緣，但又何必執意戀戀。閒適的生活意趣充滿自然無機的興味，正是人生最可貴的資財。

再者是有「妻梅子鶴」之稱的林逋。林逋，生當眞宗到仁宗朝，浙江錢塘人。據傳他於當代即有聲聞，後隱居孤山二十年。蘇軾言其「先生可是絕俗人，……平生高潔已難繼，將死微言猶可錄。自言不作封禪書，更肯悲吟白頭曲」（〈書林逋書後〉）〔註54〕的閒適風格，其人必爲當世所重。此錄其詩〈山園小梅二首〉其一：〔註55〕

眾芳搖落獨暄妍，占盡風情向小園。

疏影橫斜水清淺，暗香浮動月黃昏。

霜禽欲下先偷眼，粉蝶始知合斷魂。

幸有微吟可相狎，不須檀板共金樽。

詩人在所有的景物中選取梅花，盛讚梅花在百花零落時綻放姿容，並抒寫即使外在環境惡劣，他都能自我欣賞且不依附世俗之眼〔註56〕。這也是歐公盛讚其人格魅力之所在。

北宋的西湖題詠當不略才子蘇軾。蘇軾第一次通判杭州是在神宗熙寧四年；第二次任杭州知州是于哲宗元祐四年。這一段判杭歲月，正是他西湖詩詞佳構的高峰期。其最動人心弦的詩作當然首推西湖詩。其熙寧五年所作〈六月二十七日望湖樓醉書五絕〉：〔註57〕

〔註54〕陳新雄選，蘇軾：〈書林逋書後〉，《蘇軾詩選》（台北：學海出版社，1989年8月），頁151。

〔註55〕林逋：〈山園小梅二首〉其一，收錄在《宋詩鑒賞辭典》（上海：上海辭書出版社，1987年12月），頁43。

〔註56〕英宗治平元年～二年曾任杭州知府的王淇賦詠《梅》詩盛讚林逋之人格高度，詩云：「不受塵埃半點侵，竹籬茅舍自甘心。只因誤識林和靖，惹得詩人說到今。」見汪中選注：《千家詩》（台北：三民書局，1977年11月），頁369。

〔註57〕陳新雄選，蘇軾：〈六月二十七日望湖樓醉書五絕〉，《蘇軾詩選》（台北：學

　　放生魚鱉逐人來，無主荷花處處開。

　　水枕能令山俯仰，風船解與月徘徊。（其二）

　　烏菱白芡不論錢，亂繫青絲裹綠盤。

　　忽憶嘗新會靈觀，滯留江湖得加餐。（其三）

　　未成小隱聊中隱，可得長閒勝暫閒？

　　我本無家更安往，故鄉無此好湖山！（其五）

第一次通判杭州詩作：前二首詩描寫從望湖樓看到自然生物植物等景緻，與汴京的風情不同，若是繼續處西湖便可日日享有自然風味的餐食與賞心悅目的自然風景作為生活良伴。而第三首則自我解嘲過去心所嚮往的小隱、所崇仰的不問世事的退隱心願未能達成，如今落個中隱市隱的生活，倒也還可接受，至少關於京城瑣事還是不知為好，圖個清閒，隨遇而安也頗好。這顯然已昭告世人願意接受白香山的中隱生活型態了。其第二次任杭州知州，其心情自是不同於往昔：

　　古岸開新葑，新渠走碧流。會看光滿寓家樓，記取他年扶路、入西州。

　　佳節連梅雨，餘生寄葉舟。秖將菱角與雞頭，更有月明千頃、一時留。（〈南歌子·湖景〉其一）〔註58〕

經過十多年歲月淘洗，詩人已然能夠真正賦予自身任職在野的事實與使命，因此上疏言〈乞開杭州西湖狀〉以治西湖水嘉惠杭州百姓事，此為詩人生命情調在黃州詩之後的另一轉捩點，亦為此後詩人文官所引以為高風亮節的人格典範，或亦視此後謫官重生路徑。

　　故，從吳越降宋後，西湖在北宋統治者手中，獲得續存舊觀之基。由於政治社會安定，文人尋求不依附世俗的生活型態，於是此期的西湖詩文呈現出高風亮節的典式意象，而高風亮節便易因此走向閒適無機的生活情調。另因北宋中期前後的政爭與黨爭，使得文人不論仕隱，或是去國懷鄉，此期意象還有一種隨遇而安的表現風格。因此，此期以高風亮節與隨遇而安為主要表現意象，而閒適無機則為高風亮節的人生走向，是為此期次要表現意象。

　　海出版社，1989 年 8 月），頁 63、64、65。

〔註58〕蘇軾：〈南歌子·湖景〉其一，《西湖詩詞》（台北：新宇出版社，1985 年 10 月），頁 64。

二、南宋以後

　　所謂天下，正如歷史小說中所言合久必分，分久必合。在蘇東坡逝後，北宋上演一場君王后妃被擄北解的國禍。此時朝廷只得南遷以避禍，並將都城定於西子湖畔的臨安，以後，西湖與歷史、社會、文學的關係隨即翻開新的扉頁。而南宋西湖儼如唐朝長安曲江池，成為皇室、豪富之遊憩花園，成為騷士雅客雲集、艷羨的風光流轉之地。至南宋臨安都被蒙元鐵騎攻入之後，西湖與其他江南富庶之地由歌舞昇平變得荒涼殘破。然宋亡後的西湖並沒有從詩人詞客的筆下銷聲匿跡，反而是以多種姿態更加頻繁的出現。那麼西湖見證人們的快樂，親歷人們的苦痛，成為與人們同歡樂共悲傷的一位老朋友〔註59〕。自此，西湖美麗熱鬧的情景與眾人的遊樂歡笑，一起隨同故宋的遠去，變成了遙不可及的往事。因此，宋亡後的西湖遂成為觸引詞人無限心傷的地方。

（一）南宋——粉飾太平與黍離之悲

　　首先是那些北方往南遷的平民百姓以及豪富貴族，他們跋涉千里來到南方，不僅水土不服，即便是飲食及生活習慣都不如從前，還有面對眼前的山河亦多有不復昨日的繁榮與滄桑之感。這種舉目而悲的悼亡傷感呈現在詩歌語言中，當時整個南宋朝野不乏有因愛國心趨使而表達出斥責朝廷苟安的心態，如宋孝宗時的詩人林升〈題臨安邸〉：〔註60〕

> 山外青山樓外樓，西湖歌舞幾時休！暖風薰得遊人醉，直把杭州做汴州！

再如南宋中興詩人楊萬里所作二首：

> 畢竟西湖六月中，風光不與四時同；接天蓮葉無窮碧，映日荷花別樣紅。（〈曉出淨慈寺送林子方〉）〔註61〕

> 梧葉新黃柿葉紅，更兼烏柏與丹楓，只言山色秋蕭索，繡出西湖三四峰。（〈秋山〉）〔註62〕

〔註59〕趙艷喜著：〈論宋季遺民詞中的西湖意象〉（廣西：〈廣西社會科學期刊〉，1988年6月第6期），頁41。

〔註60〕王榮初：〈暖風薰得遊人醉直把杭州做汴州——南宋西湖詩詞〉，《南宋京城杭州》（浙江：浙江人民出版社，1998年10月），頁234。

〔註61〕詩另名「西湖」。見王榮初：〈曉出淨慈寺送林子方〉，收錄在王榮初《西湖詩詞選》（浙江：浙江人民出版社，1979年10月），頁95。

〔註62〕楊萬里：〈秋山〉，收錄在王榮初選注《西湖詩詞選》（浙江：浙江人民出版

詩中全用白描筆法寫荷花的清新與緋紅，再以梧桐葉與柿葉的顏色轉變來寫秋天的蕭瑟況味進而帶出愁與哀感。詩中「接天蓮葉無窮碧，映日荷花別樣紅」、「只言山色秋蕭索，繡出西湖三四峰」等句頗有遙對汴京如今易主的離亂之苦與傷悼故國之深意。

　　已經離開北方，倉皇中到了南方的新朝君王、前朝遺老究竟有無作為，其心態及對國事的動向如何？從以下的詩作可窺得其貌：

> 洞天深處，賞嬌紅，輕玉高張雲幕。國艷天香相競秀，瓊蕊清光如昨。露洗妖妍，風傳馥郁，雲雨巫山約。春濃似酒，五雲台榭樓閣。　　聖代治定功成，一塵不動，四境無鳴柝。屢有豐年大助順，基業增隆山岳。兩世明君，千秋萬歲，永享昇平樂，東皇呈瑞，更無一片花落。（〈壺中天慢〉）〔註63〕

這是南宋當時大員張掄進的作品，內容顯然呈現出歌功頌德、粉飾太平的諛臣心態，對有志雪國仇者而言，當是一種深重痛楚。

　　此期西湖詩還有理宗時期的高孝璹「朱簾白舫亂湖光，隔岸龍舟艤夕陽；今日歡遊復明日，便將京洛看錢塘」〔註64〕（〈題臨安西湖〉）的詩句，其詩中的情感如同林升對於朝廷習於苟安宴樂有所不滿及深度的諷意。

　　到了南宋晚期，國事日衰；尤以金人為宋蒙聯兵剿滅後，南宋君臣及所轄領土便成為蒙古人的最大標靶。蒙人以為只要滅了南宋便能入主人文薈萃的中原與美麗富饒的江南之地。就南宋而言，朝廷上下始終徘徊在戰和矛盾之間，故戰勝良機遂日益不復。蜀人文及翁〈賀新郎〉〔註65〕云：

> 一勺西湖水，渡江來百年歌舞，百年酣醉。回首洛陽花石盡，烟渺黍離之地，更不復新亭對泣墮淚。簇樂紅妝搖畫舫，問中流擊楫何人是？千古恨，幾時洗？

眼前的歌舞歡遊、迷離酣醉，朝廷到底是主戰或是主和？詩中對於一味求和、稱叔姪關係以求苟安之窘態，真教那些想為國殺敵的愛國志士與詩人痛心卻又無可奈何。

社，1979年10月），頁91。

〔註63〕王榮初：〈暖風薰得遊人醉直把杭州做汴州──南宋西湖詩詞〉，《南宋京城杭州》（浙江：浙江人民出版社，1998年10月），頁230。

〔註64〕高孝璹：〈題臨安西湖〉，收錄在王榮初選注《西湖詩詞選》（浙江：浙江人民出版社，1979年10月），頁115。

〔註65〕王榮初：〈暖風薰得遊人醉直把杭州做汴州──南宋西湖詩詞〉，《南宋京城杭州》（浙江：浙江人民出版社，1998年10月），頁237。

南宋覆亡後，當年隨著文天祥起義抗元的謝翱，其作品中也相當程度的反映出沉痛的亡國之悲：

> 禾黍何人爲守閽？落花台殿黯銷魂。朝元閣下歸來燕，不見前頭鸚鵡言！紫雲樓閣燕流霞，今日淒涼佛子家。殘照山下花霧散，萬年枝上掛裟裟。（〈過杭州故宮〉）〔註66〕

再如南宋詞人周密〈探芳訊·西泠春感〉〔註67〕云：

> 步晴疊。向水院維舟，津亭換酒。探劉郎重到，依依漫懷舊。東風空結丁香怨，花與人俱瘦。甚淒涼，暗草沿池，冷苔親瓮。橋外晚風驟。正香雪隨波，淺煙迷岫。廢苑塵梁，如今燕來否。翠雲零落空堤冷，往事休回首。最銷魂，一片斜陽戀柳。

宋末謝翱不像故宋琴師汪元量有隨帝家被蒙元北擄的切身之痛，然其以含蓄委婉的筆調與周密〈探芳訊·西泠春感〉同發抒其沉痛的黍離之悲，亦是一種夢憶故國的悲情表現。這些詞中的黍離之悲與夢憶繁華的文學語言，是前代詩人較不曾有的書寫意象，當然對後來的入元之際，特別是明清之交有了一個遙遠的追溯和繼承的書寫意象。

因之，離亂之苦、傷悼故國的書寫意象以宋初爲多；粉飾太平、歌功頌德，抨擊豪奢、斥責苟安；戰和矛盾、醉生夢死等意象則多呈現於中晚期；而黍離之悲、傷悼故國之感則以南宋入元之交爲多。原來詩人不論入世出世，總有一分政治靈敏度與對國家的忠誠。

綜上所述，由於亡國之痛，使得此期西湖詩文因傷悼故國而有濃厚的黍離之悲。再者，由於國亡家毀，故此期西湖詩文中產生了粉飾太平與斥責苟安及醉生夢死之意象。因此，此期以黍離之悲與粉飾太平爲主要表現意象；其次，由黍離之悲所涵攝的離亂之苦、傷悼故國、夢憶繁華等爲次要意象，而粉飾太平所涵攝的歌功頌德、抨擊權貴、斥責苟安、戰和矛盾、醉生夢死等亦爲此期之次要表現意象。

（二）元朝——夢憶故國與嘆世隱逸

入元以後，詞人眼中的西湖不復往日游賞之美的情緒，而是如今的殘破

〔註66〕謝翱：〈過杭州故宮〉，收錄在王榮初選注《西湖詩詞選》（浙江：浙江人民出版社，1979年10月），頁157。

〔註67〕周密著，唐圭璋主編：〈探芳訊·西泠春感〉，《全宋詞》（北京：中華書局，1965年6月），頁3292。

和荒涼。可見廣大的宋遺民詞人，尤其是故都臨安附近的詞人，亡國後常常重遊故國的名山勝蹟，在滿目荒蕪、風景殊異的現實面前感受國家滅亡的痛苦。遺民詞人所傾注西湖的情緒，多是借助意象來表達。趙艷喜認爲在宋末元初之際，遺民詞人筆下的西湖意象有幾個意義層面：一是故國的代稱；二是故家的代稱；三是舊時繁華美好的象徵〔註68〕。這些意義實可統攝爲傷春悼亡的意涵，如宋元詩人張炎的代表作〈高陽台・西湖春感〉：

> 接葉巢鶯，平波捲絮，斷橋斜日歸船。能幾番游？看花又是明年。東風且伴薔薇住，到薔薇春已堪憐。更淒然，萬綠西泠，一抹荒煙。　　當年燕子知何處，但苔深韋曲，草暗斜川！見說新愁，如今也到鷗邊。無心再續笙歌夢，掩重門淺醉閒眠；莫開簾！怕見飛花，怕聽啼鵑！〔註69〕

張炎藉覽西湖所引發的傷春之情來寫六朝王謝大家的萎逝、昔日的歌舞昇華已然休止的情緒，從而寓其更深的悼宋亡之悲愁。

此時另有一種表現對蒙元統治者的不滿情緒，或傷國之英才早逝與痛斥奸臣罪責，如元詩人胡炳文的作品〈拜岳鄂王墓〉以及宋宗室後裔趙孟頫〈岳鄂王墓〉：

> 有公無此日，再拜淚交頤。大義君臣重，孤忠天地知。鴆毛何太毒？龍渡只如斯！墳畔休留檜，行人欲斧之！〔註70〕

> 鄂王墳上草離離，秋日荒涼石獸危。南渡君臣輕社稷，中原父老望旌旗。英雄已死嗟何及，天下中分遂不支。莫向西湖歌此曲，水光山色不勝悲！〔註71〕

前者以慷慨激昂的筆調抒之；後者以含蓄的手法行之，二者皆表明對高宗、秦檜的不滿，並控訴其君臣二人爲了個人的私利而迫害忠良，使國家失去抗金悍將，使百姓失去信仰國家的依靠，並揭示一國若無明君賢臣共理朝事，國家一旦覆亡怎能不令忠臣慟心。

〔註68〕趙艷喜著：〈論宋季遺民詞中的西湖意象〉（廣西：《廣西社會科學期刊》，1988年6月第6期），頁42～43。

〔註69〕張炎：〈高陽台・西湖春感〉，收錄在王榮初選注《西湖詩詞選》（浙江：浙江人民出版社，1979年10月），頁414。

〔註70〕胡炳文：〈拜岳鄂王墓〉，收錄在王榮初選注《西湖詩詞選》（浙江：浙江人民出版社，1979年10月），頁161。

〔註71〕趙孟頫：〈岳鄂王墓〉，收錄在王榮初選注《西湖詩詞選》（浙江：浙江人民出版社，1979年10月），頁164。

　　而元朝當代主流文學為散曲，其描寫最多題材是懷古、嘆世、隱逸與情愛。而反映在西湖散曲中的除了山光水色、四時風景之外，其嘆世、隱逸之聲，更是西湖的主旋律〔註72〕。這裡我們針對懷古、嘆世、隱逸等三種題材來談。首先是懷古題材：元朝是一個民族矛盾十分尖銳的時代，科舉不興、政局無望、襟懷難展和個人理想的破滅，導致文人心態的明顯變化。由於天下大勢的分合治亂變幻離合的往復交替，使作家們將目光轉向歷史，期望通過對歷史的反思，去尋找人生的座標。這就導致了大量懷古作品的出現。散曲家們面對歷史遺跡發出的興亡感慨只是委婉含蓄溫和淺嚐即止的幽遠餘韻〔註73〕。如張可久的〈賣花聲·懷古〉：

> 美人自刎烏江岸，戰火曾燒赤壁山，將軍空老玉門關。傷心秦漢，
> 生民塗炭。讀書人一聲長嘆。〔註74〕

從這曲懷古傷今的題材來看，可謂盡是宣洩對元朝統治者的不滿以及對歷史上征戰下蒼生百姓的悲憐，對歷史興亡與對生命的無常感。對於現狀無法改變，卻也只能無奈以對。在西湖散曲中，像這種委婉含蓄的懷古題材有盧摯的〈蟾宮曲·錢塘懷古杭州〉：〔註75〕

> 問錢塘佳麗誰邊，且莫說詩家。白傅坡仙，勝會華筵。江潮鼓吹，
> 天竺雲烟。那柳外青樓畫船，在西湖蘇小門前，歌舞流連。摟越吞
> 吳，付與忘言。

詩文中盡寫杭州與西湖之美勝繁華，而皇室與朝臣在華筵盛會之餘，把僅有的河山也拱手讓人。曲家寫來雖有抨擊為政者的姿態，卻也只以點到為止的興亡感慨作結，留予人無盡的餘韻。其次是嘆世隱逸題材：由於元朝對文人和文化實行歧視政策，使得文人無路得以仕進。於是文人將傳統的功名思想拋棄，並且對歷史上的建功立業者產生了懷疑，並對人生深刻的反省，而歷史上的人物和事實經過他們的心靈，已經染上了作家的主觀情緒和色彩〔註76〕。這一類的作品有白樸的〈寄生草·飲〉：

〔註72〕王舜華·王麗芳·王靈芝著：〈論西湖散曲中的嘆世隱逸思想〉（河北政法職業學院：《中國科技信息》，2005年第18期9月），頁208。

〔註73〕同上註。

〔註74〕張可久：〈賣花聲·懷古〉，收錄於隋樹森編《全元散曲》第一冊（台北：漢京文化事業，1983年12月），頁826。

〔註75〕盧摯：〈蟾宮曲·錢塘懷古杭州〉，收錄於隋樹森編《全元散曲》第一冊（台北：漢京文化事業，1983年12月），頁123。

〔註76〕王舜華·王麗芳·王靈芝著：〈論西湖散曲中的嘆世隱逸思想〉（河北政法職

長醉後妨何礙，不醒時有甚思。糟醃兩個功名字，醅淤千古興亡事，
麴埋萬丈虹霓志。不達時皆笑屈原非，但知音盡說陶潛是。〔註77〕

白樸歷經金亡的喪亂、與雙親的離散，身懷國仇家恨，隨著父執輩元好問逃
到南方避禍，當在生活處世與治學態度身受元遺山的薰陶。這首曲文正是其
與父執輩在元朝統治下的處世（避世）哲學。在他們筆下所讚揚的，不是那
些建功立業、揚名立萬者；而是那些逍遙自在、適性任情、脫離宦海的人物。
因此，范蠡、張良、陶潛便成為他們筆下讚美的對象；而屈原、韓信、諸葛
亮等人就成了不懂生活、作苦自己的人物。在西湖散曲中這種揚棄過去處世
價值的題材，如張可久〈中呂朝天子・湖上〉：〔註78〕

瘂杯，玉醅，夢冷蘆花被。風清月白總相宜，樂在其中矣！壽過顏
回，飽似伯夷，閒如越范蠡。問誰，是非！且向西湖醉！

面對江山易主，大多數的文人都有一種隱逸心態，即如小山一樣。在詩文中
表明向顏回、范蠡、伯夷取法，如此方能成為懂得生活之人。即使步調緩慢，
但與其與人爭，還不如享受月白風清的閒適生活。這樣的題材給人的是一種
平靜且主動走向無居無束的生活。由此可知，元代文人在西湖散曲中所表現
出來的溫和、委婉、含蓄、平靜、無可奈何、與世無爭等特殊心態，此無疑
是元代政治下的產物。〔註79〕

以元代的西湖書寫而言：傷春悼亡、夢憶故國，抨擊亡國、痛傷英才多
為中期前後的書寫意象；而懷古傷今、嘆世隱逸則多為中期以後文人因苦無
仕進之路而全隱避世的書寫意象。綜上所言，由於宋代遺民的亡國之痛，因
而此期西湖詩文遂致夢憶故國，並因此涵攝傷春悼亡與抨擊亡國、痛傷英才
等悲傷與抨擊的情緒。而隨著亡國之痛漸消，遂有懷古傷今等嘆世隱逸的書
寫題材表現。因此，此期之主要表現意象為夢憶故國與嘆世隱逸；而傷春悼
亡、抨擊亡國、痛傷英才、懷古傷今等則為次要意象表現。

（三）明代——隱居閒適與生不逢時

到了明代，中原又回到漢人的懷抱。而西湖的美，又成了文人詩家歌誦

業學院：《中國科技信息》，2005 年 9 月第 18 期），頁 208。

〔註77〕白樸：〈寄生草・飲〉，收錄於隋樹森編《全元散曲》第一冊（台北：漢京文
　　　　化事業，1983 年 12 月），頁 193。

〔註78〕張可久：〈中呂朝天子・湖上〉，收錄於隋樹森編《全元散曲》第一冊（台北：
　　　　漢京文化事業，1983 年 12 月），頁 840。

〔註79〕同註75。

山水的好題材。只是大明王朝的盛基，隨著洪武辭世而告日弛，再加上洪武為農民出身，為照顧廣大百姓並且杜絕文官舞弊，給予文官的薪俸堪稱歷朝各代中最微薄的待遇。因此，文官們為了自己與家族的日常用度不得不廣闢財源，以致漸漸的習染貪污舞弊、收受賄賂以及剝削民脂民膏之惡習，甚至於搶奪民財、占據民業的事情逐漸展開，且日益嚴重。此況即連西湖亦不例外。以當時詩人李東陽之詩為證：

> 風落平沙稻，霜垂別渚蓮。西湖三百廟，強半富兒田。（〈西湖曲〉）
> 〔註80〕

時至中葉嘉靖、正德亂政之後，政事日弛、經濟隨之每況愈下，朝廷文臣受杖責，士大夫的地位倍受重擊，議事每因義氣與黨爭而僵持、逆施，於是文臣興起一股返鄉退隱的熱潮，如高攀龍、顧憲城、袁宏道等人。這類西湖作品如莫蟠的曲文〈蝶戀花·平湖秋月〉、唐寅〈題西湖釣艇圖〉：

> 璧月呈輝湖漾靚，一色琉璃，倒浸山河影。花外瓊宮明愈瑩，人間無此清涼境。笑擷芙蓉乘舴艋，醉掬文漪，搖動金千頃。欲喚坡仙同賦詠，桂花露濕衣襟冷。〔註81〕

> 三十年來一釣竿，幾曾插手揖高官？茅柴白酒蘆花被，明月西湖何處灘。〔註82〕

這種表明「花外瓊宮明愈瑩，人間無此清涼境。」，「茅柴白酒蘆花被，明月西湖何處灘？」的隱居心志以及寧願過著如漁父般的神仙生活，既自在又隨興，既不須攀援也不必矯情，效法古人般的處事風格，便能一生隨緣自在。

還有一種因為甲申事變之丕變，令文人士子感傷不已的情緒：表現出山河凋敝、生不逢時之慨的意象。這裡以明遺民詩人陳洪綬的〈西湖垂柳圖〉以窺其貌：

> 外六橋頭楊柳盡，裡六橋頭樹亦稀。真實湖山今始見，老遠行過更依依。〔註83〕

〔註80〕李東陽：〈西湖曲〉，收錄在王榮初選注《西湖詩詞選》（浙江：浙江人民出版社，1979年10月），頁224。

〔註81〕莫蟠：〈蝶戀花·平湖秋月〉，《西湖詩詞》（台北：新宇出版社，1985年10月），頁79。

〔註82〕唐寅：〈題西湖釣艇圖〉，《西湖詩詞》（台北：新宇出版社，1985年10月），頁100。

〔註83〕陳洪綬：〈西湖垂柳圖〉，收錄在王榮初選注《西湖詩詞選》（浙江：浙江人民

另外是崇禎甲申之變前後，一些遺民士子以事清爲恥而隱於山中，即民間士人亦頗有效陶的風骨，如張岱、黃宗羲、魏禧、顧炎武等人。如康熙初年的南明抗清遺臣張煌言被清人拘捕後殉國前的作品：

> 夢裡相逢西子湖，誰知夢醒卻模糊。高墳武穆連忠肅，添得新祠一
>
> 座無？〔註84〕

詩人身處國家亂亡之後，思從夢中憶得西湖，便可能從中回憶起昔日的繁華勝景、種種美好，然而夢境中卻是模糊的影像，詩中云即大業未成（復明失敗），亦願以追隨前朝名將的忠心來表明自我的心志。南宋岳飛、大明于謙都是詩人私淑艾的對象，也許哪一天自己會殉國，但是「高墳武穆連忠肅，添得新祠一座無」已經在在表示自己的決心。

以明代的西湖書寫而言，多爲抨擊豪奢、藉古諷諭，隱居閒適、不問世事的意象表現；而山河凋敝、生不逢時，黍離麥秀、疾言殉國則多爲晚明至南明的書寫意象。總之，明廷貶抑文官的態度，使得明代甚至是晚明讀書人在抨擊豪奢、藉古諷諭之餘，遂而或有不問世事之心，亦多走向嚮慕古人隱居閒適的生活情調。而甲申之後的國亡家毀之況，使得文人多因此有著深重的生不逢時之慨，當目擊山河凋敝時，那種黍離麥秀、疾言殉國之滿眼而悲之情便油然而生了。因此，隱居閒適與生不逢時則爲明代西湖詩文之主要意象；而抨擊豪奢、藉古諷諭、不問世事以及山河凋敝、黍離麥秀、疾言殉國等則爲本期次要表現意象。

綜上所述，西湖於隋唐之建設主要與水利灌溉有關，至唐方有部分景點之開發，重以文人詩家之點染，故呈現出大唐之繁盛氣象；至吳越時期，由於錢氏父子著意於灌溉功能與國家穩定之考量，故承現出保民養民意象。至北宋時期，由於國勢底定，社會安定，文人尋求光風霽月的人格涵養，因而此期之主要西湖意象爲高風亮節與隨遇而安，次要意象爲閒適無機。時至南宋，則因亡國之痛與異族威逼之勢，使得此期主要意象表現在黍離之悲與粉飾太平方面，而傷悼故國、斥責苟安與醉生夢死，則爲次要意象。而入元以後，肇因於國亡且淪爲異族統治之勢，以致夢憶故國與嘆世隱逸爲其主要意象，對文天祥等忠臣名將的殉國，則以痛傷英才爲本期之次要表現意象。至

出版社，1979 年 10 月），頁 259。

〔註84〕張煌言：〈憶西湖〉，收錄在王榮初選注《西湖詩詞選》（浙江：浙江人民出版社，1979 年 10 月），頁 267。

明，由於中原故土重回漢人的懷抱，遂漸有富厚豪奢之舉與宦官文官之衝突、黨爭的迭生等衝突事況，因此使得此期以隱居閒適爲主要意象，而抨擊豪奢、藉古諷諭、不問世事則爲次要意象；更重要的是，晚明至南明因繫神宗礦監稅事與黨爭之熾及宦官、弄臣之個人意識操弄，致使本期另一主要表現意象爲生不逢時，而山河凋敝、黍離麥秀、疾言殉國等即爲這個時期之次要意象。並且，從北宋亡於金、南宋亡於元、明亡於清的朝代更迭中，我們發現北宋亡於金所給予的亡國之痛，實不及南宋亡於元的國亡之痛，其原因在於北宋亡於金之後所建立的朝代仍爲漢人所統治的朝代國家，因此痛楚不甚深烙；至南宋亡於元之後，由於朝代國家淪爲蒙人統治，於是昔日北宋亡於金的舊恨與今日之新仇便全然交疊，此時黍離之悲因而更爲深重。其後，明亡於清是大明君王所始料未及的，其臣民亦復如此。故而當中原再一次淪爲異族統治時，那麼曩昔覆亡與異族統治的黍離痛楚，遂深化了明亡於清的歷史傷痕。由於這個深化的過程，致使甲申前後的文人詩家因此認清時局，亦因而譜出了許多歷史交疊、黍離藏悲及夢憶故國的詩歌文章。

故，植基於此，下一節將探討袁宏道與張岱西湖書寫的背景，以作爲聯繫第五章袁宏道與張岱的西湖書寫所顯示精神意義。

第三節 袁宏道與張岱西湖書寫的背景

本論文爲了解晚明南明書寫西湖的文人面對大環境變動不居的複雜情結與矛盾心態，將從袁張二人的西湖書寫作品爲探討依據：擇取萬曆年間崇仰白蘇、林逋處世風骨的袁中郎其深具「西湖情結」〔註 85〕之十六篇絕美「西湖雜記」；及取南明之際，忻慕陶、白、蘇、林逋等人的生活美學且對故國勝蹟充滿眷戀的張岱《西湖夢尋》一書。以袁張二人對西湖的書寫爲論述文本，正可由其人所述以了解晚明至南明這一段歷史時空背景下的文人其處世心態與矛盾抉擇，一如張岱《西湖夢尋》自序所言「西湖無日不入吾夢中，而夢中之西湖，實未嘗一日別余也」。在他們的筆下「西湖」，不僅是一個「西子」，還是一個令人難忘的「夢憶」之境。

本節遙承第二章的晚明時空背景，故得以針對文章的創作背景進行探

〔註85〕劉桂蘭著：〈張岱小品文西湖情結管窺〉（貴州：《淮陽師範學院期刊》，2005年4月第18期），頁542。

討，其次探究袁宏道與張岱西湖書寫意象。首先是創作背景：本文分別從袁宏道與張岱所處的明中葉與甲申之際的政治社會背景做概論回顧，藉以明袁、張二人所處的現實環境，並交代其創作的年代與空間，來扣合其創作的深層緣由。再者以明袁、張二人的西湖作品的景點寫作手法，對於前人作品是否有所承繼。最後於本節末概述國內論文之「西湖」意象的論述成果，並論述袁張「西湖書寫」的意象，以及自袁張「西湖書寫」的意象中之同中求其異之點，此結果適爲第五章袁張「西湖書寫」所欲完成的論述目的。

一、創作背景

歷代文人對西湖各有不同的書寫面向。鄭雅尹認爲晚明文人書寫的西湖詩文，以概括而論文人對西湖的觀想，有以下三個層次：一是在美感經驗層次的，在晚明時期，此種美感經驗仍是屬於自我性靈的抒發感悟；二是對西湖及其周邊人物風俗的觀看書寫，呈爲雅與俗的交融對話；三是對西湖歷史文化的探索，不是以實錄爲之，就是在詩文中呈現深刻的歷史意境。這三個層次往往在文人思維中互爲融通並存，並在晚明文人書寫西湖之作品透顯出來〔註86〕。於是我們從袁張二人的作品中亦可覺察到他們的西湖書寫正是在抒發性靈與雅俗之間交融對話，並在對話的同時與前人做一段時空論證與歷史交流之旅。

本題所選袁宏道之西湖雜記分別爲：〈初至西湖記〉、〈晚遊六橋待月記〉、〈斷橋〉、〈西陵橋〉、〈雨後遊六橋記〉、〈孤山〉、〈飛來峰〉、〈靈隱〉、〈龍井〉、〈煙霞石屋〉、〈南屏〉、〈蓮花洞〉、〈御教場〉、〈吳山〉、〈雲樓〉、〈湖上雜敘〉等十六篇佳構。其文本乃是以台南莊嚴文化所出版的四庫全書存目叢書集部《袁中郎全集》四十卷、上海古籍所出版的錢伯城《袁宏道集箋校》上中下三冊、台北清流出版社《袁中郎全集》上下兩冊爲文本依據。而張岱《西湖夢尋》亦是以台南莊嚴文化所出版的四庫全書存目叢書史部《西湖夢尋》五卷、上海古籍所出版的夏咸淳校點《張岱詩文集》、台北頂淵文化事業所出版《陶庵夢憶‧西湖夢尋》爲文本依據，篇目共有七十二篇小品并附友人序、西湖詩文名作。

袁宏道身處明萬曆年間，此時國勢正隨著神宗的乖違頹唐、閹宦與奸臣

〔註86〕鄭雅尹：〈晚明文人西湖遊觀試探──以張岱《西湖夢尋》爲考察對象〉（南投：《暨南史學》，2005 年 7 月第 8 卷），頁 3。

弄權日益昏亂的時刻。對一位寒窗苦讀的士人來說，一朝得第是莫大的榮寵與對家族的交代。袁宏道於萬曆二十年登進士第，後得明廷謁選授與吳縣縣令（今江蘇吳縣）一職。當時朝聞吳縣之民乖戾，其吏務則恐更加艱鉅，待中郎就任後，吳縣的風俗與民情及吏務委實讓他苦不堪言。他嘗道：「人生坐吏甚苦，而做令尤苦，若我吳令則其苦萬萬倍。」〔註87〕這段話應可照鑑其後來去吳的決心。而後自上辭疏，一經獲准後便歷遊東南各地。當然西湖自是他人生遊歷的重要驛站，此時正是萬曆二十五年。本論文所選擇的十六篇「西湖雜記」正是其萬曆二十五年的西湖書寫作品。

而張岱出生於明萬曆二十五年，時值袁中郎辭官展開人生壯遊之際。張岱，出生於一顯宦之家。其生活用度與奢華之享受，一如他詩中所言：明亡以前「余生鐘鼎家，向不知稼穡」、「舉案進饔飧，庖人望顏色」的紈袴生活。一旦明亡之後，對於昔日的種種美好生活遂容易於有意無意間筆之於文字，也由於透過文字來回憶西湖，透過西湖的往日情調以勾起對大明的種種依戀，以《西湖夢尋》來表達自己對往事的追懷，或者亦是一種支撐自己活下去的動力與依靠。

歷來書寫西湖的詩家文人很多，如白居易、林逋、蘇軾、楊萬里、周密等人，這些西湖詩文多是以零散的詩文篇章來抒寫對西湖的美感體會；還有一種是以別集的方式出現，如嘉靖年間田汝成的《西湖遊覽志》及《西湖遊覽志餘》〔註88〕，這種獨立成書的例子在明代為數不少，當然也與政經社會的發展有關。就本論文本而言，前者如袁中郎的「西湖雜記」；後者如張岱的《西湖夢尋》。

袁中郎的「西湖雜記」以從湖面（〈初至西湖記〉一篇），再遊賞湖上六橋等美景（篇目有〈晚遊六橋待月記〉、〈斷橋〉、〈西陵橋〉、〈雨後遊六橋記〉、〈孤山〉五篇小品），然後轉移方向從湖岸的西北往西南走（有〈飛來峰〉、〈靈隱〉、〈龍井〉、〈煙霞石屋〉、〈南屏〉、〈蓮花洞〉、〈御教場〉、〈吳山〉、〈雲棲〉十篇小品），最後又回到湖上敘談遊賞的種種情懷（有〈湖上雜敘〉一篇）。這種寫法是屬於隨性移步換景的方式來寫，並沒有特別的筆法方式，筆者認為這種表現方式足以解釋中郎於萬曆二十五年間急於離開宦場、遊歷各地，

〔註87〕錢伯城箋校，袁宏道：〈沈廣乘〉，收錄於《袁宏道集箋校》上冊（上海：上海古籍出版社，1981年7月），頁242。

〔註88〕明・田汝成：《西湖遊覽志》，收於《景印文淵閣四庫全書》史部三四三，地理類（台北：台灣商務印書館，1983年6月）。

來到西湖欣賞久已嚮往的勝景，並且享受瀟灑自在不受拘束的生命情調之最佳佐證。

再談到《西湖夢尋》：由於撰主的身分與大時代的動亂更迭之故，使得這個文本在行文典麗之餘，總在有意無意間寓藏黍離之悲的沉痛。前述提及明田汝成《西湖遊覽志餘》是以景點的方式紀錄并附有前代詩文，文末亦附錄當代詩文及其個人作品，這種創作方式顯然爲張岱所取法。然此景點創作方式其來有自：早期如北宋時期楊蟠、郭祥正《錢塘西湖百詠》〔註89〕以條列西湖各景點爲題，且彼此唱和所集結而成的西湖作品；到了南宋董嗣杲《西湖百詠》〔註90〕則擴展爲將一景點區內的各處景點分列爲題而歌詠之，並以百成數而集之。時至晚明張岱的《西湖夢尋》亦以此種方位視點的表現方式：在書中或是目錄，我們可以發現宗子以「西湖北路→西湖西路→西湖中路→西湖南路→西湖外景」的之不同景區的方式，再以景區內的各小景點的視點手法（「西湖中路→六一泉、湖心亭、蘇公堤」）來完成西湖尋夢的記憶。

對照其二人景點寫作手法，中郎十六篇「西湖雜記」是以遊湖隨興所至的小品札記呈現；而張岱《西湖夢尋》則承前人的方式（以視點：內景、外景、南路、北路、中路、西路）來寫西湖，兩者皆各有特色。因此袁宏道的「西湖雜記」與張岱的《西湖夢尋》的創作方式，其實都是一種觀照其人生命軌跡的再現。

二、袁張西湖書寫的意象

西湖詩文從不乏名家之筆，如中唐白居易，到北宋林逋，至宋中期以後的蘇軾，至元有張可久等人，入明有田汝成等名家〔註91〕，晚明以後較爲著名的有袁中郎以及集晚明小品之大成的張岱的瑰麗作品問世。而歷代文人所以寫西湖愛西湖或者是一種情感的投射，特別是這種情感投射所反映的正是社稷之安定與國家之盛衰的詩歌語言。

〔註89〕宋・郭祥正：《錢塘西湖百詠》，收於《叢書集成續編》史地類，西湖，二二三（上海：上海書店出版社，1994 年 10 月）。

〔註90〕宋・董嗣杲：《西湖百詠》，收於《叢書集成續編》史地類，西湖，二二三（上海：上海書店出版社，1994 年 10 月）。

〔註91〕詩有白居易、羅隱、梅詢、林逋、蘇軾、楊萬里、汪元量等人；詞有莫璠、潘閬、周密、文及翁等人；文有白居易、蘇軾等人；歷代作品不僅瑰麗且多爲傳世之作。

　　西湖在徽欽「二聖」〔註92〕被擄之前，西湖就如蘇子所言淡妝濃抹的西子般，被賦予成美麗的仙境或美人之代名詞；一旦亡國之後，隨著宋室南遷，西湖詩歌遂大肆呈現眼前種種的昇歌宴旅，至於戰與和也許不是太重要的事。這種近似紙醉金迷的生活直到南宋亡國、朝代入元之後，士子蒸黎才如夢初醒，覺醒後的文人大眾一度以西湖爲南宋滅國的禍首妖魅。由於元人不治、任其荒廢，入元以後的西湖詩歌（含詩詞曲）幾乎都有一種共通的傾向——嘆世、遺民之悲的控訴。而當蒙古人退離中原以後，明初對西湖的態度不明或猶承元代對西湖的態度以對，直到中期地方官的治理，西湖方復昔日的風華。其後，大明由昏君奸臣並治的時代，大量的西湖詩又出現了，原因在于文人們在投身政治與未能擠進科舉窄門的失措與落寞後，將關注點從無能爲力的國事與朝政轉而面對自身的關注，至少這是唯一可以確定的目標而且能有顯著的效果呈現。所以此時的西湖詩呈現出士人對自我的關懷和自我的反省及對自我的鏡視，表面上寫山寫水記西湖，實際上是藉由西湖各處山水來看清自己的生命價值以及確定今後的處世哲學。這種情況從明中期到明晚期可謂大量呈現。文人們書寫西湖雖以各種不同的文類與形式出現，但也相當程度的反映了當代的政經局勢與面向。而晚明至南明〔註93〕（清初順治、康熙之際）因朝代更迭之痛、東林黨人所持守的氣節餘威、種族意識強烈以及離亂苦難之折磨，使得西湖詩文有了較之北宋、元代更爲深沉的黍離氛圍。

　　因此，西湖意象從唐末五代象徵國威的繁盛氣象與保民養民之政教措施；到北宋時期，進入一種閒適無機、高風亮節以自養的表現；至南宋，由於徽欽北擄，使得一向爲人所迷戀的西湖，轉變成黍離之慟；至元初、中葉，由黍離轉向國亡禍首，中葉以後，由於亡國之慟漸消、黍離意識轉淡，重以士人苦無仕進之機，遂而將滿腔懷抱投諸於嘆世、感傷、隱逸等題材寫作；入明以後，由於政局漸趨穩定，經濟發展，豪富豪奢，於是西湖詩文便有抨擊奢侈、剝削民膏的意象，中葉以後，隨著朝廷對文官、對政事的態度，使得士大夫地位日降，因而多有歸隱的去意表現，至甲申之變後，透過西湖懷想昔日，並痛傷英才，且寓有殉節之志。而處於晚明至南明的袁張意象，究

〔註92〕「二聖」，爲南宋平民對徽、欽宗之蔑稱。
〔註93〕由於南明時值清初順治、康熙之際，而本論文主要植基於明之紀實與明史事件，故皆以明之紀年及南明四小王爲論述之時空背景。關於清之紀年，則略述之。

竟是前有所承，或是另闢蹊徑？

　　文人筆下的西湖意象，實乃前承或緣於其時代之政經局勢與社會發展。因此，處於晚明或南明的袁張之西湖意象當有所異同。首先，中郎「西湖雜記」之意象有：自然山水、閒適隱逸、雅俗意識、道德風教、自覺筆調；其次，宗子《西湖夢尋》之意象為：自然山水、雅俗之趣、追慕前賢、頌揚英雄、道德風教、黍離之悲、夢覺意識、反省筆調。其例作分述如下：

自然山水：

> 西湖最盛，為春為月。一日之盛，為朝煙，為夕嵐。……然杭人遊湖，止午未申三時，其實湖光染翠之工，山嵐設色之妙，皆在朝日始出，夕舂未下，始極其濃媚。〔註94〕

閒適隱逸、追慕前賢：

> 孤山處士，妻梅鶴子，是世間第一種便宜人。我輩只為有了妻子，便惹許多閒事；撇之不得，傍之可厭，如衣敗絮行荊棘中，步步牽掛。〔註95〕

雅俗意識：

> 道逢江進之，問：百花洲花盛開否？盍往觀之？余曰：無他物，惟有二三十糞艘，鱗次綺錯，氤氳數里而已。〔註96〕

道德風教：

> 湖上諸峰，當以飛來峰為第一，高不餘數十丈，而蒼翠玉立。……石上多異木，不假土壤，根生石外。前後大小洞四五，窈窕通明，溜乳作花，若刻若鏤。壁間佛像，皆楊禿所為，如美人面上瘢痕，奇醜可厭。〔註97〕

自覺筆調：

> 石簣數為余言，傳金吾園中梅，張功甫家故物也，急往觀之。余時為桃花所戀，竟不忍去。湖上由斷橋至蘇堤一帶，綠烟紅霧，瀰漫

〔註94〕錢伯城校點，袁宏道：〈西湖二〉，《袁宏道集箋校》（上海：上海古籍出版社，1981 年 7 月），頁 423。

〔註95〕錢伯城校點，袁宏道：〈孤山〉，《袁宏道集箋校》（上海：上海古籍出版社，1981 年 7 月），頁 427。

〔註96〕錢伯城校點，袁宏道：〈百花州〉，《袁宏道集箋校》（上海：上海古籍出版社，1981 年 7 月），頁 178。

〔註97〕錢伯城校點，袁宏道：〈飛來峰〉，《袁宏道集箋校》（上海：上海古籍出版社，1981 年 7 月），頁 428。

二十餘里。歌吹爲風，粉汗爲雨，羅紈之盛，多於堤畔之草，豔冶極矣。〔註98〕

其次，宗子《西湖夢尋》之意象爲：

自然山水：

宋時有放生碑，在寶石山下，蓋天禧四年，王欽若請以西湖爲放生池，禁民網捕，郡守王隨爲之立碑也。今之放生池，在湖心亭之南。外有重提，朱欄屈曲，橋跨如紅，草樹蓊鬱，尤更岑寂。〔註99〕

雅俗之趣、閒適隱逸：

余住西湖，大雪三日，湖中人鳥聲俱絕，是日更定矣，余挐一小舟，擁毳衣爐火，獨往湖心亭看雪。〔註100〕

追慕前賢：

杭州有西湖，潁上亦有西湖，皆爲名勝，而東坡連守二郡。其初得潁，潁人云：「內翰只消遊湖中，便可以了公事。」……其在杭，請濬西湖，聚葑泥，築長堤，自南之北，橫截湖中，遂名蘇公堤。夾植桃柳，中爲六橋。南渡以後，鼓吹樓船，頗極華麗。後以湖水漱齧，堤漸淩夷。入明成化以前，**裏**湖盡爲民業，六橋水流如線。〔註101〕

頌揚英雄：

于墳，于少保公以再造功，受冤身死，被刑之日，陰霾翳天，行路踟嘆。……成化二年，廷議始日，上遣行人馬暾諭祭，其詞略曰：「當國家之多難，保社稷以無虞，惟公道以自持，爲權奸之所害，先帝已知其枉，而朕心實憐其忠。」……萬曆十八年，改諡「忠肅」。〔註102〕

〔註98〕錢伯城校點，袁宏道：〈西湖二〉，《袁宏道集箋校》（上海：上海古籍出版社，1981年7月），頁423。

〔註99〕張岱：〈西湖中路・放生池〉，《西湖夢尋》（台北：頂淵文化事業有限公司，2005年6月），頁54。

〔註100〕張岱：〈西湖中路・湖心亭小記〉，《西湖夢尋》（台北：頂淵文化事業有限公司，2005年6月），頁54。

〔註101〕張岱：〈西湖中路・蘇公堤〉，《西湖夢尋》（台北：頂淵文化事業有限公司，2005年6月），頁51。

〔註102〕張岱：〈西湖南路・于墳〉，《西湖夢尋》（台北：頂淵文化事業有限公司，2005年6月），頁71。

道德風教：

> 扼定東南十四州，五王並不事兜鍪。英雄毬馬朝天子，帶礪山河擁冕旒。大樹千株被錦紱，錢塘萬弩射潮頭。五胡紛擾中華地，歌舞西湖近百秋。〔註103〕

> 力能分土，提鄉兵殺宏誅昌；一十四州，雞犬桑麻，撐住東南半壁。志在順天，求真主迎周歸宋；九十八年，象犀筐篚，混同吳越一家。〔註104〕

黍離之悲：

> 今當兵燹之後，半椽不剩，瓦礫齊肩，蓬蒿滿目。……余於甲午年，偶涉於此，故宮離黍，荊棘銅駝，感慨悲傷，幾效桑苧翁遊苕溪，夜必痛哭而返。〔註105〕

夢覺意識：

> 秦樓初名水明樓，東坡建，常攜朝雲至此遊覽。壁上有三詩，爲坡公手迹。過樓數百武，爲鏡湖樓，白樂天建。宋時宦杭者：行春，則集柳州亭；競渡，則集玉蓮寺；登高，則集天然圖畫閣；看雪，則集孤山寺；尋常宴客，則集鏡湖樓。兵燹之後，其樓已廢，變爲民居。〔註106〕

反省筆調：

> 蓋聞：地有高人，品格與山川並重；亭遺古迹，梅花與姓氏俱香。名流雖以代遷，勝事自須人補。在昔西泠逸老，高潔韻同秋水，孤清操比寒梅。……茲來韻友，欲步前賢，補種千梅，重修孤嶼。〔註107〕

就歷代西湖意象而言，中郎西湖書寫前有所承的意象有：自然山水、閒適隱

〔註103〕張岱：〈西湖南路・錢王祠詩〉，《西湖夢尋》（台北：頂淵文化事業有限公司，2005年6月），頁61。

〔註104〕張岱：〈西湖南路・錢王祠柱銘〉，《西湖夢尋》（台北：頂淵文化事業有限公司，2005年6月），頁61。

〔註105〕張岱：〈西湖南路・柳州亭〉，《西湖夢尋》（台北：頂淵文化事業有限公司，2005年6月），頁58。

〔註106〕張岱：〈西湖中路・秦樓〉，《西湖夢尋》（台北：頂淵文化事業有限公司，2005年6月），頁36。

〔註107〕張岱：〈西湖中路・補孤山種梅敘〉，《西湖夢尋》（台北：頂淵文化事業有限公司，2005年6月），頁43。

逸、追慕前賢、道德風教等意象表現；宗子西湖書寫承繼前人筆法的意象有：自然山水、追慕前賢、頌揚英雄、黍離之悲、道德風教。而中郎之雅俗意識、自覺筆調與宗子之雅俗之趣、夢覺意識、反省筆調則爲另闢蹊徑之西湖意象。

進一步綜論袁張的西湖書寫其前有所承的意象有：自然山水、黍離之悲、道德風教、追慕前賢、頌揚英雄等：首先，閒適隱逸、自然山水乃承晉宋或唐代以來的書寫風格；而道德風教源自唐宋以來的傳統書寫題材。其次，黍離之悲則擁有先秦以及南宋入元之深重的黍離氛圍；而追慕前賢、頌揚英雄則與黍離之悲雖皆緣於昔日的書寫題材，但在《西湖夢尋》中，有了更爲深烙的忠君思想與民族意識。就袁張的西湖意象之開展面而言：雅俗意識、自覺筆調與夢覺意識、反省筆調較之以往，是另闢蹊徑的創調，這當然肇因於晚明心學、童心、性靈、情教以來的自覺意識使然，以及文學發展所致。

比較「西湖雜記」與《西湖夢尋》之意象可知：就相同點而言，自然山水的書寫是他們共有的小品表現風格；而對於區別雅俗的書寫意識，則中郎較張岱爲深；以道德風教書寫用世之心，宗子比中郎更濃；用反省筆調言，則袁選擇護養自身以求全的處世態度，張則以濃烈的國家意識、種族意識、個人避世以求生的處世態度。西湖雜記的閒適隱逸風格較濃；與「西湖雜記」相較，《西湖夢尋》多了追慕前賢、頌揚英雄、黍離之悲、夢覺意識等西湖意象之表現。

本章以歷代西湖意象而言，由於有唐國勢以及吳越的治理，使得西湖呈現出繁盛之象與保民養民的意象表現。至北宋，基於政治與科考因素，遂呈現出高風亮節與隨遇而安的主要意象，以及閒適無機的次要意象。到了南宋，因爲亡國之慟，引發黍離之悲與粉飾太平的詩歌語言爲本期主要意象，而離亂之苦、傷悼故國、夢憶繁華、歌功頌德、抨擊權貴、斥責苟安、戰和矛盾、醉生夢死則爲次要意象表現。時至元代，由於異族統治，其引發的夢憶故國與嘆世隱逸之主要意象，及傷春悼亡與抨擊亡國、痛傷英才、懷古傷今之次要意象，實乃亡國遺民之深烙痛楚使然。至明代，中原重回漢人的懷抱，因此有隱居閒適與生不逢時之主要意象；而抨擊豪奢、藉古諷諭、不問世事以及山河凋敝、黍離麥秀、疾言殉國等即爲本期次要表現意象。

綜上所述，從西湖與杭州的發展淵源，我們得知五代至南宋是西湖詩文

的轉捩點；並且透過爬梳歷代西湖意象的脈絡，便足以深入了解西湖意象在南宋至元初，以及明末清初之際「黍離」意象的重疊性；並且就前代西湖意象、袁張二人西湖意象之異同爲基點，以明袁張之西湖意象，不僅前有所承，而且各有創調。故，植基於此，下一章將探討袁張西湖書寫的作品精神。

此因論題擇取袁宏道與張岱之西湖書寫作品，究其二人西湖書寫作品呈現出三個共相：首先是面對昏亂的世局，以文人所受制約的儒家觀點，在面對現實處境中當抉擇仕隱時，其所經歷的矛盾情結。其次是性靈率眞的表現風格，在書寫性靈之時並標識其獨特的審美觀，呈現出與眾不同的雅趣，以別於俗趣。最後是處於中晚期的小品文多有一種掙脫儒家用世觀的生活態度，並尚有以寫作的方式來達到用世之旨趣，其作品中亦滿盈其人之自我反省的書寫情調。

第五章 「西湖雜記」與《西湖夢尋》之作品精神

　　處於晚明政治社會背景的因素下，袁宏道既寫景寫物也寫人。其處於萬曆年間，所須面對的僅是具象，是眼前景，是市隱、暫隱、退隱之後的表面平靜與退隱之後的適應能力與樂活方式。而張岱：其敘事、寫景、抒情、議論之間所表露的是具象，也有抽象；其意以具象呈現走過繁華與烽火的西湖各個景點，再以此景點的盛衰存沒來呼扣作者對他那既抽象又深沉的情感。《西湖夢尋》呈現西湖在宋、元以後，尤以明末以後，成了文人緬懷往昔美好與舐舐傷痕的共通密碼。原來西湖帶給文人的是一個既具體又抽象的名詞。

　　根據第四章的論述，明季以後，西湖從往昔的美好轉變成舐舐傷痕的共通密碼。那麼處於這個時局的袁張，其筆下的西湖意象或有反映時代動盪的軌跡。由於政治情況不利於文人，所以多有書寫「自然山水」、「閒適隱逸」等隱逸題材；那「追慕前賢」、「頌揚英雄」等意象，或為隱居過程中追尋人格典範題材；而「道德風教」、「黍離之悲」則是在政局黑暗或混沌不明時的書寫題材；至於「雅俗意識」、「夢覺意識」、「反省筆調」則是於晚明特殊政局、或南明以後更為深重的黍離意識之下所呈現的特有題材。此就其二人所處時代背景與處世情調，並及袁張西湖意象之異同點為線索，以三節來探討袁張西湖書寫的特質及其作品精神。

　　首先為時代背景與精神依託，這一節以南柯一夢與現實處境、仕隱心態與矛盾情結兩個小題來談：前者以張岱的感情較為濃烈；後者以袁宏道的心

態爲深。第二節題爲獨抒性靈與山水對話，此處分以獨抒性靈與標識雅俗、山水對話與人格代言而論：前者由於中郎的性靈主張，因此其標識雅俗之情較高；然張岱繫因國亡家滅離散之苦痛之情，故其於山水之中尋求典範以自勉持生的成分較濃。而第三節以儒家情懷抒道德風教、夢覺此生及西湖滄桑以及鏡視自我以反省人生等三個部分來論述袁張二人之西湖書寫筆調所蘊反省況味：其一爲儒家情懷抒道德風教之點以張岱爲濃筆；其二夢覺此生及西湖滄桑則以宗子之情爲深；其三鏡視自我以反省人生則袁、張二人皆有其處世異同的反省況味。

另外，文人的寫作技巧是觀照全文的眼，因此本章亦將針對袁張二人的西湖書寫中較爲凸顯的：性靈書寫、駢散相間、烘雲托月、對比、託言諷諭等文學技巧，作適時的交代以完成「袁宏道與張岱的西湖書寫」之論題目的。

第一節　時代背景與精神依託

中郎三仕三隱，就其背景原因並與第三章第三節相扣合，由此發現其人在夢與現實之間徘徊：面對爲官，猶如在現實世界中掙扎，有時還是不得已而妥協；一旦辭官退隱之後，實現了少年時代的輕鬆自在的生活。無官在身，遂得無事一身輕，這種情景又如同做夢一般，只恐何時得爲三餐而出仕。因此，這一派悠閒的日子對作者而言，既眞實又如同在夢裡一樣。然而現實處境迫使他得衡量仕隱抉擇關鍵的那一道世俗枷鎖。其後，每每如袁自言寂寞之時，想熱鬧之場；於熱鬧之場，想寂寞之況味。這種仕隱心態所可能產生的矛盾情結是可以預知的。

那自言享盡大明之繁華歲月、豪奢用度的富家子弟；一旦甲申之變後，一切的享受榮景不再了，重以不屈服於異族統治，遂得逃命藏身，最後落得無以爲繼的生活窘況。以後，他的詩文中總是容易勾勒過去的種種美好。面對西湖，回首從前，悠遊在美麗的西湖夢中，夢中的一切事物都是那麼美好，作者深怕它（回憶）只是個夢境，甚至迫使主人翁不得不回到現實環境中（外族政權）；而如果對前朝西湖的回想和巡禮不是夢（爲眞），又擔心回到現實環境中得被迫面對前朝覆亡、外族統治、遺民之苦的無奈與痛楚。而作者最想做的夢與最希望呈現的現象又到底是什麼？雖然他沒有明示，但是透過詩文的對照早已有了答案。然而夢與現實畢竟是一段可觀的距離，因此其從無

奈到接受的態度,是可以從西湖詩文中窺見的。

最後,就面對現實而言,袁宏道的三仕三隱正是對自己對家人的一種人生經營的態度;相較之下,張岱則較能以東漢以來的氣節表現來實踐儒家士大夫的處世基調。中郎在市隱的態度上,是以效慕白蘇的生活哲學處世;而張岱則以崇仰五柳先生的精神來表現其爲了節操與堅持所做的不悔抉擇。當然袁張二人都曾經歷無米之炊的窘境,也走過了矛盾的人生抉擇與疑信相參的矛盾情結。張雖活得較爲悲苦,但其活得有尊嚴;袁則有來自家族的光耀門楣的壓力,雖然得第,其往後爲自己所開啓的三仕三隱,卻始終以矛盾之間、不卑不亢的姿態來挺過每一道人生難題。本節以南柯一夢與現實處境來證驗袁張在夢與現實之間所產生的仕隱心態與矛盾情結,以做爲「西湖書寫」的開展點。

一、南柯一夢與現實處境

晚明,一個急遽變動的時代,進步而繁榮的社會生活搭配著明朝日薄西山的國運,整體呈現出來的是一個突出的、引人注目的風貌。尤其是晚明的江浙城市,物質與精神極度發展,自由解放風氣大盛,文藝競求新意。吳越文人寄居期間,政治黑暗使他們一方面牢騷怨懟,一方面縱情都市風習,追逐藝術賞玩的人生。〔註1〕

一個政治急遽變動且經濟發達的王朝帶給許多讀書人那份兼濟天下的渴望,也帶給許多苦讀十年的士子進入官場後所看到的無奈與失望;而當這個王朝迅速崩解或者在醉於逸樂遊賞之際改朝換代,是令人不知所措的接受或者拒絕承認這個巨變,這對許多文人來說,都是一個難以抉擇的困局。在此,針對本節論題:以「南柯一夢與現實處境」來看袁宏道與張岱如何面對其人生的困局。

在《莊子·齊物論》有這樣一段描述夢與現實之間的陳述:

> 昔者莊周夢爲蝴蝶,栩栩然蝴蝶也。自諭適志與!不知周也。俄然覺,則蘧蘧然周也。不知周之夢爲蝴蝶與?蝴蝶之夢爲周與?周與蝴蝶,則必有分矣。此之謂物化。〔註2〕

〔註1〕陳萬益:〈晚明小品與明季文人生活〉,《晚明小品與明季文人生活》(台北:學海出版社,1988年5月),頁70~71。
〔註2〕莊子:〈齊物論〉,《諸子集成·莊子集釋》(北京:中華書局,1954年12月),頁18。

所以到底是蝶化莊周，還是莊周化爲蝶。究竟自己是蝴蝶？還是莊周？其實
莊子善以寓言的方式來達到喚醒世人認清處世哲學的理想。莊子處於戰國時
代，他用心良苦，而處於晚明的袁張二人要如何面對他們人生中的夢境與現
實環境？何況每一個人面對其人生總要釐出一套處世的價值標準，否則是
很難自適愉快的。對許多人而言，在經歷夢境的當時會覺得有其眞；在夢醒
之後又覺得那不過是夢。如果夢境是美好的，那麼會希望置身在夢境中；如
夢境中的一切是其人所避之唯恐不及的，那麼他會急切的希望不再做那樣的
噩夢。

　　袁張二人共同的時代背景正是明神宗萬曆年間：張岱出生於明神宗萬曆
二十五年，而這年正是中郎去吳辭官之際。特別的是袁宏道當年才二十八歲，
仕途可謂燦爛可期，怎麼會有如此的舉動？原來中郎按著家族的栽培和期許
而苦讀得第，在進入朝廷之後所看到的阿諛、嘲諷、黨派、集團等等官場百
態，著實令他痛苦難當；特別是派往一個號稱民風頑鷙的地方任職，更難忍
受。雖然他後來勞心勞力獲得上級與地方百姓的讚許，但終究已種下歸鄉去
國的念頭，最後付諸行動。當時文壇仕途美稱暗諷所在多有，中郎仍毅然離
開官場。就其境遇而言，任吳令直是一苦事，甚至比任何事都苦，他有感而
發的說：

> 弟作令備極醜態，不可名狀。大約遇上官則奴，候過客則妓，治錢
> 穀則倉老人，遇百姓則保山婆。一日之間，百煖百寒，乍陰乍陽，
> 人間惡趣，令一身嘗盡矣。苦哉，毒哉！〔註3〕

其實中郎不僅給丘長孺這樣的任吳作苦情緒，在給王以明的信中也說到「作
吳令甚辛苦」；給沈博士的信中也極言其苦與忙：「作吳令無復人理，幾不知
有昏朝寒暑矣」；又，給湯易仍的信也說「作吳令備諸苦趣」，可見這些任吳
之苦處眞讓他恍覺有如南柯一夢般〔註4〕。中郎以爲這種任吳噩夢不作也罷，
甚至從此不爲則更好。對他而言，脫離吳令，離開官場，無疑是從夢中醒覺
而回到現實環境。中郎的仕隱態度到此已確立，非不得已，他不再出仕。

　　至於張岱，由於身處甲申之變的時代環境，所以他所面對的困局則更困
難。且看《莊子・齊物論》的一段話：

〔註3〕 錢伯城校點，袁宏道：〈丘長孺〉，《袁宏道集箋校》（上海：上海古籍出版社，
　　　　1981 年 7 月），頁 208。

〔註4〕 此處所言「南柯一夢」並非指涉唐人傳奇中所諷指之人生處世在現實生活中
　　　　無法得到的功名，轉而在夢中獲得。

夢飲酒者，旦而哭泣；夢哭泣者，旦而田獵。方其夢也，不知其夢
也，夢之中又占其夢焉；覺而後知其夢也，且有大覺，而後知此其
大夢也，而愚者自以爲覺，竊竊然知之。君乎！牧乎！丘也，與汝
皆夢也；予謂汝夢亦夢也。〔註5〕

「君乎！牧乎！丘也，與汝皆夢也」，「方其夢也，不知其夢也」；在夢境裡？
抑是在現實環境中？這樣的區別對甲申之變後的張岱實有其難，然一旦分出
夢與現實之別，就必須面對異族統治的殘酷事實；或也可以選擇讓自己從
此活在前朝回憶裡。而如果不想區分究竟爲夢或不是夢？那麼其人生便會陷
入一種時而往昔種種美好的畫面在腦海中出現；時而被迫回到現實世界裡。
不論如何，畢竟對離亂紛紛後的遺民有其痛與難。所以張岱在〈西湖夢憶
序〉〔註6〕說：

余生不辰，闊別西湖二十八載，然西湖無日不入吾夢中，而夢中之
西湖，實未嘗一日別余也。

今余蹠居他氏已二十三載，夢中猶在故居，舊役小傒，今已白頭，
夢中總是總角。夙習未除，故態難脫，而今而後，余但向蝶庵岑寂，
蘧榻紆徐，唯吾舊夢是保，一派西湖景色，尤端然未動也。

可見大明在倉促間易代，對張岱而言，是一場夢；面對往昔生活的種種優渥
美好也是很難割捨的。自小在外祖家便可隨時掇拾杭州湖山之美，因此對西
湖的美境與掌故如數家珍。在《西湖夢尋》中關於西湖的掌故與湖山景色可
謂記錄詳實，他的好朋友曾說：「張陶庵盤礴西湖四十餘年，水尾山頭，無處
不到。湖中典故，眞有世居西湖之人所不能識者，而陶庵識之獨詳；湖中景
物，眞有日在西湖而不能道者，而陶庵道之獨悉。」正因爲如此熟悉，張岱
始終酣醉於舊朝西湖的夢境，而不願正視異族統治的世界；或者說昔日的大
明西湖仍存；而現實環境清人入主中原其實是一種夢境。他選擇躬耕作苦，
也不願屈膝以侍滿人。筆者認爲其以一紈袴身分卻寧願躬親農稼，或許是一
種有意藉躬耕之苦以強化內在決心的意識。

　　對照中郎與張宗子的人生境遇，他們都選擇了一種任眞生活的方式以完

〔註5〕　莊子：〈齊物論〉，《諸子集成・莊子集釋》（北京：中華書局，1954年12月），
　　　　頁16。
〔註6〕　張岱：〈西湖夢憶序〉，《西湖夢尋》（台北：頂淵文化事業有限公司，2005年
　　　　6月），頁7。

成其人生的自我認同。

二、仕隱心態與矛盾情結

中國古代知識份子一直在出與處的矛盾中徘徊，所謂「身在江湖，心懷魏闕」：「身在江湖」，是隱的文化；「心懷魏闕」，是仕的文化〔註 7〕。當在現實社會碰壁受挫後，也許隱的文化所呈現的「自衛和自慰，是中國知識份子的機智，也是中國知識份子的狡黠」〔註8〕。不能把志向實現於社會，便躲近一個自然小天地裡自娛自耗。當他們消除了志向，漸漸的又把這種消除當作志向。十年寒窗苦讀，博覽文史，走到了民族文化的高波前，與社會交手不了幾個回合，便把一切沉埋近一座座孤山〔註9〕。即如白居易和蘇東坡，也曾尋找過自己的孤山。就多數中國文人的人格結構中，對一個抽象的西湖，總有一個很大的向心力，即便不是袁子才們，即便不在杭州。當理性的使命已悄悄抽繹，則秀麗的山水間散落著才子、隱士的足跡，埋藏著的是生前的孤傲和身後的空名〔註 10〕。原來單向完滿的理想狀態，多是夢境。人類難以掙脫的一大悲哀，便在這裡。

中郎身處於一個後代史家所認同的亡國的關鍵年代——神宗朝，整個王朝的昏聵源於君王「晏處深宮，綱紀廢弛，君臣否隔。於是小人好權趨利者馳騖追逐，與名節之士為仇讎，門戶紛然角立」、「交相攻訐。以致人主蓄疑，賢奸雜用，潰敗決裂，不可振救。故論者謂明之亡，實亡於神宗」〔註 11〕。因此中郎之於辭官的抉擇是處於整個大環境的變動下所呈現的現象。然其人面對仕隱的抉擇是經過一番掙扎的。究中郎一生雖居官十九年，卻歷經三仕三隱，其正式出仕僅八年：這八年間總是徘徊在「仕」與「隱」之間而矛盾掙扎。中郎第一次為官乃是背負著家族的期許而走上仕途；第二

〔註 7〕 汪政曉華著：〈苦澀的文化探尋——余秋雨〈西湖夢〉〉（廣西：《廣西社會科學期刊》，1988 年 6 月第 6 期），頁 86。

〔註 8〕 余秋雨著：〈西湖夢〉，《文化苦旅》（台北：爾雅出版社有限公司，1992 年 11月），頁 211。

〔註 9〕 余秋雨著：〈西湖夢〉，《文化苦旅》（台北：爾雅出版社有限公司，1992 年 11月），頁 211。

〔註 10〕余秋雨著：〈西湖夢〉，《文化苦旅》（台北：爾雅出版社有限公司，1992 年 11月），頁 208。

〔註 11〕見楊佳駱主編，張廷玉等編著：〈明史卷二十一・本紀第二十一・神宗紀〉，《中國學術類編・新校本明史并附編六種・第一冊》（台北：鼎文書局，1975 年 6月），頁 294～295。

度任職卻是熬不過袁父的懇求與期望，遂而再度出仕，當也是爲了生活用
度而不得已的考量；當他第三度出任新職（相當於太學教職的工作），不僅是
個閒職而且可以於公餘之暇讀書。試觀袁中郎的三仕三隱經歷了厭世、避
世、自適的過程〔註12〕。十九年間在入世與厭世之間抉擇；在入世與避世之
間矛盾掙扎；最後終於在自適的生存之道中找到自我。一如其作品呈現自適
的風格：

> 寒食後雨，予曰此雨爲西湖洗紅，當急與桃花作別，勿滯也。午
> 霽，偕諸友至第三橋，落花積地寸餘，遊人少，翻以爲快。〔註13〕

由於自適，所以便有眞率的性情表現，此時可謂眞正做到了從容自適，是自
己生活的主人。這種貴我風格，早在魏晉時代有之。

　　自魏晉南北朝，從三國鼎立，到離亂之世；後有六朝迭代，殺氣騰騰。
當此之時，政治黑暗，社會動盪，人生淒苦。無論唯我獨尊的帝王、風流倜
儻的名士，還是錦衣玉食的富賈，貧困潦倒的蒸黎，都被現實世界的反覆無
常、兇惡冷酷折磨的膽戰心驚，只好也懷著深深的恐懼和沉重的悲哀在精神
世界中爲自己短促苦難的一生尋找一條光明路，於是文人們紛紛走向山林，
因而形成一股隱逸風潮〔註14〕。而晚明士人紛紛歸隱的現象，或可從魏晉文
人走向山林的隱逸風以窺其貌。何況是那些身處晚明在來不及應變時而南明
卻已存在的文人，如明清之際的文人張岱。由於國家滅亡了，張岱與其他同
時代的文人一樣有著難以面對的抉擇：是選擇承認異族統治，還是堅持儒家
氣節風骨的道路，這個選擇對當時代的文人的生活面來說是個極大的難題。
若是選擇承認異族，或者是爲異族任事，這都會招來氣節不保的罵名，甚至
有可能在文人圈中遭到排擠；如其選擇儒家的道路，那麼他就是按著儒家的
圭臬「忠君」的路線以完成其對自我的認同。因此張岱選擇忠君路線，所以
在《西湖夢尋》中出現許多其所崇仰忠臣的內容，儘管這些忠臣後來殉節，
但對張岱而言正視一種生存價值的信仰座標：

> 萬曆四十二年金中呈爲導首鼎新之，太史董其昌手書碑石記之，其

〔註12〕　參考鄧怡菁：《袁宏道仕隱心態研究》（花蓮：東華大學中文所碩士論文，2006
　　　　　年2月），頁4～5。
〔註13〕　錢伯城校點，袁宏道：〈雨後遊六橋記〉，《袁宏道集箋校》（上海：上海古籍
　　　　　出版社，1981年7月），頁426。
〔註14〕　屈曉寧‧余志海著：〈儒家隱逸觀與自然觀自先秦至唐的演變〉（陝西：《陝西
　　　　　師範大學學報》哲學社會科學版，2003年5月第32卷第3期），頁54。

辭曰：「西湖列剎相望，梵宮之外，其合於祭法者，岳鄂王、于少保
與關神而三爾」。〔註15〕

施公廟在石烏龜巷，其神爲施全，宋殿前小校也。紹興二十年二月
朔，秦檜入朝，乘肩輿過望仙橋，全挾長刃遮道刺之……秦檜奸惡，
天下萬世，人皆欲殺之，施全刺之，亦天下萬事中一人也。〔註16〕

顯然張岱在文中呈現選擇後者的傾向。然而明朝已亡滅、家業已破或爲人侵
占，對一個千金之軀而言，如何謀生是一項極困難的事。更何況他選擇的謀
生方式竟是最根本也是最困難的躬耕生活，他的詩作〔註17〕已經證明了他過
著甲申之變前所不曾有過的清貧生活。

　　由於仕隱所衍生的矛盾情結，讓心態經過多次的衝撞而後沉澱、抉擇，
這種複雜的情緒便容易在詩文中呈現出對比的表現手法，因此亦多有今昔對
比，或昔盛今衰之感，如唐詩文：「舊時王謝堂前燕，飛入尋常百姓家」，再
如「憶昔封書與君夜，金鑾殿後欲明天。今夜封書在何處，廬山庵裡曉燈前」，
文中運用對比的表現手法。這種手法在袁張二人的作品中亦可窺見，如：中
郎云「孤山處士，妻梅子鶴，是世間第一種便宜人。我輩只爲有了妻子，便
惹許多閒事」（〈孤山〉）〔註18〕；宗子道：「柳州亭，宋初爲豐樂樓，高宗移
汴民居杭地、嘉、湖諸郡，時歲豐稔，見此樓與民同樂，故名。余於甲午年，
偶涉於此，故宮離黍，荊棘銅駝，感慨悲傷」（〈柳州亭〉）〔註19〕對比的表現
方式，正能見袁張仕隱抉擇及矛盾情結的心理狀態。

　　根據統計明士大夫殉節較之南宋爲數更多，而何以張岱選擇不死？就張
岱的選擇及矛盾而言，正如張岱自己所說：「做自輓詩，每欲引決，因《石匱
書》未成，尚視息人世。」〔註20〕（〈夢憶序〉）而張宗子與袁中郎的仕隱與

〔註15〕　張岱：〈西湖中路・關王廟〉，《西湖夢尋》（台北：頂淵文化事業有限公司，
　　　　　2005 年 6 月），頁 44。

〔註16〕　張岱：〈西湖外景・施公廟〉，《西湖夢尋》（台北：頂淵文化事業有限公司，
　　　　　2005 年 6 月），頁 97。

〔註17〕　〈舂米〉、〈重魚〉、〈仲兒分爨〉詩作皆呈現一種辛酸的清苦生活。

〔註18〕　錢伯城校點，袁宏道：〈孤山〉，《袁宏道集箋校》（上海：上海古籍出版社，
　　　　　1981 年 7 月），頁 427。

〔註19〕　張岱：〈西湖南路・柳州亭〉，《西湖夢尋》（台北：頂淵文化事業有限公司，
　　　　　2005 年 6 月），頁 58。

〔註20〕　張岱：〈夢憶序〉，《西湖夢尋》（台北：頂淵文化事業有限公司，2005 年 6
　　　　　月），頁 110。

矛盾實乃因其成長環境與特殊的時空背景所交織的結果。

　　西湖，一個美麗的勝景。在唐人的記憶裡，抽不了白堤的功業；在宋人的思維中，袪除不了蘇堤的美事。特別是蘇東坡「是一位在美的領域真正做到從容的人」〔註21〕。他們原是為了淑世而出仕的，後來卻因為「辭章入選為一架僵硬機體中的零件」〔註22〕。除了白、蘇二人，還有那隱居孤山二十年的林逋，以梅為妻，以鶴為子，確乎高蹈風神。白、蘇與林逋可謂是中國傳統知識份子人格互為補充的兩面〔註23〕。而袁宏道與張岱在仕隱的衝突與抉擇上正是彼此人格互補的對象。

第二節　獨抒性靈與山水對話

　　袁宏道與張岱分別處於晚明、南明至清初的時局，他們所面對的是時局混亂、人謀不臧、士大夫因明廷的打壓而致地位低落的時代。如此時局，不如告歸山林或不屑為官來得自由自在，任情江湖。此時期效白蘇、效陶的人格與生活雅趣的風潮便應運而生。在遊賞古蹟勝景的當下，不由得憶起前朝文人賢臣的生命軌跡以及其人的生命情調，同時與文人一樣容易尋求山水知己。

　　袁張遊西湖憶古人古事也從中尋得一段超越時空的心靈對話。此際聆賞西湖，想美如西子的西湖、冰清玉潔的西湖，她潔身自好有如古代文人那般的高潔情操，而自己呢？是否也有如西湖的靜謐與沉穩，不管外在世界如何變化，她仍能堅守自己的本分。文人期以西湖來比擬自己的人格高潔，不因政權的更迭而有所改變。古代以山水的特性來比擬自己的人格。如柳宗元之於西山，李白之於敬亭山，歐陽修之於醉翁亭，蘇軾之於快哉亭。由古至今，文人在欣賞山水，以山水為生活密友之時，總有以山水花鳥來象徵自己人格的意涵。於此，袁張亦不例外。

　　因此，本節以中郎書寫性靈的論點為首，並以身處晚明的袁張二人寫真情用真意的心靈層次所產生的標識雅趣俗趣的觀點，進而見其二人面對雅俗之別，是否有何不同的論點。

〔註21〕同註8，頁210。

〔註22〕同上註。

〔註23〕汪政曉華著：〈苦澀的文化探尋——余秋雨〈西湖夢〉〉（廣西：《廣西社會科學期刊》，1988年6月第6期），頁86。

一、獨抒性靈以標識雅俗

　　觀中郎「西湖雜記」與宗子的《西湖夢尋》，因文成於晚明及甲申之變後，其受到晚明性靈風的書寫表現是必然的。如「西湖雜記」中的〈西湖二〉〔註 24〕（〈晚遊六橋待月記〉）：「石簣數爲余言，傳金吾園中梅，張功甫玉照堂故物也，急往觀之。余時爲桃花所戀，竟不忍去。」；《西湖夢尋》的〈西谿〉〔註 25〕：「余友江道闇有精舍在西谿，招余同隱，余以鹿鹿風塵，未能附之，至今尤有遺恨。」不論是「余時爲桃花所戀，竟不忍去」或是「余以鹿鹿風塵，未能附之，至今尤有遺恨」之感，其實都是一種不矯飾內心、寫眞性情的表達。

　　根據巫仁恕的研究，晚明以後，隨著城市經濟的發展，許多大城市附近的風景區都變成民眾聚集旅遊的勝地，北京、蘇州、杭州、南京等地附近的名勝都有「都人士女」聚遊與「舉國若狂」的景象。在歲時節慶時，旅遊活動的規模更加擴大。顯然逸樂已經明顯的成爲士大夫以及民眾生活中的一環。〔註 26〕

　　晚明文人嗜遊山水，以陳仁錫所言文字經過評點之後的意義，將評點文字比喻爲旅遊山水：

> 文字，山水也；評文，遊人也。夫文字之佳者，猶山水之得風而鳴，得雨而潤，得雲而鮮，得遊人閒懶之意而活者也。遊人有一種閒懶之意，則評文之一訣也。天公業案，爲胡亂評文字爲最，何也？山水遇得意之人固妙，遇失意之人亦妙；緣其人閒懶之意而而山水活者，亦不必因其憔悴之意而山水即死，總于山水無損也。藉他人唾餘，裝自己咳笑，而妄以咳笑乎山水，山水不大厭苦之乎？〔註 27〕

說文字如山水，評點如遊人；反過來說就是人遊山水，也正如讀者評閱文章，所呈現的意義是晚明文壇所流行的評點學的觀點，原來這個世界已經文

〔註 24〕錢伯城校點，袁宏道：〈西湖二〉，《袁宏道集箋校》（上海：上海古籍出版社，1981 年 7 月），頁 423。

〔註 25〕張岱：〈西湖外景・西谿〉，《西湖夢尋》（台北：頂淵文化事業有限公司，2005 年 6 月），頁 78。

〔註 26〕巫仁恕著：〈晚明的旅遊風氣與士大夫心態──以江南爲討論中心〉「生活知識與中國現代性」國際學術研討會（台北：中央研究院近代史研究所，2002 年），頁 8。

〔註 27〕陳仁錫：〈昭華琯序〉，收入明・陸雲龍《明人小品十六家》（杭州：浙江古籍出版社，1996 年），頁 521。

本化了。山水經過遊人（評點家）的層層詮釋，產生了各種意義〔註28〕。晚明以來書寫西湖的記述頗多，文人觀覽西湖的方式，存在著文人閱讀山水與閱讀歷史兩種視角。閱讀式的旅遊型態使得晚明文人雖視性情與山水交融為旅遊最高境界，卻也從而產生了對旅遊的評論及品鑑上的審美思考與爭勝心態〔註29〕，這一現象亦可從晚明西湖作品中窺得其象。於此，以袁宏道於萬曆二十五年去吳之後的作品之一「西湖雜記」與張岱《西湖夢尋》來爬梳其二人在西湖書寫方面，對於獨抒性靈以標識雅俗的呈現與對照。

晚明藝術思想之一中郎的性靈說，性靈說的主張「獨抒性靈，不拘格套，非從自己胸臆流出，不肯下筆」。而所謂性靈，主要是指人的喜怒哀樂、嗜好情欲，意即人的自然本性和真實情感，所拈出的獨抒性靈，乃以人人反身可求的性情，作為文學創作的根源，主要從實際生活出發，寫出作者內心特有的真實感受，抒發真情，強調作家的主體意識在詩文創作中的能動作用〔註30〕。用這段主張來看中郎的真實情感：

> 余一夕做陶太史樓，隨意抽架上書，得闕編詩一秩，惡楮毛書，烟煤敗黑，微有字形。稍就燈間讀之，讀未數首，不覺驚躍，急呼周望：闕編何人作者？……此余鄉徐文長先生書也。兩人躍起，燈下讀復叫，叫復讀，僕睡者皆驚起。〔註31〕

> 余前後登飛來者五。初次與黃道周、方子公同登，單衫短後，直窮蓮花頂。每遇一石，無不發狂大叫。〔註32〕

從中郎於夜裡覓得一書，一旦發覺為當代盛名者徐渭的作品，那種「兩人躍起，燈下讀復叫，叫復讀」的率真與「余前後登飛來者五。初次與黃道周、方子公同登，每遇一石，無不發狂大叫」的任真性情都是發自內心的真情表現，此即是性靈的影響。由於中郎主性靈，此性靈不僅受到童心說影響，也

〔註28〕毛文芳：《閱讀與夢憶──晚明旅遊小品》（嘉義中正大學：《中正中文學報年刊》，2000 年 9 月第 3 期），頁 3。

〔註29〕鄭雅尹著：〈晚明文人西湖遊觀試探──以張岱《西湖夢尋》為考察對象〉（南投：《暨南史學》，2005 年 7 月第 8 卷），頁 1。

〔註30〕鄭幸雅著：〈識趣，空靈與情膩──論晚明文人的審美意識〉（嘉義南華大學文學系：《文學新鑰》，2007 年 6 月第 5 期），頁 116。

〔註31〕錢伯城校點，袁宏道：〈徐文長先生傳〉，《袁宏道集箋校》（上海：上海古籍出版社，1981 年 7 月），頁 715。

〔註32〕張岱：〈西湖西路・飛來峰〉，《西湖夢尋》（台北：頂淵文化事業有限公司，2005 年 6 月），頁 428。

受到湯顯祖情教說的影響，而童心與情教都強調「眞」。植此，中郎強調「物
之傳者必以質，文之不傳，非曰不工，質不至也。樹之不實，非無花葉也；
人之不澤，非無膚髮也，文章亦爾。行世者必眞，悅俗者必媚，眞久必見，
媚久必厭，自然之理也。」〔註33〕他又說：「趣得之自然者深，得之學問者
淺。」〔註34〕「大都士之有韻者，理必入微，而理又不可以得韻。故叫跳反
躑者，稚子之韻；嬉笑怒罵者，醉人之韻也；醉者無心，稚子亦無心，無心
故理無所託，而自然之韻出焉。」〔註35〕因此有別於以往封建桎梏以及一切
枷鎖，於創作強調求眞，透過眞而得其趣，因解其趣而得自然之韻，文章必
能自現。其性靈的引發必須經過「眞、趣、韻」三階段發酵，所以中郎的作
品中都經歷這樣的過程。正因如此，在強調眞趣韻的同時，難免會出現雅俗
意識。

　　事實上雅與俗在傳統士大夫文化中是一組極爲常見的對立性審美判斷，
隨諸歷史思想不同的發展，他們各自有其不同的意義內涵，並滲透到人物臧
否及詩文書畫裡面，因而形成一個重要的文化符號體系〔註36〕。明代中期以
後遊觀風氣興盛，漸已成爲百姓普遍的日常行爲，此時文人開始定位自己的
遊觀活動，期與社會大眾有所區別。他們開始訂定區別的依據，如明士人鄒
迪光言：「靡曼當前，鐘鼓列後，絲幛筵袤，樓船披靡，山珍水錯，充溢圓方，
男女相錯，甥而雜坐，漣漪不入其懷，清因不以悅耳，是謂俗遊。」〔註37〕
一般百姓只有遊賞其地尚嫌不足，還必須要有「漣漪入其懷，清因以悅耳」
方能算是知遊者。鑑此，袁中郎的雅俗意識甚爲明顯：

　　　西湖最盛，爲春爲月。一日之盛，爲朝煙，爲夕嵐。……然杭人遊
　　　湖，止午未申三時，其實湖光染翠之工，山嵐設色之妙，皆在朝日
　　　始出，夕春未下，始極其濃媚。……此樂留與山僧遊客受用，安可

〔註33〕錢伯城校點，袁宏道：〈行素園存稿引〉，《袁宏道集箋校》（上海：上海古籍
　　　　出版社，1981 年 7 月），頁 1570。

〔註34〕錢伯城校點，袁宏道：〈序陳正甫會心集〉，《袁宏道集箋校》（上海：上海古
　　　　籍出版社，1981 年 7 月），頁 463。

〔註35〕錢伯城校點，袁宏道：〈壽存齋張公七十序〉，《袁宏道集箋校》（上海：上海
　　　　古籍出版社，1981 年 7 月），頁 1542。

〔註36〕張忠良著：〈論袁宏道遊記中的雅俗觀〉（台南女子技術學院：《學報》，2005
　　　　年 10 月第 24 卷第 2 期），頁 446。

〔註37〕明·鄒迪光：《鬱儀樓集》，收錄在《四庫全書存目叢書》集部一五八，別集
　　　　類（台南：莊嚴文化事業有限公司，1984 年 6 月），頁 711。

爲俗士道哉！〔註38〕

百花洲在胥盤二門之間，余一夕從盤門出，道逢江進之，問：百花
洲花盛開否？盍往觀之？余曰：無他物，惟有二三十糞艘，鱗次綺
錯，氤氳數里而已。〔註39〕

僅誇飾嘲諷那些附庸風雅的船隻如糞，卻不說百花洲的花況如何，其標識與
眾不同的雅趣，意味濃厚。另外在〈晚遊六橋待月記〉提及遊賞西湖之吉時
良辰，並附虛寫月景之美的審美意識，留予讀者許多想像空間，又說無論如
何解釋，杭人、俗士們等一般人是不懂得賞西湖賞月景的。可見中郎之雅俗
意識十分鮮明。

　　在晚明文人的西湖遊觀中，尤以張岱因對公安派、竟陵派的認同與接受，
使得張岱的《西湖夢尋》的遊賞趣味較之同時代的文人遊觀有其特殊的文學
氛圍。首先是其〈湖心亭小記〉的遊觀與雅趣：

余住西湖，大雪三日，湖中人鳥聲俱絕，是日更定矣，余拏一小舟，
擁毳衣爐火，獨往湖心亭看雪。霧淞沆碭，天與雲、與山、與水，
上下一白，湖上影子，爲長堤一痕、湖心亭一點、與余舟一芥、舟
中人兩三粒而已。〔註40〕

杭人遊湖只在午未申三時，而張岱獨不然，他選擇的是冬天，而且是大雪三
日後，未見雪停的嚴冬。在「大雪三日，湖中人鳥聲俱絕」，帶著賞景的道具
「獨往湖心亭看雪」，這種標識真趣的雅興與品味，都在文字裡頭了。不僅如
此，連「獨往湖心亭看雪」也在字裡行間標榜其濃厚的雅俗之別。綜合袁張
二人的雅俗觀點，中郎對標榜雅趣以詆俗趣的態度較爲明顯且直接，而《西
湖夢尋》雖是對過往的回憶，然筆者以爲張岱在甲申之變後因身分不同於以
往，故在雅俗的區別上既不鮮明，對庶民也多了一些同情、委婉的語調。

　　事實上，對於嚴標雅俗之分，以袁張比較而言，袁較張樹立鮮明的旗
幟。袁目的在區別亂雅、偽雅之人，並且再一次確定士階層的雅趣不與商同
流，也是商俗階層所學不來的，畢竟審美觀不同，雅趣非是俗偽審美之人所

〔註38〕錢伯城校點，袁宏道：〈西湖二〉，《袁宏道集箋校》（上海：上海古籍出版社，
　　　　1981 年 7 月），頁 423。

〔註39〕錢伯城校點，袁宏道：〈百花州〉，《袁宏道集箋校》（上海：上海古籍出版社，
　　　　1981 年 7 月），頁 178。

〔註40〕張岱：〈西湖中路‧湖心亭小記〉，《西湖夢尋》（台北：頂淵文化事業有限公
　　　　司，2005 年 6 月），頁 54。

能扮演的了的。此舉目的在打擊富商大賈對雅趣的趨從以及亂雅的現象,甚至使得「士人階層」的雅趣境界被混淆,為了以正視聽,如此標識雅俗之別是有必要的。而張對於雅俗之別或許是因為其紈袴生活與半生流徙的境遇,使得他對於富商大賈、達官貴人,乃至市井小民的賞趣是較無明顯的旗幟的。而且更多時候,他是能欣賞市井小民的雅趣、俗趣的,甚至可以說他是用欣賞的角度來看待他們,同情的角度來悲憫他們。

二、山水對話與人格代言

明代遙承宋代的古文運動,但在前後七子與唐宋派對古文的仿擬堅持下,讓萬曆年間湖北公安三袁的清新文風,典麗之采有了對前述流派修正的機會。因此在描寫西湖山水之時,文章構句多呈現駢散相間的句式:以宗子的〈烟霞石屋〉〔註41〕一文:「余往訪之,見石如飛來峰,初經洗出,潔不去膚,雋不傷骨,一喜楊髡鑿佛之慘,峭壁奇峰,忽露生面,為之大快。」再看中郎之〈西湖一〉〔註42〕(〈初至西湖記〉):「午刻入昭慶寺,茶畢,即棹小舟入湖。山色如娥,花光如頰,溫風如酒,波紋如綾,纔一舉頭,已不覺目酣神醉。」其二人作品如此例多。

再者,性靈風格於描寫山水時容易標識自我認同的雅俗觀,所以在作品中易呈現烘雲托月的手法。袁張二人的作品中也多有烘雲托月的表現方式,意即明明要說乙,卻先說甲;待說完甲的優點與不凡之處後,要敘乙之妙時則一筆帶過,留予讀者許多餘韻與想像空間;如此雖未見許多關於乙的敘述文字,卻教人低迴再三,有如餘音繞樑之感。在宗子〈湖心亭小記〉〔註43〕中提到:「崇禎五年十二月,余住西湖。大雪三日,湖中人鳥聲俱絕。是日更定矣,余拏一小舟,擁毳衣爐火,獨往湖心亭看雪。……到湖上,有兩人鋪氈對坐,一童子燒酒爐正沸。見余大驚喜……及下船,舟子喃喃曰:「莫說相公癡,更有癡似相公者。」這類的表現方式在中郎的作品中亦然,如:「杭人遊湖,止午未申三時。其實湖光染翠之工,山嵐設色之妙,皆在朝日始出,

---

〔註41〕 張岱:〈西湖南路·烟霞石屋〉,《西湖夢尋》(台北:頂淵文化事業有限公司,2005 年 6 月),頁 67。

〔註42〕 錢伯城校點,袁宏道:〈西湖一〉,《袁宏道集箋校》(上海:上海古籍出版社,1981 年 7 月),頁 422。

〔註43〕 張岱:〈西湖中路·湖心亭小記〉,《西湖夢尋》(台北:頂淵文化事業有限公司,2005 年 6 月),頁 54。

夕舂未下,始極其濃媚。月景尤不可言,花態柳情,山容水意,別是一種趣味。」(〈西湖二〉) 〔註44〕由此可見袁張的書寫風格在於表現自己獨特的生活情趣。對傳統書寫山水多帶有用世觀點或貶謫之苦的表現方式,有其修正之意。〔註45〕

　　觀察中國旅遊文學,《楚辭・遠遊》、《穆天子傳》、《水經注》、《洛陽伽藍記》、《東京夢華錄》、《西湖夢尋》……亦大致隱伏著一種由客觀記錄再邁向主觀省察、進而回歸自我之不斷追尋的脈絡〔註46〕。晚明文人遊山玩水並不停駐於感官之旅而已,旅遊山水是文人將眼前的實景與先在視野中的繪圖式兩相對照印證與相互修正的過程,目的在於往自己的內在經驗去搜尋,往自己積累的人文傳統去比對,他們在旅遊中閱讀山水,藉由如畫的旅遊視點,使存在於傳統中的繪圖式激發著遊山玩水的觀察想像,並從中觀到一種游移於夢幻與真實、現實與古典、自然與人文的視野〔註47〕。因此,晚明袁宏道與張岱的西湖作品同樣也有這種游移於夢幻與真實、現實與古典、自然與人文的視野。並且藉由這一段旅程與過去的人文時空對話,以照鑑自己,如:

> 孤山處士,妻梅鶴子,是世間第一種便宜人。我輩只為有了妻子,便惹許多閒事;撇之不得,傍之可厭,如衣敗絮行荊棘中,步步牽掛。近日雷峰下有虞僧孺亦無妻室,殆是孤山後身。所著溪上落花詩,雖不知林和靖如何,然一夜得百五十首,可謂迅捷之極,至於食淡參禪,則又加孤山一等矣。〔註48〕

袁宏道在閱讀山水時,選擇了孤山。而從進入孤山的視野中,他領略了終身不仕的林逋的遊隱人生,理解了今人虞僧孺與孤山一樣無妻室的負累,在創作時同樣迅疾成詩,特別是他更有禪靜的工夫,這點更是林和靖所沒有的,

〔註44〕 錢伯城校點,袁宏道:〈西湖二〉,《袁宏道集箋校》(上海:上海古籍出版社,1981年7月),頁423。

〔註45〕 許麗芳著:〈重組與對話:晚明小品文之自我書寫〉(彰化:《彰化師大國文學誌》,2000年12月第4期),頁56。

〔註46〕 毛文芳著:〈閱讀與夢憶——晚明旅遊小品試論〉(嘉義中正大學:《中正中文學報年刊》,2000年9月第3期),頁2。

〔註47〕 毛文芳著:〈閱讀與夢憶——晚明旅遊小品試論〉(嘉義中正大學:《中正中文學報年刊》,2000年9月第3期),頁11。

〔註48〕 錢伯城校點,袁宏道:〈孤山〉,《袁宏道集箋校》(上海:上海古籍出版社,1981年7月),頁427。

而自己呢？既不如林和靖，更未及盧僧孺之境界，因此在一番審美對照之後，便把孤山（林和靖）當成自己處世的人格代言人。因為在現實環境中，中郎於仕隱之間總有許多的矛盾心緒，也許孤山的形象會是它超越時空的我群〔註49〕形象。

　　而張岱在《西湖夢尋》中也有許多關於袁宏道的詩文，如〈冷泉亭〉文後附中郎作品〈冷泉亭小記〉：

> 靈隱寺在北高峰下，寺最其勝，門景尤好。由飛來峰至冷泉亭一帶，
> 澗水溜玉，畫壁流香，是山之極勝處。〔註50〕

再如〈韜光庵〉文後附中郎作品〈韜光庵小記〉：〔註51〕

> 初二，雨中上韜光庵，霧樹相引，風烟披薄，木末飛流，江懸海挂。
> 倦時據石而坐，倚竹而息。大都山之姿態，得樹而妍；山之骨格，
> 得石而蒼；山之營衛，得水而活。唯韜光道中，能全有之。

這或者也是出於一種對山水、人文的回溯，遙想當年名人盛景之美事，尤其是自己所嚮慕的對象，宗子於忻慕之餘，還有一種文人難免有的比較心理，如〈火德廟〉一則即是：

> 中郎評看湖，登高不如下。千頃一湖光，縮為杯子大。余愛眼界寬，
> 大地收隙蟥。瓷牖與窗櫺，到眼皆圖畫。漸入漸亦佳，長康食甘蔗。
> 數筆倪雲林，居然勝荊夏。刻畫非不工，淡遠長聲價。余愛道士盧，
> 寧受中郎罵。〔註52〕

顯然張岱認為西湖是「漸入漸亦佳，長康食甘蔗」，雖然與中郎的「登高不如下」有其審美的差異性，但還是不減其對中郎的敬慕與認同。由此得知中郎乃其所敬仰的人格代言者。

　　德國哲學家卡西勒以為：「語言與藝術的主要功能是仿擬」〔註53〕，「藝

〔註49〕周孟真：〈品味風尚的審美符號價值〉，《魏晉士人品味風尚研究——以《世說新語》為考察核心》（彰化：彰化師大國文所碩士論文，2005 年 7 月），頁124。

〔註50〕張岱：〈西湖中路‧冷泉亭〉，《西湖夢尋》（台北：頂淵文化事業有限公司，2005 年 6 月），頁 23。

〔註51〕同上註，頁 27。

〔註52〕張岱：〈西湖外景‧火德廟〉，《西湖夢尋》（台北：頂淵文化事業有限公司，2005 年 6 月），頁 94。

〔註53〕甘陽譯，恩斯特‧卡西勒著：〈藝術〉，《人論》（台北：桂冠圖書，1990 年 2月），頁 202。

術自始至終都是人類符號活動的一個方面，藝術作品不論採取什麼形式都是傳遞文化信息的一種符號載體。」〔註54〕因此，符號學家主張：「人類只有通過符號活動才創造出使自身區別於動物的文化實體。」〔註55〕因此，筆者認為以袁張對西湖山水的認同，並且認同歷代詩家文人對西湖湖山勝水的經營與美讚而言，白蘇也當是袁張二人所追模的歷史典型。只是以袁張的生平遭遇而言：袁的詩文有陶潛的歸真境界，而處世態度則以白蘇為取法對象；而張岱的人格特質恰好以黑暗的魏晉之際的陶潛為處世典範，其詩文則呈現如白蘇二人的用世之心。

　　再者，由於某種原因使得他們前往山林，袁以市隱之間遊歷西湖，張則於易代之際用回憶的筆調和對歷史的緬懷以及對古蹟古人古事的憑弔與感懷來進行一場超越時空的心靈對話，並且使自己與心儀的古人接軌。就文本而言，中郎以西湖、桃、柳做為自己的人格代言；而張則以西湖、歷代忠臣名賢（伍子胥、吳越王錢鏐、錢俶、岳飛、張世忠、施全、文天祥、張世傑、陸秀夫、于謙）、古文人（陶潛、李鄴侯、白居易、林逋、蘇軾、徐渭、中郎）等為其人格代言者，因此，從這些文人或山水花鳥的代言象徵，我們便能了解袁宏道與張岱二人對現實世界的情感及對自身的觀照其濃淡之別。

第三節　書寫筆調蘊反省況味

　　袁宏道與張岱雖分處於中、晚明時期，然就小品書寫的用世觀則有其不同表現。由於身處的政治時局正是明代急遽走向衰亡的過程，因此士大夫們憂國憂民的心志，其二人亦有之。讀書人自幼博學經綸，以達異日經世致用，然而一旦進入官場，卻又以不諳官場生態而黯然退場。於是，有的人以遍遊名山勝水來療傷止痛；還有一部分文人無法立功，於是以老莊、佛家之言來寬慰自己；另有一部分人期許以創作文章來完成道德風教的理想。故其人雖然無法在朝廷發聲，其詩文中是否寄寓用世深意，並且企圖以文學來達到用世的目的。如是，則其人對當代的影響及後世的迴響是極其深遠的。

　　以古代知識分子而言，他們容易因為儒家的政治道德而有政治名實、華

〔註54〕同上註，頁201。
〔註55〕俞建章、葉舒憲著：〈藝術〉，《符號：語言與藝術》（台北：萬象圖書，1992年3月），頁35。

夷之辨的道德觀，甚且於修身齊家等個人修養的道德觀，以及政治道德、社會公德的道德觀，還有勇於標榜貴我、不畏強權的道德觀。此就袁張二人的西湖作品以了解是否寓有爲政觀點，如：關心民瘼，憂君憂民憂社稷的態度深淺。因此本節首先以儒家情懷的方向來探討袁張二人的用世觀點，進而論述其二人的西湖書寫是否呈現道德風教意涵。其次論及袁張之所以選擇西湖以養志，緣究其夢覺意識。最後，以西湖書寫進行書寫自我，認清自我，了解自我，反省自我的心靈昇華來看袁張二人所呈現的人生況味，並明二人對人生的詮釋及對自己的開悟所到達的境界。

最後，同中求異：比較其二人得以堅持在濁世亂局中的處世情調所仰賴的人生哲學。

一、儒家情懷抒道德風教

晚明中期市場經濟水準有一定的增長，士人忠君愛國的觀念逐漸隨著市場經濟的熱絡而淡薄，自我意識的覺醒，拜市場經濟發展的影響，使得原有的鄉里關係：兄友弟恭，富有人情味的人際關係逐漸受到金錢的侵蝕，進而演成人情世態的變化，呈現出金錢爲上，利慾爲先的逐利心態。因此，家庭、兄弟、父子間的關係緊張，家族內親戚情感日形淡薄。此唯利是圖的社會風尚，所引發的是科舉制度商品化，科舉被視爲富貴以及求官尋祿的工具，於是逐利意識漸漸衝破儒家道統的堤防〔註56〕。由於這種社會變遷衝擊，逐利意識增強，造就了士人中心思想的動搖，遂產生了棄君臣、名節的現象。時至晚明，大多數的士人對政治採取退離的態度，以求免禍自安。何冠彪認爲當他們面對人生抉擇的時候，便產生了：殉國、起義、歸隱、仕敵等取向。而歸隱通常是士人的一種必然的選擇。

由於對時局的不滿，在經過入世與出世的掙扎後選擇歸隱，歸隱後自然親近山水，在山水中他們可以照鑑自己，書寫自我，藉由書寫而再度面對眞實的自我。傳統文人學者之於書寫活動，往往具有抒懷言志與提供風教等期許，而無論發憤著書或紀實補遺，關注點多爲實際功能之增益或相關理想，對於書寫者個人之定位與存有反未積極描述與思考，是以傳統書寫活動實不離人心教化或傳諸後世等價值取向。晚明小品文的書寫特徵則有不同於傳統

〔註56〕 李俊杰：〈晚明社會變遷與士人休閒活動之探究——以江南地區爲例〉（台中：《台中技術學院學報》，2001 年 6 月第 2 期），頁 21。

表現與意義傾向〔註57〕。筆者認爲由於小品文勃發於明中晚期，士人因政治時局困蹷，重以撰主對社稷國家的熱愛，以致其書寫小品文時，仍寓有藉由文字書寫其人的用世之意。

儒家視文學爲風俗盛衰之解釋與呈現，往往於文學活動中歸納出社經政治之道理或規律〔註58〕。如左傳言：

> 經：夏五月，鄭伯克段於鄢。〔註59〕

> 傳：書曰：「鄭伯克段於鄢。」段不弟，故不言弟；如二君，故曰克；稱鄭伯，譏失教也，謂之鄭志。不言出奔，難之也。〔註60〕

鄭伯與共叔段對家庭倫理、對宗室倫理，對國家倫理與君臣之道都對萬民做了錯誤的示範。於此，針對論題。從袁宏道與張岱的作品中，我們發現他們書寫時亦有植基於儒家情懷的書寫意識。以袁宏道的作品而言，確有此情志：

> 望湖亭，即斷橋一帶，堤甚工緻，比蘇堤尤美。夾道種緋桃、垂楊、芙蓉、山茶之屬二十餘種，堤邊白石砌如玉，布地皆軟沙。杭人曰：「此內使孫公所修飾也。」此公大是西湖功德主。自昭慶、淨慈、龍井，即山中菴院之屬，所施不下百萬。余謂白、蘇二公，西湖開山古佛，此公異日伽藍也。「腐儒幾敗乃公事」，可厭，可厭！〔註61〕

中郎在文中稱許「白、蘇二公，西湖開山古佛」及太監孫隆乃「異日伽藍也」等人的政治道德，如此的書寫內容或在於過去深受八股制藝的洗禮所成的制式書寫價值，因此在作品的寫作範圍及取材之涵蓋豐富，亦多不離內容得以裨益於世之書寫與期許〔註62〕。再如張岱〈岳鄂王〉：

> 岳鄂王死，獄卒隗順負其屍，逾城至北山以葬。……改諡忠武，自

〔註57〕許麗芳著：〈重組與對話：晚明小品文之自我書寫〉（彰化：《彰化師大國文學誌》，2000年12月第4期），頁56。

〔註58〕許麗芳：〈風教勸懲價值之影響與反思〉，《傳統書寫之特質與認知——以明清小說撰者自序爲考察中心》（高雄：復文書局，2000年12月），頁9。

〔註59〕《左傳讀本》（台北：三民書局，2002年9月），頁4。

〔註60〕同上註，頁7。

〔註61〕錢伯城校點，袁宏道：〈西湖三〉，《袁宏道集箋校》（上海：上海古籍出版社，1981年7月），頁424。

〔註62〕許麗芳：〈風教勸懲價值之影響與反思〉，《傳統書寫之特質與認知——以明清小說撰者自序爲考察中心》（高雄：復文書局，2000年12月），頁9。

隆慶四年。墓前之有秦檜、王氏、萬俟卨三像，始於正德八年，
指揮李隆以銅鑄之，旋為游人撞碎，後增張浚一像，四人反接跪於
丹墀。

像這一類的內容在《西湖夢尋》中頗多，作者亦在示寓教忠教孝的倫理價值
與道德風教。因此在緬懷西湖的史跡時，亦能對大明亡覆與故宋之忠臣做一
段超越時空的連結，目的在使自己了解大明滅亡的可能原因以及忠臣之不在
位、弄臣當道的下場及其所導致的後果。

而西方伊索寓言以及中國的《莊子》、《韓非子》及唐柳宗元、明劉基《郁
離子》皆喜以寓言的方式託言諷諭。特別是面對濁世或是異族統治的時候是
一個很好的表現技巧。張岱〈宋大內〉〔註 63〕一文表現高宗與錢武肅王的境
遇，其實意欲藉由此事諷刺北宋的亡國的報應與堂堂大國如北宋、南宋卻無
法給百姓更為安定、無戰的歲月，又遑論明朝君臣之所為：

《宋元拾遺記》：高宗好耽山水，於大內中更造別院，曰小西湖。自
遜位後，退居是地，奇花異卉，金碧輝煌，婦寺宮娥充斥其內，享
年八十有一。按錢武肅王，年亦八十一，而高宗與之同壽。或曰：「高
宗即武肅後身也。」《南渡史》又云：「徽宗在汴時，夢錢王索還其
地，是日即生高宗，後果南渡，錢王所轄之地，盡屬版圖，疇昔之
夢，蓋不爽矣。」

可見其目的在於以政治道德來諷喻大明的遭遇。再如中郎〈南屏〉〔註 64〕：「夫
永明智慧廣大，當時親見作家，末路尚爾如此，吾輩麤根浮器，不曾見得一
箇半箇智識，可輕易談佛法哉！」《大學》有言「修身、齊家、治國、平天下」
是士人進入國是殿堂之前必經的個人道德修為過程。而自己修養尚未到家，
乃是浮俗之人，重以解佛尚淺，不宜妄發佛語，或輕言禪事。再如「西湖雜
記」裡的一段敘述：

湖上諸峰，當以飛來峰為第一，高不餘數十丈，而蒼翠玉立。渴虎
奔猊，不足為奇怒也。神呼鬼立，不足為其怪也。秋水暮烟，不足
為其色也。顛書吳畫，不足為其變幻詰曲也。石上多異木，不假土
壤，根生石外。前後大小洞四五，窈窕通明，溜乳作花，若刻若鏤。

〔註 63〕張岱：〈西湖中路‧宋大內〉，《西湖夢尋》（台北：頂淵文化事業有限公司，
2005 年 6 月），頁 81。

〔註 64〕錢伯城校點，袁宏道：〈南屏〉，《袁宏道集箋校》（上海：上海古籍出版社，
1981 年 7 月），頁 433。

壁間佛像，皆楊禿所爲，如美人面上瘢痕，奇醜可厭。〔註65〕

這是一段內容記飛來峰之美渾然天成，並言及昔日「石上多異木，不假土壤，根生石外。前後大小洞四五，窈窕通明，溜乳作花，若刻若鏤」之美態，然經元僧人楊連眞迦對自然之美景的人爲處理之後「壁間佛像，皆楊禿所爲，如美人面上瘢痕，奇醜可厭」，其文中別寓道德風教之勸懲意涵。對照張岱亦有一篇〈飛來峰〉，內容或有異曲同工之妙：

飛來峰，稜層剔透，嵌空玲瓏，是米顛袖中一塊奇石。使有石癖者見之，必具袍笏下拜，不敢以稱謂簡褻，只以石丈呼之也。身恨楊髠，遍體俱鑿佛像，羅漢世尊，櫛比皆是。如西子以花艷之膚，瑩白之體，刺作臺池鳥獸，乃以黔墨塗之也。〔註66〕

以「稜層剔透，嵌空玲瓏，是米顛袖中一塊奇石」、「如西子以花艷之膚，瑩白之體」之譽以稱之，將西子之潔比飛來峰之剔透靈空之美。描寫入元之際僧人楊連眞迦對飛來峰的破壞，並可能聯想到他對故宋宗室遺骨的種種令人不齒的行徑，或者也有對異族統治中原，任由僧人對故宋宗室遺骸的不敬與搗毀之憤恨與諷諭。這種強調政治道德與社會公德的教化內容在《西湖夢尋》中爲數不少。比較袁張二人，中郎的西湖書寫雖不乏對奸惡之人或朝廷弄臣的鄙夷與無奈。然張岱較袁之於道德風教之書寫堅持則意味濃厚，這或許是因其時代所致的遺民身分使然之故。

二、夢覺此生及西湖滄桑

劉大杰在《魏晉思想論》說到：「在中國政治史上，魏晉時代無疑是黑暗的；但在思想史上，卻有它的特殊意義和價值，魏晉人無不充滿著熱烈的、個人的浪漫主義。他們在那種動盪不安的社會政治環境裡，從過去那種倫理道德和傳統思想裡解放出來，無論對於宇宙、政治、人生或是藝術，都持有大膽的見解。」〔註67〕這個說法置於晚明時空，適可說明晚明這個特殊的年代。整個晚明從神宗朝到崇禎末期，呈現許多特異之處：如政治腐敗，而地方經濟卻繁榮；科舉名額有限，人口卻大量增加；禮教思想僵固，佛老卻大

〔註65〕錢伯城校點，袁宏道：〈飛來峰〉，《袁宏道集箋校》（上海：上海古籍出版社，1981 年 7 月），頁 428。

〔註66〕張岱：〈西湖西路・飛來峰〉，《西湖夢尋》（台北：頂淵文化事業有限公司，2005 年 6 月），頁 21。

〔註67〕劉大杰：《魏晉思想論》（上海：上海古籍出版社，2000 年 6 月），頁 1。

為復興；有心繫國事的東林黨人，也有附庸風雅、選擇山林的文人。〔註68〕

此時期的文人落入了朱元璋所制定的八股牢籠之中，進退之間似難持據與抉擇。科舉考試代表著文人入世的絕佳契機；然落榜的痛苦卻是文人最不願意面對的折磨；重以晚明經濟發達、人口暴增，文人仕進之路在僧多粥少的情況下日漸難行，其心中苦痛可想而知。但還是有很多文人前仆後繼的向科場邁進，其心境正如何良俊所言：「爰自弱冠始讀書為文章，即有當世之志，然賦命寒薄，困躓場屋者，幾三十年。」〔註69〕之況。再如唐寅離開科場已事隔多年，卻仍於午夜夢迴經歷「夜來忽夢下科場」〔註70〕的挫敗場景。可見舉業的種種戕害士人身心之況並不在少數。對大多數的文人而言，科舉如同為一生的夢魘。除非遠離，否則必得捱到得第。

然而舉業既如此艱難，問題便在於文人的選擇：大多數的文人選擇堅持仕進之路；也有文人選擇不近功名；還有人一度走向功名而後選擇走入山林；另有一種人待科考得第之後，回歸自我。那選擇不近功名者，如陳繼儒；一度走向功名而後選擇走入山林，如張岱；還有一種人於科考得第之後，選擇回歸自我，如袁宏道。由於論題之故，此處僅以袁宏道與張岱而論，目的在於明其人何以選擇將人生後半歲月投向山林之深層緣由。

袁張二人之所以將人生後半歲月投向山林，或者已意識到人生於世，終究來去一場空。所謂「百歲光陰一夢蝶」〔註71〕，對中郎與張岱二人的人生經歷，其體悟當更深。明萬曆十年以後，整個國家陷入聲討張居正的不適切作為的狂潮之中，其後又因明神宗與朝臣對抗的無心作為及後來開礦採稅的有心作為，使得國家陷入一種上下不同調的情況，又因而衍成東林與非東林，士大夫集團與閣宦集團的衝突與對抗。這些狀況或可能催化著身處於萬曆年間的有意識的文人思索其自我的人生價值。當中郎執意去吳並開始逐漸想擺脫共性對個性的規範與制約時〔註72〕，他或已經歷了人生中最不願意面對的

〔註68〕孫淑芳：〈論佛老與性靈——晚明文人求道意識初論〉（臺中：《僑光學報》，2003年7月第21期），頁212。

〔註69〕何良俊：〈上存翁相公書〉，《何翰林集》「明代藝術家叢刊」續集（台北：中央圖書館出版，1971年），頁578。

〔註70〕唐寅：〈夢〉，《唐伯虎詩詞歌賦全集》（台北：宏業書局，1975年1月），頁61。

〔註71〕馬致遠：〈夜行船·秋思〉，收錄於隋樹森編《全元散曲》第一冊（台北：漢京文化事業，1983年12月），頁269。

〔註72〕鄭幸雅著：〈識趣，空靈與情膩——論晚明文人的審美意識〉（嘉義南華大學

痛，如大哥伯修、撫養他長大的祖母詹氏的辭世；政治官場之逢迎、結黨事；明廷一直以來對文官的打壓與漠視，此等情況皆令中郎開始思考傳統士人的存在價值其定位仍否還是經世致用，或者仍有其他選擇。一旦選擇退隱山林，則其必是經過一番抉擇過程，而這個覺悟勢必是經過夢覺的過程。在《列子‧周穆王篇》提到夢的經驗過程：

> 覺有八徵，夢有六候。……悉爲六候？一曰正夢，二曰蘁夢，三曰思
> 夢，四曰寤夢，五曰喜夢，六曰懼夢。此六者，神所交也。〔註73〕

鄭玄解六夢爲「正夢，無所感動，平安自夢。蘁夢，驚愕而夢。思夢，覺時所思念之而夢。寤夢，覺時道之而夢。喜夢，喜悅而夢。懼夢，驚恐而夢。」〔註74〕根據《列子‧周穆王篇》及鄭玄解六夢，推知中郎之夢覺爲「寤夢」經驗，意即鄭言「覺時道之而夢」之夢。觀中郎而言，親人的存在與喪亡；科考即第與辭官；朝廷京官與在野文官；官場盛名與爾虞我詐；狂與狷的抉擇，或者都不是他所想選擇的，因爲今日繁華與盛名終將隨歲月流逝。特別是其經過生離死別之痛而夢覺之後，他發現從前科考夢景；昔日風光凜凜而受任爲吳令，而今成過眼雲煙，原來世事過眼繁華終是一場空。人生於世，真是執著一物，亦必是一場空。正如〈枕中記〉末尾所言之夢覺基調：

> 盧生欠伸而悟，見其身方偃於邸舍，呂翁坐其傍，主人蒸黍未熟，
> 觸類如故。生蹶然而興，曰：「豈其夢寐也？」翁謂生曰：「人生之
> 適，亦如是矣。」生憮然良久，謝曰：「夫寵辱之道，窮達之運，得
> 喪之理，死生之情，盡知之矣。」〔註75〕

中郎與盧生最終都了解到夢覺之後的安身立命之價值，所以中郎著眼於生命的解脫，因此藉由書寫性靈以照鑑自我並超越得失，超越生死。人既能超越生死，正如《涅槃經》言：「佛性者，無得無生，何以故？非色非不色，不高不下，不生不滅故。以不生不滅故，得稱爲常。」〔註76〕從「無得無生」導

文學系：《文學新鑰》，2007 年 6 月第 5 期），頁 108。
〔註73〕莊萬壽注：〈周穆王篇〉，《列子選集三種》，收錄於《中國子學名著集成》（台北：三民書局，1978 年 12 月），頁 630～631。
〔註74〕「鄭玄解六夢」。見列子：〈周穆王第三〉，《列子卷三》，收錄於《諸子集成》（北京：中華書局，1954 年 12 月），頁 34。
〔註75〕陳萬益等編：〈枕中記〉，收錄於《歷代短篇小說選》（台北：大安出版社，1992年 5 月），頁 123。
〔註76〕高振農：《大般涅槃經》（台北：文津出版社，1994 年 10 月）。

出「常」的概念，其實正是袁宏道經由解脫了悟所發的「適世」〔註77〕說：

> 弟觀世間學道有四種人：有玩世，有出世，有諧世，有適世。玩世者，子桑、伯子、原壤、莊周、列禦寇、阮籍之徒是也。上下幾千載，數人而已，已矣，不可復得矣。出世者，達摩、馬祖、臨濟、德山之屬皆是。其人一瞻一視，皆具鋒刃，以狠毒之心，而行慈悲之事，行雖孤寂，志亦可取。諧世者，司寇以後一派措大，立定腳跟，講道德仁義者是也。學問亦切盡人情，但粘帶處多，不能迥脫蹊徑之外，所以用世有餘，超乘不足。獨有適世一種其人，其人甚奇，然亦甚可恨。以為禪也，戒行不足；以為儒，口不道堯、舜、周、孔之學，身不行羞惡辭讓之事，於業不擅一能，於事不堪一務，最天下不要緊人。雖於世無所忤違，而賢人君子則斥之惟恐不遠矣。
> 弟最喜此一種人，以為自適之極，心竊慕之。

因為理出「適世」的生活模式，了解自己最適合「於世無所忤違」的生活，再者對別人沒有威脅感，乃「最天下不要緊人」，甚至遭受「賢人君子斥之惟恐不遠」的對待，他也無所謂，他只要能「自適」的生活，便心自歡喜，並不須要旁人的認同，所以能參透常道、常理，進而達到自我認同，因而了悟人生終如夢，來去皆是空，所以能看破塵網中的一切。至此，我們理解中郎何以在衰亂的晚明能理出一條為人佩服的處世模式了。

另一方面，於國破家毀之際，選擇歸隱林泉的紈袴少爺張岱就讓人難以理解。由於甲申之變的發生，使得許多文人在措手不及的情況下選擇殉國，如張煌言；或選擇歸隱林泉，如陳繼儒；或變節仕清，如錢謙益；或繼續抗清，如顧炎武；當也有人以講學而不仕清。前述提及甲申之變前後，以致許多人殉國，如張煌言慷慨赴義前之愛國詩作：

> 國亡家破欲何之？西子湖頭有我師。
> 日月雙懸于氏墓，乾坤半壁岳家祠。
> 慚將赤手分三席，敢為丹心借一枝。
> 他日素車東浙路，怒濤豈必屬鴟夷。〔註78〕

其心中以伍子胥、岳飛、于謙等宋明名將自許，即使粉身碎骨全不怕，也要

〔註77〕 袁宏道「適世說」。見錢伯城校點，袁宏道：〈徐漢明〉，《袁宏道集箋校》（上海：上海古籍出版社，1981 年 7 月），頁 217～218。

〔註78〕 張煌言：〈入武林〉，收入《西湖詩詞》（台北：新宇出版社，1985 年 10 月），頁 39。

留清白在人間。以張煌言這種「忠君」的情志,無怪乎何冠標言明季殉國士大夫乃各朝之冠。如此數目不禁令人揣想其因究竟為何,然細究之後,當能察覺到這個年代與東漢乃至魏晉以來儒家思維之聯繫。自孟子言:

> 民為貴,社稷次之,君為輕。是故得乎丘民為天子;得乎天子為諸
> 侯;得乎諸侯為大夫。諸侯危社稷,則變置;犧牲既成,粢盛既潔,
> 祭祀以時,然而旱乾水溢,則變置社稷。〔註79〕

所以,為了社稷的利益,可以「變置諸侯」;為了人民的利益,可以「變置社稷」;因此國君不是絕對的,必要的時候,是可以變置的〔註80〕。然而明末之衰敗頹亡之況,就註定這個王朝該亡滅嗎?該拱手讓清入主嗎?在張岱眼中,崇禎僅是「焦於求治,刻於理財;渴於用人,驟於行法,以至十七年之天下,三翻四覆,夕改朝更。」〔註81〕的帝王,再加上自神宗熹宗以來的濫政,他以為「烈宗雖扁鵲,其能起必死之症乎?」〔註82〕他認為就算要亡國,崇禎有心任事而謬用執政策略,但亦不能由他亡國,甚且成為亡國之君。由此觀之,宗子往昔雖為紈袴公子,然其自有深切的「忠君」、「正統」思想。由於執著於古忠臣的正名思想,重以國破之後連帶家業之毀,家中百年藏書亦不能因此倖免於難,還有叔輩堂弟的殉國,祁彪佳等親朋知己的殉節等等打擊皆迫使宗子於一夕之間飽嚐國亡家毀、親朋陰陽兩隔的悲慟。或許是這種忠君、氣節的力量,讓他於寫作時總奉明為正朔〔註83〕。由於親友辭世以及不願認同異族入主,再加上他曾於魯王麾下任事,為躲避時亂及清人的追緝,於是選擇山林躬耕、著書為其存生之業。

事實上,躬耕生活十分不易,尤其對一個富家子弟而言,誠難為也。於是,尋往昔之夢便成為其持養後半生的事業。《西湖夢尋》一書即為作者意欲掙脫現實,用回憶來緬懷過去,用夢境來反清復明的大業。拿《列子‧周穆

〔註79〕 蔣伯潛廣解,朱熹集註:〈盡心〉下篇,《孟子》(台北:啟明書局),頁 351～352。

〔註80〕 參考王開府:〈論治道〉,《四書的智慧》(台北:萬卷樓圖書有限公司,1995年11月),頁283。

〔註81〕 張岱:〈烈皇帝本紀〉贊論,《石匱書後集》,收入《台灣文獻史料叢刊》(台南:莊嚴文化事業有限公司,1987年10月),頁59。

〔註82〕 張岱:〈熹宗本紀〉,《石匱書》,收錄於《續修四庫全書》史部三一八,別史類(上海:上海古籍出版社,1995年5月),頁206。

〔註83〕 從甲申之變到明後裔五小王之正朔終了了,期間四十年,明遺臣民以此為生活紀年。

王篇》提到夢的經驗過程：「夢有六候……一曰正夢，二曰蘁夢，三曰思夢，四曰寤夢，五曰喜夢，六曰懼夢。此六者，神所交也」〔註84〕而言，筆者認為宗子對於西湖的種種美好憶想應屬「思夢」的經驗過程〔註85〕。因為懷念過去，所以夢憶，其思夢過程為：

> 明朝雖已亡，但過往的一切皆為真（具象）。如今看來雖是尋往日之美夢，可是這場美夢卻是過眼繁華。夢醒之後，回到現實，夢已成空（抽象）。〔註86〕

但是宗子終究不願意面對現實：

> 希冀眼前所見為假為空〔註87〕（抽象），然清朝入主中原卻為真（具象）。〔註88〕

既然如此，宗子只好在夢裡悠遊，即使「闊別西湖二十八載，然西湖無日不入吾夢中」〔註89〕。透過夢回故國，他見到大明盛事，當然家業未毀、百年藏書仍在，並能徜徉在優美的西湖勝景中，且或能逢明君達經世致用之業，雖然醒來之後會是一場空，然這卻是他寄生於美夢的人生。「夢中之西湖，實未嘗一日別余也」〔註90〕，唯有夢西湖，他才能告慰殉節的親友，進而完成著史的志業，也得以讓後人對大明興覆之教訓有一番警醒與沾概。

晚明文人由於受到心學影響，所以都有一種亟欲掙脫束縛的生活情調，

〔註84〕同註73，頁631。

〔註85〕「思夢的經驗過程」，即是日有所思夜有所夢。一如錢鍾書《談藝錄》裡有一段論夢云：吾鄉孝廉王介眉延年撰《歷代編年紀事》，夢見陳壽、習鑿齒，言其為鑿齒後身。題六絕，醒記二句曰：「殘無晉漢春秋筆，敢道前身是彥成。」按《薜荔齋詩集》卷十二《題王學正延年紀夢詩後》即詠此事，有云：「風寒夢回記其二，二十四字懷珠璣。足成六章章四句，說夢向人人笑譏。」見錢鍾書：〈王延年夢〉，《談藝錄》（台北：書林出版有限公司，1988年11月），頁221。

〔註86〕張岱〈夢憶序〉裡的一個經歷過程：「昔西陵腳夫為人擔酒，失足破其甕，念無所償，癡坐佇想曰：『得是夢便好！』」即是希望「一切皆為真（具象）」能夠轉變成「夢已成空（抽象）」。見張岱：〈夢憶序〉，《西湖夢尋》（台北：頂淵文化事業有限公司，2005年6月），頁21。

〔註87〕佛云色即是空，宗子既認為眼前所見清人統治為假，眼前之色則為空，既是如此，那麼夢醒之後亦是空。參考《佛學概要十四講》（台中：臺中佛教蓮社，2004年4月）。

〔註88〕同「莊周夢蝶」之化境。見註2。

〔註89〕張岱：〈西湖夢憶序〉，《西湖夢尋》（台北：頂淵文化事業有限公司，2005年6月），頁7。

〔註90〕同上註。

如徐渭,如李贄;還有那寧願得罪張居正也不隨之起舞的湯顯祖〔註91〕,用真率之情來認同自己的選擇,因作《邯鄲記》、《南柯記》來表現自己的自由與覺決;當還有三袁之一中郎對仕途塵網的悟覺,因此覺昨非而今是,夢覺此生即是一夢,當肉體離世,此生即是一場空;而南明張岱跨越了甲申之變,了解到其「之不死,非不能死也,以不死而為無益之死,故不死也」,「以死為無益而不死,則是不能死」,「而竊欲附於能死之中」〔註92〕,所以不死,原來已看破昔日與今之別,認清了甲申之前的我與其後的我;在破除我執之後,便可以度過一簑煙雨任平生的餘生了。這個夢覺過程正是《列子》所提夢的經驗過程:「寤夢」〔註93〕。何謂「寤夢」,亦即鄭玄解六夢為「寤夢,覺時道之而夢。」〔註94〕宗子正是經歷「思夢」與「寤夢」的過程而夢覺。

比較袁張二人之夢覺而言,袁較專注於個人對封建桎梏、生死仕隱、名利權勢的超脫與夢覺,其透過佛家禪宗而達自我認同;就張而言,因繫國破家亡之變,所以其夢覺不僅在於摻破生死、名利,還在於摻破聖君賢臣不在位、生不逢時之慨,還有對個人生平遭遇的夢覺,因此,在其生活中多以釋教與莊子之學來護持自己的信念為深,並以之完成自我認同。

由於夢覺,所以袁張筆下的西湖詩遂有其滄桑感:

中郎西湖詩:

> 山上清波水上塵,錢時花月宋時春。
>
> 看官不識杭州語,只道相逢有北人。〔註95〕
>
> 便可無方丈,何須說洞庭。雖云舊山水,終是活丹青。
>
> 濃淡粧常變,天喬性亦靈。白波千丈許,最好湖心亭。〔註96〕

〔註91〕 湯顯祖寧願得罪張居正,也不願意協助其子順利登榜,這是一種超越名利與人世枷鎖的夢覺,亦是突破塵網的夢覺。參考鄒自振:《湯顯祖綜論》(成都:巴蜀書社,2001年4月),頁206～213。

〔註92〕 張岱:〈義人烈傳總論〉,《石匱書》,收入《四庫全書存目叢書》(台南:莊嚴文化事業有限公司,2006年5月),頁308。

〔註93〕 莊萬壽注:〈周穆王篇〉,《列子選集三種》,收錄於《中國子學名著集成》(台北:三民書局,1978年12月),頁631。

〔註94〕 「鄭玄解六夢」。見列子:〈周穆王第三〉,《列子卷三》,收錄於《諸子集成》(北京:中華書局,1954年12月),頁34。

〔註95〕 錢伯城校點,袁宏道:〈初至西湖〉,《袁宏道集箋校》(上海:上海古籍出版社,1981年7月),頁348。

〔註96〕 錢伯城校點,袁宏道:〈飲湖心亭,同兩陶、黃道元、方子公賦〉,《袁宏道集

宗子西湖詩：

> 追想生湖始，何緣得此名？恍逢西子面，大服古人評。
>
> 冶艷山川合，風姿煙雨生。奈何呼不已，一往有深情。〔註97〕
>
> 一望煙光**裏**，滄茫不可尋。吾鄉爭道上，此地說湖心。
>
> 潑墨南宮畫，移情伯子琴。南華秋水意，千古有人欽。〔註98〕
>
> 席散人心去，月來不看湖。漁燈隔水見，堤樹帶煙橅。
>
> 真意言詞盡，淡妝脂粉無。問誰能領略，此際有髯蘇。〔註99〕

因此，袁張筆下的西湖儘管歷經滄海桑田，她終究為東坡西子，而非禍國尤物。因為西子能令人緬懷情牽〔註100〕；而尤物卻總教人不堪回首〔註101〕。西湖詩文終能使後人因此而了解晚明，弄清南明之實況〔註102〕。劉大杰言：「我們回顧中國過去的文學史上，真能形成有力的浪漫派的思潮的，只有三個時期，一個是魏晉，一個是晚明，一個是五四。」〔註103〕晚明既是一個頹廢的時代，也是文人思想最為自由勃發、最為浪漫馳騁、不受拘束的年代。袁張的文學表現與夢覺意識正是晚明之下的產物。

三、鏡視自我以反省人生

晚明文人以山水為心靈的避難所，表面上是以壯麗山水為其最後的歸依

箋校》（上海：上海古籍出版社，1981年7月），頁356。

〔註97〕夏咸淳校點‧張岱著：〈張子詩秕卷四‧西湖三首〉其一，《張岱詩文集》（上海：上海古籍出版社，1981年7月），頁74。

〔註98〕同上註，頁75。

〔註99〕同上註，頁75。

〔註100〕西子總令張岱情牽，因此李長祥說：「甲申三月，一夢蹀躞，三十年來若魘若囈，未得即醒，旁人且將升屋喚之，猶恐魂之不返，何暇尋夢之所有，且尋昔日夢中之所有哉。」見張岱：〈李長祥序〉，《西湖夢尋》（台北：頂淵文化事業有限公司，2005年6月），頁6。

〔註101〕這種不堪回首的情調如汪元量的情調：「西峰雲鎖幾時開？昨夜京城戰鼓哀。漁父生來載歌舞，滿頭白髮見兵來。」見汪元量：〈越州歌〉，收錄在王榮初選注《西湖詩詞選》（浙江：浙江人民出版社，1979年10月），頁140。

〔註102〕南宋末與明末的西湖遭遇十分近似。因此詩人于書寫時都寓有一種深重的國危、滄桑之感。如明季王穉登詩：「玉帶龍衣貌宛然，朱門碧殿暮湖邊。行人下馬看碑字，高柳藏鴉拂廟懦。禾黍故都州十四，波濤殘岸弩三千。傷心一片崖山地，月色潮聲更可憐。」見王穉登：〈錢王祠〉，收入《西湖詩詞》（台北：新宇出版社，1985年10月），頁141。

〔註103〕劉大杰：《中國文學發展史》下冊（上海：百花文藝出版社，1999年10月），頁318。

處，其實是借重尋求過程中的洗滌作用，消除他們對無常生命的焦慮感。因此他們的山水之旅與生命、信仰都是密切的結合，而深刻反映他們的內心和信仰，正是晚明小品文的獨特之處〔註 104〕。晚明小品文所呈現的是自我反省或為文自娛等書寫特質，主要不離與自我對話或與預期讀者之交流等特質，藉對話形式之文字呈現其人懷抱內容〔註 105〕。如唐寅〈夢〉：〔註 106〕

> 二十年餘別帝鄉，業來忽夢下科場。
>
> 雞蟲得失心猶悸，筆硯飄零業已荒。
>
> 自分已毋三品料，若為空惹一番忙。
>
> 鐘聲敲破邯鄲景，依舊殘燈照半床。

全詩描繪的景像由夜半鐘聲敲碎了邯鄲夢，自揣此生顯達已無著落，數十年來的筆硯耕耘全然只是空忙一場。回首中赫然發現，人生已在舉業科考中消頹耗廢。士人自覺將從此束縛中逃脫，卻連最能編織的情節夢境也無法成功〔註 107〕。可見士人希望從自覺中鏡視到自我心靈在主流價值的論斷下遍體麟傷，甚至解離破碎，從而意識到護持自我的整全、尋求自我尊嚴的內在需求〔註 108〕。這種心態在中郎與宗子的作品中亦可見之，如中郎〈西湖二〉：

> 西湖最盛，為春為月。一日之盛，為朝煙，為夕嵐。今歲春雪甚盛，
>
> 梅花為寒所勒，與杏桃相次開發，尤為奇觀。石簣數為余言，傳金
>
> 吾園中梅，張功甫家故物也，急往觀之。余時為桃花所戀，竟不忍
>
> 去。湖上由斷橋至蘇堤一帶，綠烟紅霧，瀰漫二十餘里。歌吹為風，
>
> 粉汗為雨，羅紈之盛，多於堤畔之草，豔冶極矣。〔註 109〕

袁中郎提到眾人皆以奇為鮮，以難得的花期為必賞的盛事；而其則不以為然。眾人所以視為美事，他則有一番獨到的看法。他認為西湖「湖光染翠」、「山嵐設色」之美自有其良辰，並且一般人多未解其時。此篇寫作背景正為其去

〔註 104〕吳惠珍：〈論萬曆佛風盛行對公安三袁遊記的影響〉（台中：《台中技術學院學報》，2000 年 6 月第 1 期），頁 14。

〔註 105〕許麗芳著：〈重組與對話：晚明小品文之自我書寫〉（彰化：《彰化師大國文學誌》，2000 年 12 月第 4 期），頁 63。

〔註 106〕唐寅：〈夢〉，《唐伯虎詩詞歌賦全集》（台北：宏業書局，1975 年 1 月），頁 61。

〔註 107〕參考林宜蓉：〈流離與返歸──中晚明狂士生命型態的展現〉（台北：《中國古典文學研究》，2003 年 6 月第 9 卷），頁 68。

〔註 108〕同上註。

〔註 109〕錢伯城校點，袁宏道：〈西湖二〉，《袁宏道集箋校》（上海：上海古籍出版社，1981 年 7 月），頁 423。

吳之後的作品，因此這種觀點算是中郎去吳而自覺之後的自我認同。另一方面，以宗子遭逢甲申之變，深處於異族統治下，他則更容易在書寫時檢視自己的處世價值，並於書寫過程中與自我對話，進而確立其反思之後不變的處世態度，此在其〈西湖夢憶序〉〔註110〕中可見其經由回溯往昔西湖的種種記憶而進行的反思過程：

> 余生不辰，闊別西湖二十八載，然西湖無日不入吾夢中，而夢中之西湖，實未嘗一日別余也。

> 今余蹠居他氏已二十三載，夢中猶在故居，舊役小傒，今已白頭，夢中總是總角。夙習未除，故態難脫，而今而後，余但向蝶庵岑寂，蓬榻紆徐，唯吾舊夢是保，一派西湖景色，尤端然未動也。

再如〈柳州亭〉：

> 今當兵燹之後，半椽不剩，瓦礫齊肩，蓬蒿滿目。李文叔作〈洛陽名園記〉，謂以名園之興廢，卜洛陽之盛衰，以洛陽之盛衰，卜天下之治亂。誠哉言也！余於甲午年，偶涉於此，故宮離黍，荊棘銅駝，感慨悲傷，幾效桑苧翁遊苕溪，夜必痛哭而返。〔註111〕

張岱自言人貴自立，甲第科名可艷不可恃，正因他對自己做到了人生價值澄清與自我認同，並於書寫的過程中與自己對話中而得以再次認清時勢、肯定自我的抉擇是正確的，因此他能無怨無悔持守半生艱苦赤貧的歲月。自覺之後的自我認同，徐渭〈自為墓誌銘〉〔註112〕其書寫一樣有如此的情境：

> 賤而懶且直，故憚貴交似傲，與眾處不浼袒裼似玩，人多病之，然傲與玩，亦終兩不得其情也。……渭為人度於義無所關時，則疏縱不為儒縛。一涉義否，干恥、詬介、穢廉，雖斷頭不可奪。

人生於世，何其短促，無怪乎蘇軾要有〈赤壁〉之詠。原來處於晚明時局亂象紛呈的時空下，袁張二人要完成其處世的圓滿是何其不易的，然而他們都完成了自覺，也確立其自我認同與生命價值。

〔註110〕 張岱：〈西湖夢憶序〉，《西湖夢尋》（台北：頂淵文化事業有限公司，2005 年 6 月），頁 7。

〔註111〕 張岱：〈西湖南路・柳州亭〉，《西湖夢尋》（台北：頂淵文化事業有限公司，2005 年 6 月），頁 58。

〔註112〕 林宜蓉：〈流離與返歸──中晚明狂士生命型態的展現〉（台北：《中國古典文學研究》，2003 年 6 月第 9 卷），頁 92。

　　中郎與宗子皆書寫西湖，然其性靈之筆調感情自有其異同：首先，中郎因身處萬曆君臣昏瞶、黨爭競起的年代，致其西湖書寫多呈現一種仕隱矛盾後的不問世事，明哲保身的寫作風格；而張岱處於兵馬倥傯的年代，他以對故國的懷想去緬懷西湖的種種、去鄙視異族入主的事實。其次，於摹山話水中，袁較張有較深重的雅俗意識；另外，當袁張二人走向山林時，他們用性靈之筆親近山水，並且在西湖美麗湖山勝水中，尋到了古文人典範：袁以白香山、林逋、東坡為人格典範；張不僅以白香山、林逋、東坡為人格代言，甚至還以武肅王、岳飛、文天祥、于謙等為其人格典範。他們都因此確定了自己往後的人生座標。再者，他們在西湖作品中，仍有古仁人志士之心以書寫用世之意，並於書寫筆調中夢覺：袁以破除仕隱與塵網而夢覺；張則以破除親朋、國滅家毀之痛而夢覺。他們都因為不同的際遇而有其不同面向的反省意識：袁即使經歷三仕三隱，但其人生價值在於確立個人的生命真諦；而張則以夢來遊處回憶與現實之間，並藉史以反省此生、度過餘生。由此可知其二人皆書寫西湖，然因時代不同，政治環境不同，亦當有不同的意象呈現，特別是晚明至南明的西湖意象則有別於以往的書寫基調。

第六章　結　論

　　晚明，一個政事廢弛、經濟勃發的怪異年代。這樣一個特殊的年代，其書寫的心態是值得我們探究的，特別是歷來爲人所喜愛的西湖，晚明文人們對她總有一份深摯的情感。處於晚明至南明的袁宏道與張岱俱爲書寫性靈的小品名家，由於二人之生活場域不同，雖皆爲性靈之作，然自有其異同之表現。爲此，本論文以袁宏道於去吳以後的十六篇「西湖雜記」以及張岱夢西湖之《西湖夢尋》爲文本對象，著意于探討其人作品之書寫精神所在。

　　論述核心從晚明政局衰敗談起，續言明三案之起、滿人寇邊與內部流匪之紛擾，以及明萬曆的明暗礦稅等事端而導致禍國。重以士大夫經世致用之心受到君王、朝廷與弄臣之間紛擾與衝撞，使得文人們思考重新調整或爲狂、狷的處世之道。其後大明迅即亡國，讓許多人應變不及之餘，因此也有同於前代的歸隱風潮，其目的在藉由山水以抒發情志。再者，明文壇受到擬古剽竊之寫作風格因而引發唐宋派及歸有光等人的文學革新，以及陽明心學、李贄等人的薰陶，而爲明季開展出一條性靈書寫的風潮。

　　陽明心學引領思想革新，致使公安三袁因緣際會而高倡性靈，使得當代文人群起響應：如李流芳、鍾惺、張岱等人。其中，最爲世人所忻慕者即爲中郎與宗子。中郎與張岱皆長于士大夫之家，因此對于時局之亂頗有其個人之見，袁因受父祖舅父的人格影響，著意於歸隱以求全自我之生命情調；張則因深受史學世家之薰陶，於入清之際選擇一條躬耕忍辱以志史的生命軌道。雖然其二人書寫之年代不同，其西湖的書寫筆調有其異，然對於西湖之情必爲深。

　　從探究西湖與杭州的發展及歷代的西湖意象中發現，文人筆下西湖風貌

各不同，其皆繫因於政治因素所致。西湖意象從唐末五代繁盛之象、養民保民，到北宋時期則呈現高風亮節、隨遇而安，及南宋時期轉變成粉飾太平、黍離之悲，至元朝發展成夢憶故國、嘆世隱逸，入明以後則有隱居閒適、生不逢時等意象表現。

當進一步比較唐宋時期與晚明、南明之西湖作品時，我們發現唐代、北宋時期西湖作品雖有高風亮節與隨遇而安之林逋式隱逸風範，然綜觀唐宋（北宋）實多以用世之心為書寫主調，如白香山之「未能拋得杭州去，一半勾留是此湖」與東坡筆下「我本無家更安往，故鄉無此好湖山」及羅隱「漫道往來存大信，也知反覆向平流」之詩歌表現，可知經世濟民始終為文人畢生志業。而南宋至明中葉的西湖作品則有粉飾太平、黍離之悲、夢憶故國、嘆世隱逸、隱居閒適、生不逢時等意象來抒發作者對國家的認同感或對亡國的悲悼感，這種抒發夢憶或書寫黍離之情，如宋末（南宋）宮廷樂師汪元量之作：「龍管風笙無韻調，卻攜戰鼓下西湖」之麥秀滄桑感極為濃烈。這種黍離語言雖承自先秦詩經以來的亡國悲情題材；到了南宋元初因歷經特殊的政治實體與種族、階級統治策略，遂加深了種族仇恨、嘆世隱逸的滄桑感。而這種涵攝多層次且複雜的政治文化與種族意識的滄桑感，遂因此深化了晚明南明的西湖詩文。

由於明中葉政治環境丕變及心學風潮等影響，使得明季散文融入了性靈真率的特質，因為求真、求趣、得自然之韻，遂使此期文人於書寫時講求性靈，主張不蹈襲前人、不落入格套、一切發自胸臆的寫作風格。故，此時期的西湖詩文在融入性靈表現之餘，重以國亡癥候與亡國之痛，讓文人從朝廷，或從功名，走向山林。而書寫山林對文人而言，更是一種療傷止痛與沉潛反思，甚至是自我認同的生命情調之再認過程。因此，晚明南明的西湖詩文也呈現出這樣的書寫精神。其中，尤以袁張二人作品為代表。

就袁張西湖書寫精神，從其西湖意象為探：首先「西湖雜記」有自然山水、閒適隱逸、雅俗意識、道德風教、自覺筆調等意象表現；而《西湖夢尋》則為：自然山水、雅俗之趣、追慕前賢、頌揚英雄、道德風教、黍離之悲、夢覺意識、反省筆調等意象表現。

以中郎「西湖雜記」而言，有「午刻入昭慶，茶畢，即棹小舟入湖。山色如娥，花光如頰，溫風如酒，波紋如綾」等自然山水、閒適隱逸之意象表現；亦有駁斥偽雅之人如「百花洲……無他物，惟有二三十糞艘，鱗次綺錯，

氤氳數里而已」之強烈的雅俗意識表現；以及「飛來峰爲第一，……壁間佛像，皆楊禿所爲，如美人面上瘢痕，奇醜可厭」之道德風教意象，同時也有「孤山處士，妻梅鶴子，是世間第一種便宜人」等自覺筆調之意象表現。這些意象說明了中郎身處萬曆年間，與大多數文官士人一樣：面對君王昏瞶、面對朝廷黨爭、面對官場惡劣文化，只好選擇走向山林、書寫性靈，以避世全生的情調處世。

　　而張岱《西湖夢尋》的意象表現，則較之前代以及「西湖雜記」，則有更爲深烙的承繼，並且另闢蹊徑。如「湖中人鳥聲俱絕。余拏一小舟，擁毳衣爐火，獨往湖心亭看雪」既描寫自然山水，又兼有同情庶民的雅俗之趣；另外「余謂白、蘇二公，西湖開山古佛」有追慕前賢、頌揚英雄的意識；以及「徽宗在汴時，夢錢王索還其地，是日即生高宗，後果南渡，錢王所轄之地，盡屬版圖，疇昔之夢，蓋不爽矣」之既寫道德風教，又有黍離之悲的涵攝意味在其中；以及「夢中猶在故居，舊役小傒，今已白頭，夢中總是總角。夙習未除，故態難脫，而今而後，余但向蝶庵岑寂，蓬榻紆徐，唯吾舊夢是保，一派西湖景色，尤端然未動也」等夢覺意識並反省筆調之書寫意識。因此，《西湖夢尋》雖承「西湖雜記」以性靈寫自然山水，然由於南明之遺民身分，使其對人多了幾分同情，其雅俗之趣遂無袁之鮮明意識；再者，由於亡國使得宗子的身分轉變有著極大的落差，所以在逃難全生以著史的過程中，忍受著昔日所不曾有的不堪處境，並往往藉由前代史實以進行其對聖君賢臣的稱頌、對昏君奸人弄臣的痛斥，以致其筆下的西湖有著強烈的追慕前賢、頌揚英雄的讚美主調，還有強烈的道德風教批判與超越宋末元初濃烈的黍離之悲；亦因此較袁多了對故國的夢覺意識及滄桑感。

　　因此，同樣面對保俶塔，袁所聆賞的盡是自由與心靈的完整美境；而張所見到的雖是美境，是昔日勝景，卻也是幻境，是殘破的西湖，然這正是一條可以通往故國的要道，他既不能放，也不能忘，並且藉由書寫西湖以喚醒當代與後世關於興聚教訓的重視。綜言之，與前代西湖意象相比，袁張的西湖書寫有承自前人的題材，如：自然山水、黍離之悲、道德風教、追慕前賢、頌揚英雄等。就袁張的西湖意象之開展面而言：其雅俗意識與夢覺意識及反省筆調等則是另闢蹊徑的創調，而這些前有所承或創調題材，或皆因當代政經局勢使之然。

　　透過「西湖雜記」與《西湖夢尋》的書寫意象中，選擇時代背景與精神

依託來談袁宏道面對為官的痛苦，及其仕隱矛盾後的開脫；而張岱因處晚明入南明時期，故較無中郎對於仕隱的抉擇之痛楚，反而是較關注於個人生死的摻破，以及對亡國的心理調適。另就獨抒性靈與山水對話而言：中郎與張岱同寫性靈，同繪西湖，中郎較專注於標識雅俗，以區別亂雅、僞雅之人；張岱雖有雅俗意識，但不似中郎鮮明；就文人遊賞山水，多有追想古人的情懷，其意在藉由古人的典範以作為自己的人格符碼，因此張岱與中郎，對林逋、白、蘇等人皆十分欣慕，不同的是張岱多了對古忠臣、名將、聖君的濃厚崇拜，並以之作為己之人格代言者。再就書寫筆調蘊反省況味而論：中郎與宗子之小品中，皆有儒家情懷書寫經世致用之心志，其中《西湖夢尋》較為濃烈；首先，透過夢覺的過程，使中郎從生死、名利、權勢、世俗價值中超脫；而張岱則因了悟聖君賢臣不在位、生不逢時、個人生平遭遇而夢覺。正因其二人之夢覺，世人方覺察到那一面西湖滄桑史。但即使如此，袁張正是經由她，進而鏡視自我，以達反省人生，而完成自我認同。

最後，對照袁張西湖書寫的書寫意識與蘊含情懷，可知其雖皆寫性靈，然卻多所異同，且其二人的作品對入清以後乃至民國以來的小品文書寫影響深遠。特別以民國三十八年以來的懷鄉文學熱潮而言，張岱的西湖懷想較之袁中郎之影響更深：如琦君〈毛衣〉、白先勇〈思舊賦〉、〈金大班的最後一夜〉、余光中〈聽聽那冷雨〉、王鼎鈞〈瞳眼裏的古城〉、〈失樓臺〉等作品都有著濃淡不一的懷鄉情懷，這種書寫筆調帶有一種濃厚的家園故失的遺民情緒，如此書寫筆調自是張岱有著濃厚的遺民情懷與夢覺意識所致。故就民國三十八以來的懷鄉文學而言，張岱的西湖書寫較之中郎，其沾概更深。

參考書目

一、**古籍**（依成書年代爲序）

1. 厲鶚：《西湖詩詞叢話》，杭州：六藝書局，1935 年 4 月。

2. 《諸子集成》，北京：中華書局，1954 年 12 月。

3. 歸有光：《歸震川集》，台北：世界書局，1963 年 4 月。

4. 唐圭璋主編：《全宋詞》，北京：中華書局，1965 年 6 月。

5. 江問漁校點：《三袁隨筆》，成都：四川文藝出版社，1966 年 11 月。

6. 徐文長等：《晚明二十家小品》，台北：廣文書局，1968 年 1 月。

7. 朱劍心選注：《晚明小品選註》，台北：台灣商務印書館，1969 年 10 月。

8. 何良俊：《何翰林集》「明代藝術家叢刊」續集，台北：中央圖書館出版，1971 年。

9. 唐寅：《唐伯虎詩詞歌賦全集》，台北：宏業書局，1975 年 1 月。

10. 張廷玉等編著：《中國學術類編·新校本明史并附編六種》，台北：鼎文書局，1975 年 6 月。

11. 袁中道：《珂雪齋前集》，上海：上海古籍出版社，1976 年 9 月。

12. 莊萬壽注：《列子選集三種》，收錄於《中國子學名著集成》，台北：三民書局，1978 年 12 月。

13. 蘇軾：《蘇軾詩集》，北京：中華書局，1982 年 2 月。

14. 田汝成：《西湖遊覽志·志餘》二卷，收入《景印文淵閣四庫全書》史部三四三，台北：台灣商務印書館，1983 年 6 月。

15. 隋樹森編：《全元散曲》，台北：漢京文化事業，1983 年 12 月。

16. 明·鄒迪光：《鬱儀樓集》，收錄在《四庫全書存目叢書》集部一五八，別集類（台南：莊嚴文化事業有限公司，1984 年 6 月），頁 711。

17. 陶淵明：《陶淵明集》，台北：里仁書局，1985 年 4 月。

18. 黃宗羲：《明儒學案》，北京：中華書局，1985 年。

19. 沈雲龍主編：《中國名山勝蹟志叢刊第六輯‧西湖資料六種》，台北：文海出版社有限公司，1987 年 5 月。

20. 唐順之：《荊川先生文集》，台北：台灣商務印書館，1987 年 8 月。

21. 張岱：《石匱書後集》，收入《台灣文獻史料叢刊》，台南：莊嚴文化事業有限公司，1987 年 10 月。

22. 錢鍾書：《談藝錄》，台北：書林出版有限公司，1988 年 11 月。

23. 陳萬益等編：《歷代短篇小說選》，台北：大安出版社，1992 年 5 月。

24. 《全唐詩》，北京：中華書局，1992 年 6 月。

25. 施耐庵：《水滸傳》，台北：桂冠圖書公司，1992 年 8 月。

26. 陳鼎：《東林列傳》，台北：台灣商務印書館，《四庫全書珍本》，1992 年 8 月。

27. 高振農：《大般涅槃經》，台北：文津出版社，1994 年 10 月。

28. 張岱：《石匱書》，收錄於《續修四庫全書》史部三一八，別史類，上海：上海古籍出版社，1995 年 5 月。

29. 劉勰：《文心雕龍》，台北：台灣古籍出版社有限公司，1996 年 8 月。

30. 陸雲龍選注：《明人小品十六家》，杭州：浙江古籍出版社，1996 年。

31. 熊禮匯選注：《袁中郎小品》，北京：文化藝術出版社，1996 年 8 月。

32. 王慎中著：《遵岩集》（二），台北：成文出版社，1998 年 7 月。

33. 李夢陽：《空同先生集》，台北：偉文圖書有限公司，1998 年 7 月。

34. 郭紹虞編選：《中國歷代文學論著精選》，台北：華正書局，1998 年 7 月。

35. 葉慶炳、邵紅編輯：《明代文學批評資料彙編之七》，台北：成文出版社，1998 年 7 月。

二、袁張二氏之著作（依成書年代為序）

1. 袁宏道：《袁中郎全集》上下冊，台北：清流出版社，1976 年 10 月。

2. 錢伯城箋校，袁宏道著：《袁宏道集箋校》上中下三冊，上海：古籍出版社，1981 年 7 月。

3. 袁宏道：《袁中郎全集》四十卷，台南：莊嚴文化事業有限公司，《四庫全書存目叢書》，1997 年 6 月。

4. 夏咸淳校點，張岱著：《張岱詩文集》，上海：上海古籍出版社，1991 年 5 月。

5. 張岱：《西湖夢尋》五卷，台南：莊嚴文化事業有限公司，《四庫全書存目叢書》，1997 年 6 月。

6. 張岱著：《陶庵夢憶‧西湖夢尋》，台北：頂淵文化事業有限公司，2005 年 6 月。

三、專書（依作者姓氏筆劃爲序）

1. 《元曲三百首》，台北：三民書局，1995 年 11 月。

2. 《全唐詩》，北京：中華書局，1992 年 6 月。

3. 《佛學概要十四講》，台中：臺中佛教蓮社，2004 年 4 月。

4. 《宋詩鑒賞辭典》，上海：上海辭書出版社，1987 年 12 月。

5. 中國人民大學中文系主辦：《中國蘇軾研究》，北京：學苑出版社，2004 年 7 月。

6. 尹恭弘：《小品高潮與晚明文化——晚明小品七十三家評述》，台北：里仁書局，2001 年 5 月。

7. 尹恭弘：《魏晉玄學——談有論無》，台北：萬卷樓圖書有限公司，2000 年 6 月。

8. 王水照、崔銘：《蘇軾傳》，天津：天津人民出版社，2000 年 1 月。

9. 牛建強：《明代中後期社會變遷研究》，台北：文津出版社，1997 年 8 月。

10. 王從仁：《王維與孟浩然》，上海：上海古籍出版社，1984 年 6 月。

11. 王弼：《周易略例‧明象》，《易經集成》，台北：成文出版社，1976 年 1 月。

12. 王開府：《四書的智慧》，台北：萬卷樓圖書有限公司，1995 年 11 月。

13. 王葆玹：《兩漢經學——古今兼綜》，台北：萬卷樓圖書有限公司，2001 年 7 月。

14. 王榮初選注：《西湖詩詞選》，浙江：浙江人民出版社，1979 年 10 月。

15. 王爾敏：《史學方法》，台北：台灣東華書局，1977 年 11 月。

16. 王維先選注：《西湖詩詞》，台北：新宇出版社，1985 年 10 月。

17. 田素蘭：《袁中郎文學研究》，台北：文史哲出版社，1982 年 3 月。

18. 甘陽譯、恩斯特‧卡西勒著：《人論》，台北：桂冠圖書，1990 年 2 月。

19. 全漢昇：《中國經濟史論叢——明清間美洲白銀的輸入中國》第一冊，香港：新亞研究所，1972 年。

20. 匡亞明主編，周群著：《中國思想家評傳叢書 136 袁宏道評傳》，南京：南京大學出版社，1999 年 12 月。

21. 匡亞明主編，胡益民著：《中國思想家評傳叢書 142 張岱評傳》，南京：南京大學出版社，2005 年 5 月。

22. 朱光潛：《西方美學史》，台北：頂淵文化事業有限公司，2001 年 6 月。

23. 朱倩如：《明人居家生活》，宜蘭：明史研究小組印行，《明史研究叢刊》，2003 年 8 月。

24. 余秋雨：《山居筆記》，台北：爾雅出版社有限公司，1995 年 8 月。

25. 余秋雨：《文化苦旅》，台北：爾雅出版社有限公司，1992 年 11 月。

26. 吳承學、李光摩編：《晚明文學思潮研究》，湖北：湖北教育出版社，2002 年 10 月。

27. 吳緝華：《明代制度史論叢》上冊，台北：學生書局，1992 年 8 月。

28. 李孝悌編：《中國城市生活》，台北：聯經出版事業有限公司，2005 年 10 月。

29. 李亞平：《大明王朝紀事・帝國政界往事・下篇》，台北：大地出版社，2006 年 5 月。

30. 李春青：《宋學與宋代文學的觀念》，北京：北京師範大學出版社，2001 年 10 月。

31. 杜維明：《儒家思想——以創造轉化為自我認同》，台北：東大圖書股份有限公司，1997 年 11 月。

32. 李樂：《見聞雜記》，上海：上海古籍出版社，1986 年 6 月。

33. 李曉林、李晟文主編，南炳文審定：《明史研究備覽》，河北：天津出版社，1988 年 2 月。

34. 沈風人：《西湖古今談》，台北：新文豐出版公司，1980 年 2 月。

35. 周明初：《晚明士人心態與文學個案》，北京：東方出版社，1997 年 8 月。

36. 周峰主編：《杭州歷史叢編（一）——南北朝前古杭州》，浙江：浙江人民出版社，1997 年 6 月。

37. 周峰主編：《杭州歷史叢編（二）——隋唐名郡杭州》，浙江：浙江人民出版社，1997 年 6 月。

38. 周峰主編：《杭州歷史叢編（三）——吳越首府杭州及北宋東南第一州》，浙江：浙江人民出版社，1997 年 6 月。

39. 周峰主編：《杭州歷史叢編（四）——元明清名城杭州》，浙江：浙江人民出版社，1997 年 6 月。

40. 周峰主編：《杭州歷史叢編（四）——南宋京城杭州》，浙江：浙江人民出版社，1998 年 10 月。

41. 林利隆：《明人舟遊生活：南方文人水上生活文化的開展》，宜蘭：明史

研究小組印行,《明史研究叢刊》,2005 年 10 月。

42. 俞建章、葉舒憲著:《符號:語言與藝術》,台北:萬象圖書,1992 年 3 月。

43. 范希春:《理性之維——宋代中期儒家文藝美學思想研究》,北京:中央民族大學出版社,2006 年 1 月。

44. 夏咸淳:《山水美探勝》,中國旅遊文學研究會、四川師範學院中文系合編,重慶:重慶出版社,1944 年 4 月。

45. 夏傳才:《十三經概論》,台北:萬卷樓圖書有限公司,1996 年 6 月。

46. 秦家懿:《王陽明》,台北:東大出版事業有限公司,1987 年,7 月。

47. 高津孝:《科舉與詩藝——宋代文學與士人社會》,日本宋學研究六人集,上海:上海古籍出版社,2005 年 8 月。

48. 馬積高、王鈞主編:《中國古代文學史——明清》(四),台北:萬卷樓圖書有限公司,1998 年 7 月。

49. 張淑瓊主編:《唐宋詞欣賞》(四),台北:地球出版社,1992 年 1 月。

50. 張嘉昕:《明人旅遊生活:南方文人水上生活文化的開展》,宜蘭:明史研究小組印行,《明史研究叢刊》,2004 年 8 月。

51. 曹文趣等選注:《西湖遊記選》,浙江:浙江人民出版社,1982 年 1 月。

52. 曹淑娟:《晚明性靈小品研究》,台北:文津出版社,1988 年 7 月。

53. 淡江大學中文系主編:《晚明思潮與社會變動》,台北:弘化文化事業有限公司,1987 年 12 月。

54. 許建平:《李贄思想演變史》,北京:人民出版社,2005 年 2 月。

55. 許麗芳:《傳統書寫之特質與認知——以明清小說傳者自序爲考察中心》,高雄:高雄復文書局,2000 年 12 月。

56. 陸雲龍:《明人小品十六家》,杭州:浙江古籍出版社,1996 年。

57. 陳友琴:《白居易》,上海:上海古籍出版社,1992 年 6 月。

58. 陶文鵬:《唐宋詩美學與藝術論》,天津:南開大學出版社,2003 年 5 月。

59. 陳立夫:《儒學研究論文集》(一),台北:文史哲出版社,1981 年 12 月。

60. 郭生玉:《心理與教育研究法》,台北:精華書店,1981 年 10 月。

61. 陳來:《宋明理學》,遼寧:遼寧教育出版社,1994 年 9 月。

62. 陳咏明:《玄學史話》,北京:中國大百科出版社,2000 年 1 月。

63. 郭英德、過常保著:《明人奇情》,台北:雲龍出版社,1996 年 2 月。

64. 陳新雄選:《蘇軾詩選》,台北:學海出版社,1989 年 8 月。

65. 陳萬益：《晚明小品與明季文人生活》，台北：學海出版社，1988 年 5 月。

66. 陳鼎：《東林列傳》，台北：新文豐出版公司，1975 年。

67. 陳滿銘：《意象學廣論》，台北：萬卷樓圖書股份有限公司，2006 年 11 月。

68. 陳福濱：《晚明理學思想通論》，台北：環球書局，1983 年 9 月。

69. 陳廣宏：《竟陵派研究》，上海：復旦大學出版社，2006 年 8 月。

70. 陳慧琳主編：《人文地理學》，北京：科學出版社，2001 年 6 月。

71. 傅衣凌：《明清時代商人及商業資本》，北京：人民出版社，1956 年。

72. 傅偉勳、韋政通：《王陽明》，台北：東大圖書公司，1987 年 7 月。

73. 傅樂成主編、姜公韜著：《中國通史‧明清史》，台北：眾文圖書公司，2003 年 10 月。

74. 嵇文輔：《左派王學》，台北：國文天地雜誌社，1990 年 4 月。

75. 黃仁宇：《中國大歷史》，台北：聯經出版社，1994 年 11 月。

76. 黃仁宇：《萬曆十五年》，台北：台灣食貨出版事業有限公司，1985 年 4 月。

77. 黃永武：《中國詩學‧設計篇》，台北：巨流圖書公司，1999 年 6 月。

78. 黃卓越：《佛教與晚明文學思潮》，北京：東方出版社，1997 年 10 月。

79. 黃桂蘭：《張岱生平及其文學》，台北：文史哲出版社，1977 年 2 月。

80. 馮賢亮：《明清江南地區的環境變動與社會控制》，上海：人民出版社，2002 年 8 月。

81. 楊國榮：《王學通論——從王陽明到熊十力》，台北：五南圖書出版有限公司，1997 年 9 月。

82. 葉慶炳：《中國文學史——下冊》，台北：台灣學生書局，1987 年 8 月。

83. 萬曉音：《中國名勝與歷史文化》，北京：北京大學出版社，1999 年。

84. 鄒自振：《湯顯祖綜論》，成都：巴蜀書社，2001 年 4 月。

85. 鄔國平：《竟陵派與明代文學批評》，上海：上海古籍出版社，2004 年 9 月。

86. 劉文忠：《鮑照與庾信》，上海：上海古籍出版社，1986 年 5 月。

87. 劉石吉：《明清時代江南市鎮研究》，北京：中國社會科學出版社，1987 年 6 月。

88. 劉若愚：《中國文學理論》，台北：聯經出版社，2001 年 5 月。

89. 劉翠溶：《明清時代南方地區的專業生產》，台北：大陸雜誌，1978 年 5 月第 56 卷 3、4 期合刊。

90. 樊樹志：《明帝國官場政治》，北京：中華書局，2004 年 9 月。

91. 蔡英俊主編：《意象的流變》，台北：聯經出版事業有限公司，1992 年 10 月。

92. 蔡源煌：《從浪漫主義到後現代主義》，台北：雅典出版社，1987 年 12 月。

93. 閻崇年：《明亡清興六十年》，台北：聯經出版事業有限公司，2007 年 4 月。

94. 鄺士元：《國史論衡》，台北：里仁書局，1992 年 1 月。

95. 羅筠筠：《靈與趣的意境‧晚明小品文美學研究》，北京：社會科學文獻出版社，2001 年 10 月。

96. 龔鵬程：《晚明思潮》，台北：里仁書局，1994 年 11 月。

四、學位論文（依出版年次排序）

1. 陳萬益：《晚明性靈文學思想》，國立台灣大學中國文學研究所博士論文，1977 年。

2. 高八美：《袁中郎及其小品文研究》，輔仁大學中文所碩士論文，1978 年。

3. 李準根：《晚明小品文》，私立輔仁大學中國文學研究所碩士論文，1982 年。

4. 張薰：《宋代西湖詞壇研究》，台灣大學中文所碩士論文，1986 年。

5. 曹淑娟：《晚明性靈小品研究》，台灣大學中文所博士論文，1987 年。

6. 朴鍾學：《公安派文學思想及其背景研究》，國立台灣大學中國文學研究所碩士論文，1988 年。

7. 邱敏捷：《袁宏道的佛教思想》，高雄師範大學中研所碩士論文，1989 年。

8. 蔣靜文：《論張岱小品從生命模塑到形式意義的完成》，台灣大學中文所碩士論文，1992 年。

9. 郭榮修：《張岱散文理論及作品研究》，台灣大學中文所碩士論文，1992 年。

10. 陳麗明：《張岱散文美學之研究》，台灣師範大學國研所碩士論文，1995 年。

11. 戴華芬：《西湖的美麗與哀愁南宋時期西湖旅遊的各式風貌》，清華大學歷史所碩士論文，2000 年。

12. 林怡宏：《獨抒性靈的生命對話——論袁宏道的文學思想》，台灣師範大學國研所碩士論文，2000 年。

13. 蘇恆雅：《《陶庵夢憶》與《西湖夢尋》研究——以文學表現與遺民意識爲主》，逢甲大學中文所碩士論文，2001 年。

14. 江佩怡：《張岱小品文由雅入俗研究》，台北市立師範學院應用語言所碩士論文，2002 年。

15. 陳宜伶：《南宋詞人心中之理想都城》，東華大學中文所碩士論文，2003 年。

16. 宋仁正：《宋代的西湖與杭州》，政治大學歷史所碩士論文，2003 年。

17. 郭秉融：《張岱及其散文研究》，台北市立師範學院應用語言所碩士論文，2003 年。

18. 周孟貞：《魏晉士人品味風尚研究——以《世說新語》爲考察核心》，彰化師範大學國文研究所碩士論文，2005 年。

19. 鄧怡菁：《袁宏道仕隱心態研究》，東華大學中文所碩士論文，2006 年。

20. 曾淑娟：《張岱小品中的旅遊休閒》，彰化師範大學國研所碩士論文，2005 年。

21. 陳秋雅：《林逋與西湖的氣蘊融攝——兼談人文對景觀美的影響》，台灣師大國文學系在職進修碩士論文，2005 年。

22. 洪正君：《袁中郎山水遊記研究》，南華大學文學所碩士論文，2006 年。

23. 張志帆：《論張岱遊記中人文精神之體現》，文化大學中文所碩士論文，2006 年。

24. 陳千代：《晚明袁宏道山水遊記小品語言藝術研究》，彰化師範大學國研所碩士論文，2006 年。

五、期刊論文（依出版年次排序）

1. 汪政曉華：〈苦澀的文化探尋——余秋雨〈西湖夢〉〉，廣西：《廣西社會科學期刊》，1988 年 6 月第 6 期。

2. 趙艷喜：〈論宋季遺民詞中的西湖意象〉，廣西：《廣西社會科學期刊》，1988 年 6 月第 6 期。

3. 蔡正發：〈蘇軾與白居易比較研究〉，安徽：《思茅師專學報》，1995 年 5 月第 11 卷第 1 期。

4. 楊勝寬：〈蘇軾的"閒適之樂"〉，四川：《四川師範大學學報》社會科學版，1996 年 1 月第 23 卷第 1 期。

5. 楊曉景：〈略論前後七子文學思想的內在矛盾〉，河南：《鄭州大學學報》社會科學版，1996 年 5 月第 32 卷第 2 期。

6. 李寧琪譯，日‧松浦友九著：〈論白居易詩中"適"的意義——以詩語史的獨立性爲基礎〉，山西：《山西師範大學學報》社會科學版，1997 年 1

月第 24 卷第 1 期。

7. 黃暉:〈幅短神遙墨稀旨永──論張岱及其《陶庵夢憶》、《西湖夢尋》的韻外之意〉,貴州:《淮陽師專學報》,1997 年 5 月第 19 卷第 4 期。

8. 陳剛:〈評介西湖詩詞中的「隔」與「不隔」〉,杭州:《杭州大學學報》,1997 年 9 月第 27 卷第 3 期。

9. 吳偉逸:〈東林黨爭與晚明清流士大夫的歷史命運〉,安徽:《安慶師院社會科學學報》,1997 年 11 月第 16 卷第 4 期。

10. 覃俏麗:〈淺談白居易的山水詩〉,廣西:《廣西社會科學期刊》,1998 年第 1 期。

11. 李治亭:〈明亡於神宗辨〉,吉林省社會科學院:《史學集刊》社會科學版,1998 年第 1 期。

12. 鄭敬高:〈拒絕自救:明朝衰亡的癥結所在〉,山東:《青島海洋大學學報》社會科學版,1998 年第 1 期。

13. 毛文芳:〈閒賞──晚明美學之風格意涵析論〉,嘉義中正大學:《中正大學中文學術年刊》,1999 年 3 月第 2 期。

14. 夏咸淳:〈論張岱及其《陶庵夢憶》《西湖夢尋》〉,上海:《天府新論》,2000 年 5 月第 2 期。

15. 吳惠珍:〈論萬曆佛風盛行對公安三袁遊記的影響〉,台中:《台中技術學院學報》,2000 年 6 月第 1 期。

16. 吳惠珍:〈論萬曆佛風盛行對公安三袁遊記的影響〉,台中:《台中技術學院學報》,2000 年 6 月第 1 期。

17. 毛文芳:〈閱讀與夢憶──晚明旅遊小品試論〉,嘉義中正大學:《中正大學中文學術年刊》,2000 年 9 月第 3 期。

18. 傅小帆:〈論晚明哲學的主體性轉向〉,台北:《鵝湖月刊》,2000 年 11 月第 26 卷第 5 期。

19. 陳靜秋:〈論晚明大山人陳繼儒的文化性格及其形成原因〉,台北:《中國文化月刊》,2000 年 11 月第 248 期。

20. 許麗芳:〈重組與對話:晚明小品文之自我書寫〉,彰化:《彰化師大國文學誌》,2000 年 12 月第 4 期。

21. 張博學:〈《西湖七月半》淺析〉,山西:《山西財經大學學報》,2000 年 12 月第 22 卷。

22. 劉國輝:〈晚明三案與明廷皇權之爭〉,遼寧:《通化師範學院學報》社會科學版,2001 年 2 月第 22 卷第 1 期。

23. 謝虹光:〈歌詩獻西子多情白刺史──白居易杭州山水詩十首提點〉,浙江:《山西省電視大學期刊》,2001 年 5 月第 3 期。

24. 董欣:〈旖旎西湖忠魂永繫──從〈滿江紅〉「靖康恥,猶未雪,臣子恨

何時減」談起〉，山西：《太原理工大學學報》社會科學版，2001 年 3 月第 19 卷第 1 期。

25. 李俊杰：〈晚明社會變遷與士人休閒活動之探究——以江南地區爲例〉，台中：《台中技術學院學報》，2001 年 6 月第 2 期。

26. 高月娟：〈由袁宏道「序小修詩」一文探析「性靈」之說法〉，苗栗：《育達技術學院育達學報》，2001 年 12 月第 15 卷。

27. 趙偉：〈評《儒釋道與晚明文學思潮》〉，台南：《普門學報》，2002 年 1 月第 7 期。

28. 胡秋銀：〈試論郭泰之不仕不隱〉，安徽：《安徽大學學報》哲學社會科學版，2002 年 1 月第 26 卷第 1 期。

29. 張次第：〈中國古代大儒情懷的變異〉，河南：《鄭州大學學報》哲學社會科學版，2002 年 3 月第 35 卷第 2 期。

30. 巫仁恕：〈晚明的旅遊風氣與士大夫心態——以江南爲討論中心〉，「生活知識與中國現代性」國際學術研討會，台北：中央研究院近代史研究所，2002 年。

31. 周群：〈論袁宏道的佛學思想〉，台北：《中華佛學研究》，2002 年 3 月第 26 卷第 6 期。

32. 陳永革：〈心學流變與晚明佛教復興的經世取向〉，台南：《普門學報》，2002 年 5 月第 26 卷第 9 期。

33. 史素昭：〈獨善和兼濟相交織，知足與保和相融合——試論白居易閒適詩體現出來的人生態度〉，湖南：《懷化學院學報》，2002 年 12 月第 21 卷第 3 期。

34. 戴文和：〈良知、童心與性靈初論〉，台中：《僑光學報》，2002 年 12 月第 20 卷。

35. 甘玲：〈性靈化的山水——讀袁宏道的《西湖》（一）〉，湖北：《高等函授學報》哲學社會科學版，2003 年 2 月第 16 卷第 1 期。

36. 王詠晴：〈論袁宏道散文中的美學思想〉，高雄：《雄中學報》，2003 年 5 月第 6 期。

37. 尹占華：〈論周密等人西湖詞社的創作活動〉，甘肅：《蘭州大學學報》社會科學版，2003 年 5 月第 31 卷第 3 期。

38. 屈曉寧、余志海：〈中國哲學史研究——儒家隱逸觀與自然觀自先秦至唐的演變〉，陝西：《陝西師範大學學報》社會科學版，2003 年 5 月第 32 卷第 3 期。

39. 林宜蓉：〈流離與返歸——中晚明狂士生命型態的展現〉，台北：《中國古典文學研究》，2003 年 6 月第 9 卷。

40. 林宜蓉：〈流離與返歸——中晚明狂士生命型態的展現〉，「中國古典文學

研究會」，台北：《中國古典文學研究》，2003 年 6 月第 9 期。

41. 林宜蓉：〈中晚明狂士記憶的歷時積澱〉，台北：《中國學術年刊》，2003 年 6 月第 24 期。

42. 孫淑芳：〈論佛老與性靈——晚明文人求道意識初論〉，台中：《僑光學報》，2003 年 7 月第 21 期。

43. 張璉：〈偕我同志——論晚明知識分子自覺意識中的群己觀〉，花蓮：《東華大學人文學報》，2003 年 7 月第 5 期。

44. 張惠喬：〈袁宏道文學理論中的「真」〉，台北：《鵝湖月刊》，2003 年 8 月第 29 卷第 2 期。

45. 張烈：〈公安派與晚明之新文學運動〉，湖北：《湖北文獻》，2003 年 8 月第 15 卷第 1 期。

46. 王世民、劉建剛著：〈濃妝淡抹總相宜——《西湖》（二）淺析〉，山西：《山西教育》，2003 年第 10 期。

47. 楊漢瑜：〈試論蘇軾出世與入世的矛盾情結〉，重慶：《重慶石油高等專科學校學報》，2004 年 3 月第 6 卷第 2 期。

48. 李紅霞著：〈論白居易中隱的特質、淵源及其影響〉，河北：《天津師範大學學報》社會科學版，2004 年第 2 期。

49. 徐豔：〈掙脫古典枷鎖的語言革新——晚明小品的語言研究〉，台北：《古今藝文》，2004 年 5 月第 32 卷第 3 期。

50. 鄭幸雅：〈論袁宏道的自適〉，嘉義南華大學：《文學新鑰》，2004 年 7 月第 2 期。

51. 樊毓霖：〈精神信念與知識分子宿命——蘇軾「尊主擇民」思想淺談〉，內蒙古科技大學：《陽山學刊》，2004 年 7 月第 17 卷第 4 期。

52. 張則桐：〈從人生取向來看張岱的價值觀念〉，台北：《古今藝文》，2004 年 11 月第 31 卷第 1 期。

53. 廖俊裕：〈儒學的生死學——以晚明儒學為文本〉，高雄：《成大宗教與文化學報》，2004 年 12 月第 4 期。

54. 白艷玲：〈理想的維護與失落——析儒家的隱處思想〉，河北：〈天津科技大學學報〉，2005 年 3 月第 20 卷第 1 期。

55. 劉桂蘭：〈張岱小品文「西湖情結」管窺〉，貴州：《淮陽師範學院學報》社會科學版，2005 年 4 月第 27 卷。

56. 陳忠和：〈晚明山水小品中「遊貴有言」的審美表現模式〉，台中：《興大中文學報》，2005 年 6 月第 35 卷上。

57. 鄭雅尹：〈晚明文人西湖遊觀試探——以張岱《西湖夢尋》為考察對象〉，南投：《暨南史學》，2005 年 7 月第 8 卷。

58. 王舜華、王麗芳、王靈芝著：〈論西湖散曲中的嘆世隱逸思想〉，河北：《中國科技信息》，2005 年 9 月第 18 期。

59. 張忠良：〈論袁宏道遊記中的雅俗觀〉，台南：《台南女子技術學院學報》，2005 年 10 月第 24 卷第 2 期。

60. 陳忠和：〈晚明山水小品中「以我觀物」的審美感應模式〉，台中：《靜宜語文論叢》，2005 年 12 月第 1 卷第 2 期。

61. 張再林：〈白居易是宋型文化的第一個代表性人物〉，湖北：《中州學刊》，2006 年 1 月第 1 期。

62. 張學成：〈簡論白居易矛盾心態的表現〉，山東：《學苑漫錄期刊》，2006 年 7 月。

63. 劉淑梅：〈先秦儒家思想中的道德與政治觀〉，湖北：《中州學刊》，2006 年 9 月第 5 期）。

64. 陳江：〈退隱與抗憤——晚明江南士人的生存困境及其應對〉，上海華東師範大學：《史林》，2007 年 4 月第 1 期。

65. 鄭幸雅：〈識趣，空靈與情膩——論晚明文人的審美意識〉，南華大學文學系：《文學新鑰》，2007 年 6 月第 5 卷。

六、數位資訊

1. 船山學人：〈研究歷史人物的新視角——地域文化與性格〉，北京：新華網，2003 年 6 月。